# 对影·惊鸿

宋羽◎著

中国社会出版社
国家一级出版社★全国百佳图书出版单位

# 自序 · 迢迢流光剪剪风

晚唐词人温庭筠擅写女子的闺中生活，浓艳细腻，绵密隐约，而那些或锦绣或黯淡，或凛冽或温婉的闺中饰物，则成了他笔下永不褪色的情感意象。在一首《菩萨蛮》中，他不厌其烦地叙述着那份烦琐的庄重——

“小山重叠金明灭，鬓云欲度香腮雪。懒起画蛾眉，弄妆梳洗迟。

照花前后镜，花面交相映，新帖绣罗襦，双双金鹧鸪。”

仿佛一场华丽的舞会即将上演，所有的铺陈只为那流光溢彩的瞬间。

登台与谢幕，尽享生命的繁盛与妖娆。

然而，美丽终究短暂，绽放之际与枯萎之时往往只隔着一个转身的距离，花团锦簇过后，是寂灭，是虚无，是黯然神伤。世人的眼睛总是挑剔的，人们不断寻找最鲜艳的色彩，把掌声和欢笑送给不断盛开的新的花朵。饰如烟花，惊鸿一瞥之后，会有谁去关注一朵烟花陨落后的样子呢？

一朵饰物，义无反顾地，忍受着凋零孤寂的漫长岁月，在幽暗的锦盒中半梦半醒着，只为换取某个瞬间的万众瞩目，只为那一张张惊愕的脸庞，那一双双景仰的目光——这，就是饰物的生命的谶语么？此情此景，让人不由分说就想起了灰姑娘的故事，想起了午夜的钟声敲响时一切华丽与美艳的烟消云散，灯火阑珊时，只留下一只水晶鞋，形单影只，让茫然若失的我们徘徊在真实与虚幻的旋律的边缘。

一缕玲珑剔透的芬芳，握在手中，怅惘——久久，不能释怀。

沈从文说：“美，有时不免叫人伤心。”

你读《诗经》："桃之夭夭，灼灼其华。"热烈又奔放，带着铺天盖地的决绝，是害怕年华易老，还是害怕绽放过后的凋零？

再精美的饰物亦难抵御时光的侵蚀，犹如美人。时光的魔法棒在不知不觉间蹉跎了世间万物，变幻莫测的光影中，有的生命不再鲜艳，有的故事依然在闪烁。行云在天，流水依旧。毕竟是"流光容易把人抛"吧，曾经花一样的年华，终究在这一朝一夕的辗转之间浸染了岁月的印迹，层层叠加处，发出幽微的光亮的涡轮，如一面铜镜反射着过去的面容。

于是，越是苍老的饰物却越发彰显出别样的魅力。

饰物，往往携带着内在的隐喻，它们散发着神灵赐予凡间的最具灵性的气息，以具象的形式诠释着抽象的意义。那些精致的纹样将古老的咒语隐藏，藏匿在很远很远的地方，它在沉睡，只在有缘人的目光触及它时，悄然苏醒。

在汉朝以前，首饰是一个宽泛的概念，从宝石翠玉、项链簪钗，到胭脂鞋帽、铜镜珠奁，这些每天陪伴着人们生活的物件都在不知不觉中扮演着特有的角色，也多少浸淫着几分人类的性情。悲喜冷暖，只有那双日日抚摩过它们的手才真正知晓了。

西汉才女班婕妤就曾以团扇自比——"弃捐箧笥中，恩情中道绝"。汉成帝另觅新欢，得宠与失宠仅一步之遥，一曲《怨歌行》让这团扇从此染了些许哀怨的气息。夏日亲之、宠之，秋日收之、弃之，团扇周身总透着一股冷峻的意味，即使绘上了浓墨重彩，也是冷艳而不易亲近的。再读"轻罗小扇扑流萤"，怎一个凉字了得——将寒未寒时，看银烛秋光、花屏流萤、月冷星稀，一柄团扇摇来几丝冷风，怕真是凉彻心扉了吧。

至于胭脂，则是另一番风韵。桃花一样的胭脂色，定是能吸引过客的目光，惹人心动的。说它艳，和红杏比起来就素了，说它淡，和茉莉相比又娇媚了许多；这样的颜色，铺展开来，显得热烈而奔放，假如只那么三五点，则又有几分孤芳自赏的矜持之意。

每一样物件，都有自己的性情。人们总愿意把美好的希冀寄托在它们身上，于是，技艺精湛的工匠们用吉祥的符号体系构筑起了饰物的宗教殿堂。

借助语言的魅力，蝙蝠化身为“福”的瑞兽，花瓶彰显出“平安”的质地，鹌鹑将“安”的祝愿贴近人们的肌肤，猫儿扑蝶则为“耄耋”之年种下了长寿之树。

饰物，让人类的精神生活不再虚无缥缈，它借助这些在民间文化里流淌了千百年的语言与最寻常的百姓生活连接在一起，抚慰着或纷乱或贫瘠的心灵，也为茫然不知脚步该迈向何方的人生隐约铺就了一条亦真亦幻的路。

这不是宗教，却比宗教更能影响生命的轨迹。

似乎，如今的人们总是在迫不及待地追逐着那些悠远的美丽，也许并非只是欣赏那美丽，更多时候，攫取人们目光的是美丽所承载的价值。价值——浮华的世界，浮躁的心灵，又怎能真正把握得住美以及爱呢？没有人愿意探究精神的花朵在何处散落，也不会有人愿意踏上那条崎岖又漫长的追寻的路——因为，那个至美至真的世界已经那么邈远，邈远得仿佛一个隔世的传说。

但是我相信那份美丽属于上苍的赐予，它还在那里，还在那个我们曾经路过的地方。只和我隔着一扇门，隔着一条路，隔着一座山，隔着一泓水，隔着一个季节，隔着一片云也似的流年。没有承袭，没有许诺，似乎远在天边，却又近在咫尺。

温润的手指拨弄着月光的琴弦，召唤着即将到来的晨曦，以素洁而温热的呓语呢喃着隔世的相思，让千尺柔情缱绻于这烟水迷离的幻境。

迢迢流光，翩跹于昨夜的梦境，只为惊鸿一瞥。

剪剪西风，微凉于今宵的月下，看谁对影成双？

宋羽

2012 年 12 月 20 日于南京

# 【目录】

# 【翡翠记·柳叶】

# 一

两年前的初冬，郭晓宇拖着沉沉的行李箱，背着鼓鼓囊囊的旅行袋只身一人来到了这个陌生的城市。他置身于街头熙熙攘攘的人流中——异乡人，从此，郭晓宇这样定义自己。

怀揣一张工商银行的磁卡，辗转于各色房屋中介。他知道，薄薄的钱包是支付不起120元一天的快捷酒店许多天的。两天后，在胖胖的中介老板娘的带领下，他拖着笨重的行李和疲惫的身体走进了一幢老旧的居民楼内。

月租金800元，半年租约。

郭晓宇将不算薄的一沓钞票递给了房东，再将几张钞票给了老板娘作为中介费，顿时觉得磁卡轻得掂不出分量了。

房东是个30来岁的年轻男人，长着一双精明的眼睛，每次收租金的时候都带着手电筒、草稿本、铅笔和计算器，仔细计算用掉的水电，然后精确地分摊到每一户房客头上。

房东唾沫横飞地夸赞着他的房子，告诉郭晓宇租了他的房子是多么划算。郭晓宇没有回应，只是面无表情地打量着这个简陋的容身之所：二十世纪七十年代的旧宿舍楼，摇摇欲坠的样子，没有装修，石膏墙，水泥地面。三个房间，分别租给了三拨不同的人——不同的职业、不同的谋生手段，但同样的都是异乡人。暂时属于郭晓宇的是一间朝南的卧室，房门正对着公用洗手间，旁边是一间乱糟糟的厨房。

收拾行李的时候，郭晓宇的房门是开着的，租住在隔壁房间的一对中年夫妇正好出门，跟他打了个招呼，问："你一个人住啊?"

郭晓宇点头："是。"

中年夫妇小声嘀咕着，隐约说郭晓宇一个人住这么大的房间太浪费钱了。

后来郭晓宇慢慢知道，这对夫妇在小区里摆了一个饺面摊，挣来的钱大部分都寄回了农村老家，给小儿子念初中。不过，他从来没有去他们的摊子买过点心。

常常在逼近深夜的时候，听见这对夫妇做爱的声响。女人肆无忌惮地享受着男人带给她的快感，粗野的叫喊声伴随着木床的摇晃此起彼伏，忘情地挥霍着人类最原始的欲望。简陋的墙体起不到任何隔音效果，反而将单调的节奏演绎得愈发暧昧，荷尔蒙的分子在夜的深处张扬出冶艳之姿。

不久后的某个晚上，郭晓宇听到了走道上的争吵声，是北边小房间的姑娘和那对中年夫妇争吵，原因是夫妻俩把热水器里的热水洗了个精光，而那热水是姑娘烧的。姑娘冷笑着用方言骂出一句恶狠狠的话，摔了房门回去了。一瞬间，他看到了那张漂亮的脸蛋上忽闪着邪恶的神情。他听不懂她的方言，但能揣摩得到，她骂出的话定是带着诅咒的。

对于这样的生活环境，郭晓宇总带着几分戒备，他把自己打造成一个局外人，一个与其他房客没有生活交集的局外人。

其实郭晓宇也不知道自己究竟要防着别人什么，他和他们一样，都是一贫如洗的外乡人，在这个繁华的城市寻找一个立足之地。他钱包里的现金从来不超过三百元，至于他的银行卡，最多的时候也不过只有一万元存款而已。

郭晓宇最值钱的东西是一块翡翠叶子，是母亲家祖传的。去外地读大学的前一天，母亲把这枚珍藏了十几年的翡翠挂在了他的脖子上，说这玉有灵气，养人，能给人带来好运，一个人在外面有这块玉保护着，她就放心了。

七年来，他一直戴着这片翡翠叶子，可是新公司的经理不允许员工佩戴饰品，郭晓宇只好把叶子从脖子上摘了下来，系在了腰间。

晚上睡觉前，他会仔细看着这片翡翠。这是一块通体阳绿的玉石，只有指甲盖大小，瘦长的形状，被恰到好处地雕成了一片柳叶。浓郁的绿意宛若泼墨山水，绿叶上雕刻着蝉与如意，寓意事业有成、一鸣如意。

他从未觉得自己碰到过什么好运气，但是他一直珍藏着这块翡翠。

郭晓宇最初并不知道这块翡翠的价值，大学刚毕业时，有一次陪新结识的女友逛街，路过一家玉器店时，女友要进去看看，郭晓宇也就一起去了。一位头发花白的玉器鉴定师一眼就看到了郭晓宇脖子上的翡翠，他请郭晓宇解下来给他看看。老鉴定师捧着翡翠，赞不绝口，郭晓宇开玩笑地问他值多少钱，老鉴定师估了一个价，女友惊讶地说："哇，那可以买六个 LV 的包包了！"

从此，女友便隔三岔五劝他卖掉翡翠，郭晓宇说，他绝不会卖。

女友甩下一句话："原来我在你眼里，还抵不上一块石头。"然后就离开了。

你让我失恋了。郭晓宇看看手中的翡翠，苦笑着说。

## 二

郭晓宇从未想过，这块翡翠会有离开他的一天。

有几次，郭晓宇去厨房洗电饭锅，住在北屋的姑娘问他为什么从来不用厨房的燃气灶，他才发觉她并非上次见到的那么恶毒，反而很是客气。也许，对于和自己毫不相干的人，多少会刻意保持一点无关痛痒的友好吧。郭晓宇想。

姑娘跟他抱怨朝北的房间狭小、阴冷、设施简陋，没有有线电视，没有空调，当她得知郭晓宇的租金是她的双倍时，她不再抱怨了，只叹了一口气。这是一个物质堆砌的世界，一切都可以用数字来量化。写字台、折叠椅、衣橱、床头柜、空调、机顶盒，这些东西对于以出卖脑细胞为生的郭晓宇来说，具有显著的道具意义。他需要用写字台放置笔记本电脑，处理文件；需要用床头柜上的台灯读书或者看报纸；要用能收看到五十多个频道的机顶盒来看电视节目；需要空调在隆冬时节释放暖气……

郭晓宇用积攒下的钞票与精明的房东讨价还价，换取最基本的生活设施。

在郭晓宇看来，这些设施对于那个姑娘来说，或许并非必需，而是一种奢侈。她所需要的，仅一张床就够了。他偶尔会发现她坐在床边，对着门梳妆打扮，床上会变魔术一样躺着不同面孔的男人，暗蓝色的烟雾在狭小的空间内弥漫，遮掩着一种不清洁的味道。

每天，郭晓宇穿戴整齐地出门上班，他的提包和皮鞋上是不会染上灰尘的；他不用公共的燃气灶做饭，只用自己的电饭锅，甚至，除非万不得已，宁可去小区的公共厕所也不用近在咫尺的洗手间——那里到处是混浊的液体和弥漫着劣质烟草味道的空气。

其实，每个人都没有什么不同，为了谋取生存，人们都在表演。中年夫妇放肆地做爱，年轻姑娘床上频繁变换的男人，与郭晓宇每天清晨修饰整齐去上班一样，都在以不同的方式表达着对这个城市同样的情绪。

半年后，郭晓宇逃离了这个混沌不清的居所。是的，逃离，用这个词形容再贴切不过了。

新租的住处是市中心的一套单身公寓，一室一厅，简单装修，有厨房、卫生间和封闭阳台，有需要的全部家电。当然，这里的租金，是先前的双倍。

不必再为洗手间和厨房的肮脏而无奈，不必再为某些突如其来的声响而烦恼，只要把防盗门关闭，就能拥有五十平方米的私人空间。

不可否认的，你不得不感叹钞票的魔力。

屋子收拾好后，郭晓宇去了一家画廊，买了几幅油画，简单点缀了有些单调的白墙。晚上，站在十二层楼的阳台上，清晰地看到商业中心一幢幢近在咫尺的大楼，无数霓虹灯在夜空下闪烁着谄媚的笑容，流光溢彩的变幻中，月亮和星星都隐去了色彩。

他用接近二分之一的收入小心翼翼地购买身体的安放之地，作为一个独自在外的谋生者，这样的居住条件已没有理由再挑剔什么。

周末，郭晓宇接到了一个电话，是之前住在北屋的那个姑娘打来的，姑娘问他晚上有没有时间，她有一些话想找人倾诉。

郭晓宇怎么也想不起来自己是什么时候告诉过她自己的电话号码，但是出于一种男人的自负，他没有理由拒绝姑娘的要求。

见面的地点就在姑娘狭小的屋内。

那个晚上，两个人都喝了不少酒，之后姑娘就哭了，在他给姑娘擦眼泪的时候，姑娘抱住了他，柔软的女性身体的蠕动让他无法自已。那个瞬间，压抑已久的身体在酒精的作用下忽然释放开来，他将姑娘压在了身下，疯狂地亲吻着。姑娘的长发在狭窄的单人床上舒展成怒放的花瓣，在隔壁夫妻疯狂的叫喊声中，他们也在忘乎所以地喘息着。

郭晓宇不记得自己第二天是在怎样一种情绪中离开姑娘的房间的，他甚至带着几分厌恶地推开了怀抱中还在熟睡的肉体。匆忙地穿戴整齐后，他飞奔出门，以逃跑的姿态为这次短暂的放纵演绎了一个结局。

他昏昏沉沉地睡了一天一夜，直到第二天晚上才稍微清醒过来。就在他准备出门去附近的小饭馆吃点东西时，他发现腰间的翡翠不见了。

## 三

郭晓宇发疯似的在家中寻找，几乎翻遍了家里的所有角落，他尽量让自己冷静下来，在一片空白的大脑里搜寻有关翡翠的任何细节。他仔细回忆自己最后一次见到翡翠的时间，是两天前？还是一个星期前？

一切都是徒劳。

连续三天，他都处于恍惚之中，他请了几天假，奔走于这半个月自己去过的地方，希望唤醒潜藏在记忆深处的某个休眠的细胞，告诉他翡翠的去向。

2 路、3 路、5 路、9 路……11 路、15 路、16 路、18 路……31 路、33

路、35路、38路……80路、82路、83路、86路……100路、128路、304路、313路……他乘坐着一辆又一辆公交车，在这个城市的街巷内穿梭。

城市的脉络里，公交车平淡无奇的数字摇身变为了神奇的代码，这些数字看似随机地组合在一起，构成了遍布城市各个角落的神经。每一个数字，代表了一条特定的轨迹，有条不紊地重复着。从起点到终点，有无数种连接形态，但是筋脉只有一条，它以固化的运行方式塑造着不可撼动的权威。城市仿佛一具躯体，这些无形的筋脉隐秘地将各种细胞集聚、输送、分散，维持着躯体的新陈代谢。

于是，生命得以继续。

郭晓宇就是流动在这些不为人知的筋脉里的一个不为人知的细胞。

公交站牌清晰地显示着这条脉络上每一个停顿的关节，从车门关闭的那一刻开始，未来的轨迹已经了熟于胸，在时间的流转与空间的流逝中，所有的猜测和臆想逐步得以验证，仿佛观看一部已经知道了结局的电影。

公共汽车上，集聚着位于城市金字塔基座处的芸芸众生，疲于奔命的人们聚集在这个拥挤而狭小的空间里，因抢到了一个简陋的座椅而心满意足。面面相觑的陌生的表情，暗淡无光的冷漠的眼神，一片片或强壮或柔弱的肺叶在各自的胸腔内卖力地扩张与收缩，将对方口中排出的气体吸入自己体内，完成又一次氧气与二氧化碳的循环利用。

只是，翡翠依然踪迹全无。

这样地毯式地寻找让郭晓宇身心俱疲，直到某个昏黑的夜晚，他忽然从梦中惊醒，他想起了一个细节：在姑娘的房间里，在褪去衣裤的时候，他的手指曾触摸到腰间的一块冰凉的坚硬的固体。

是的，翡翠，遗忘在了姑娘的床上。

郭晓宇彻底失眠了。

第二天下班后，他打了一辆出租车，赶到了姑娘的住处。他在楼下徘徊了许久，他不知道该怎样解释这件事的起始和终了。沉默后，他终于走上了那段昏暗的楼梯。

人走房空。

虽然郭晓宇曾经想象过这个结局，但是当那个房东告诉他姑娘已经搬走的消息时，他还是感到了绝望。他看到房东的脸上闪过了一丝狡黠的神色，似乎嗅到了空气中的他与她的不清洁的气味。

没有人能够在偌大的城市里寻找到一个卑微的如幽灵一般的女子。

郭晓宇生了一场病，病好后，整个人消瘦了许多。

翡翠的离开似乎是一场宿命的开始。在郭晓宇看来，自从失去了这块“一鸣如意”的玉石，他的生活就再也没有顺利过。先是上班时的一次严重失误让他丢掉了赖以生存的工作，然后是房东老太太卖掉了房子，催促他搬离，接着是骑着二手电瓶车找工作时轧死了别人的猫，赔了三百元钱——这是他精打细算后可以维持四十天基本生活的费用。

郭晓宇忽然觉得自己一无所有了，他开始变得不信任任何人，哪怕是曾经最知心的朋友。他想过报警，但是他没有任何证明姑娘偷了自己的翡翠的证据，甚至，他连姑娘姓什么都不知道。那个混沌不清的夜晚在他的记忆里也越来越模糊了。

唯有那片翡翠的形象总会清晰地出现在他的脑海里。

## 四

郭晓宇最终找到了一份不错的工作，学习过工业设计的他开始在一家景观规划设计公司做设计师。

物价的上涨，他已无法以一年前的价格租到同样区域的住房，不得不随着城市的蔓延住在城郊的一处公寓，即使如此，租金仍然比过去的高了许多。

因为远离市区，郭晓宇每天必须早早地起床出门，快速步行十分钟到达公交车站，然后在拥挤的公共汽车上颠簸十五分钟到达地铁站，接着乘坐二十五分钟地铁到达市中心，再快速步行十分钟到达写字楼，仿佛流水线一样，每一分钟都要做好连贯而精确的衔接，才能保证不会由于迟到一秒钟而被扣除半个月微薄的奖金。

在这个以“国际花园”命名的小区里，郭晓宇是少有的靠挤公交车上下班的住户。小区的绿化带边上停满了各种座驾，凯美瑞、思铂睿、帕萨特、雅阁、速腾、奥迪 A4，以及各种新款 SUV 甚至敞篷跑车。一个异乡的谋生者，混迹于一帮“新贵”之中，每天在出入小区时心安理得地接受穿着笔挺制服的保安的敬礼。在这个“国际花园”里，能得到这样的礼遇，他感到莫大的荣幸和惶恐。

每天陪伴郭晓宇的是啾啾。

啾啾是一只鸟。卧室的墙上有一个废弃了的空调出气口，啾啾就住在那里。

每天清晨，啾啾总会按时起床，对着朝阳唱歌，用它的歌声唤起久居城市的人们对乡土的依恋，然后，就飞了出去，在对面的大树上停留片刻，忽然无影无踪了。傍晚的时候，随着一阵清脆的鸣叫，啾啾回来了。

和啾啾一样，郭晓宇为自己解决一日三餐问题的做法起了一个名字：觅食。

早晨八点，他在公司附近的一条小巷内购买早点，米糕八毛钱一块，包子一块三一个，豆浆一块五一杯，馄饨两块钱一碗，煎饼两块五一个，如果多付五毛钱，就可以在煎饼里再加一根油条。早晨上班的时间是紧张的，他都是将早点打包好赶到办公室，打开电脑，埋头坐下，匆匆地吞咽完，仿佛在做什么见不得人的事。周末的时候，如果起床早，就去小区附近的肯德基喝一碗皮蛋粥；如果起晚了，就把早饭和午饭并在一起解决了。

午饭的时候往往是快乐的。早出晚归的上班族们叫来了五花八门的简餐，为今天的饭菜变了花样萌生着小小的惊喜。简餐并不丰盛，标准通常是固定的，十块钱，一份大荤、一份小荤、一份蔬菜，随意搭配。已有家室的同事会取出饭盒，里面装着父母或者妻子做的饭菜，用微波炉加热后，散发出的饭菜的香味和快餐店的简餐的味道是完全不一样的。对郭晓宇而言，吃饭似乎仅仅成了解决饥饿感的手段，因为更多的时候，他不得不一边吃饭一边忙着手中的工作，或者思考着二十分钟以后的会议上该向上司汇报哪些工作。

晚餐是没有确定的就餐地点的。兴致好的时候，会叫上两个同事或者朋友，在小饭馆点几个炒菜；隔了几日，朋友或同事也会在兴致好的时候叫上他去小饭馆。通常情况，或者去快餐店随意搭配一份晚饭，或者去麦当劳凑合一个汉堡，抑或是从超市买些面条和熟食自己捣鼓出一顿充饥之餐。

生活按照既定的轨迹继续着，为了下一顿食物奔波。啾啾，郭晓宇——每天不知疲倦地流浪，流浪在餐桌前，流浪在觅食的路上。

这天，公司总经理忽然把郭晓宇叫去了办公室。这是郭晓宇第一次踏入总经理的办公室，通常情况下，他在公司内行走的轨迹到部门总监的办公室就戛然而止了。

“你的这个创意很不错，被市政广场建设组委会采用了，这可是我们公司的大喜事啊！你的创意可以说把我们公司断裂的资金链给救活了啊！现代化的城市不缺少感官上的刺激和奢华，唯独少了一种灵魂上的品质感。你把这个市民广场设计成一块翡翠，色调搭配得很轻松，柳叶形状更是别具一格。蝉、如意，这些元素很有传统文化底蕴，现在的生活缺的就是文化。小伙子的想法很好。”总经理手上拿着郭晓宇的设计稿，赞不绝口地说。

这份设计稿改变了郭晓宇的生活状态，他很快被提拔为创意部副总监，同事对他的称呼也由“小郭”变成了“郭总”。

郭晓宇忽然觉得，柳叶翡翠真的可以给自己带来好运。

## 五

磁卡在POS机上划过，六位数密码、签单、盖章……一套正在建造中的公寓瞬间成为郭晓宇的个人财产。

薄薄的一张磁卡，让成捆的钞票变成了一组毫无质感的数字，几声清脆的按键声过后，所有的积蓄又荡然无存。但是，住房对于一个异乡人来说，是获得对于城市认同感的唯一途径，抑或说是城市认同一个异乡人的唯一条件。

坐在装修公司 VIP 房间宽大的沙发上，郭晓宇慢条斯理地品着茶水，听年轻的设计师眉飞色舞地规划着自己未来的住宅。面前的电脑屏幕上，是一张张制作精美的效果图，按照这样的蓝图，半年后，他将住进这间属于自己的住宅。

他将摆脱寄人篱下的困苦，但是，无法让心灵停止漂泊。

他开始仔细规划每个月收入的分配，甚至一日三餐的消费也不敢怠慢。扎根于主城区半成品的公寓也牢牢捆住了他的双脚，他必须每月在规定的时间内将固定的款项转入按揭账户，否则将重新回到一无所有的状态；他必须节约出一笔不菲的资金用于购车，像“国际花园”里的中产者一样开着 SUV，以表明自己融入了这座城市陌生的繁华。绚丽的伪装如蝉翼般精美，也如蝉翼般单薄和虚无，路灯下孱弱的身影足以像利剑一样刺穿所有的掩饰。

没有支点，再华丽的心也只是一种流浪。

郭晓宇仍然觉得自己是这片大地上的异乡者。他的灵魂仍然在北方平原上的一座小城中徘徊，那里是真正的故乡，那里有一个叫作家的原点。

郭晓宇仍然每天乘坐公交车上下班。公交车是一个特殊的空间，在这个逼仄的空间里——年逾古稀的老人，枯瘦的双手颤巍巍地箍在扶手上，暴起的青筋紧紧拽着随时可能断裂的身体；一脸尘土的农民工，穿着灰蒙蒙的油布衣衫，一圈圈电缆仿佛蟒蛇一样缠绕着他的肩膀，灰尘颗粒伴随着车厢的颠簸从他的领口和发梢腾空而起，吸入旁边年轻白领的鼻腔中；年轻的白领紧紧夹着看不清商标的皮包，努力与沾满泥土的电缆保持着距离，脖子上渗出的汗水悄悄在洁白的衬衫领口印上了暧昧不清的痕迹；时尚的姑娘倚在塑料座椅边上，丰满的臀部磨蹭着歪坐在座位上的中年男人的肩部，男人乜斜着眼角，装作毫不知情的模样，鼻翼却夸张地一张一息，贪婪地呼吸着姑娘年轻的身体里散发出的青春的欲望……

农民工乘过了站，一脸焦急，含糊不清的普通话反复彰显着他的张皇失措。

“赶紧在前面的车站下吧。”司机说。

“那这边能坐上×路车吗?”农民工问，眼神中流露着对某个答案的期盼。

“没有那路车的，这边远了去了。”边上的乘客插嘴道，微微抖动的嘴角掩饰不住一个本地人对外乡打工者的讥讽，“你可以打出租车去的……”

打工者下车了。车轮卷起的尘土朦胧了他灰蒙蒙的身影。

车厢重新回归了先前的沉默，鱼贯而入和鱼贯而出的人们都明白怎样充分发挥口袋中每一枚硬币的价值。和身边形形色色的人一样，每天，郭晓宇忍受着混浊的空气和拥挤的碰撞，忍受着急刹车时剧烈的摇摆，对窗外疾驰而过的出租车视而不见——对于车厢里的人们来说，出租车，那是一种偶尔才可以享受到的奢侈。

奔走，在异乡的土地上，在漫长的寻找中。

核心商务区某幢大厦31楼的落地窗户边，郭晓宇坐在电脑前快速浏览当天的设计样稿，他必须仔细对比每一幅设计图稿的创意点，是否与对手公司有什么相似之处，任何一个微小的疏漏都可能引发上司对他工作态度的质疑。

在这个城市庞大而复杂的城市体系中，郭晓宇所在的公司名字排在一长串民营企业的序列里，这一长串名字以某种肉眼看不见的规则，共同组成了复杂的城市机器。这台日益膨胀的机器鲸吞蚕食一般吞噬着四周的乡野，吞噬着一片片绿色的净土，也吞噬着一具具曾经自由的肉身和轻盈的灵魂。

31楼的窗户边，郭晓宇仰视周围更高的大楼，俯瞰脚下川流不息的繁华。

他的位置此时定格在了这个坐标点上。也许，和很多人相比，仅用了一年的时间就攀登到这样的高度已经是命运格外的眷顾，他的身后，一级级台阶，正从大地的底层蜿蜒到他的脚下，再延伸至没有尽头的高处。

总经理打来了电话，要他去取一份文件。在总经理的办公室，郭晓宇见到了一名女子，女子的相貌与他记忆中的某个样子严丝合缝地重叠在了一起，他把惊讶埋在了心里，只是礼貌地对她点了一下头。

这名女子，居然是两年前与他合租的那个姑娘。

## 六

姑娘醒来时，郭晓宇已经离开了，对于她来说，已经遇到过太多的这样的男人。她，以及各种他，仅仅是某一相遇时产生的交点，交错之后，再不会有相逢的时刻。

但是，郭晓宇的翡翠叶子改变了姑娘的想法。

她并不知道这块翡翠的价值，也许他是出于对她的同情，也许是心里真的对她产生了一丝留恋，总之，他在临走之前，留下了这块漂亮的翡翠。她认定，这块翡翠是郭晓宇送给她的。

她没有再联系郭晓宇，她知道，像郭晓宇这样小心谨慎地生活的男人，再一次见面只会引发尴尬。

这确实是一块漂亮的翡翠，在灯光下会变得通体透明，像凝固在冰雪中的叶子；那绿色仿佛会流动的水，让捧着的手感觉到一股清凉。

然而，拮据的生活还是让姑娘带着这块翡翠走进了珠宝店，玉器鉴定师开出了一个让她吃惊不已的价钱，她变卖了这块翡翠。

那一瞬间，郭晓宇在姑娘的心中呈现出一种矛盾的存在，因此认定郭晓宇是个讲情义的内敛的男人。她开始心安理得地享用这块翡翠所带来的财富。

她需要利用这笔财富获得生命中的机遇。

她偶然得知有一场酒会将在这座城市最豪华的露天酒店举行，出席酒会的是这个城市最显赫的企业家们，她决定去碰碰运气。

她用手中的钞票购买了最昂贵的迪奥晚礼服，她发现镜子中的自己仿佛被仙女施过魔法的灰姑娘一样变得光艳动人。那一天的酒会上，她只是一个人坐在靠窗的位置发呆，但是他还是注意到了她。于是，当他端着两杯红酒坐到她身边时，她送给了他一个迷人的微笑。她的笑，有淡淡的风尘气，却又有几分清新和羞涩，像个涉世未深的小姑娘。这个笑，让他爱上了这个女人，他决定向她求婚。

男人是一家设计公司的总经理，他很快与妻子离了婚。在为她举办的婚礼上，男人给了她一幢最豪华的别墅。

婚礼当晚，她想起了玉器鉴定师跟她说的一句话："姑娘，这块翡翠雕刻的纹样寓意真好，一鸣如意，这是一块能给人带来好运的翡翠呢。"

也许是真的吧，它真的能给我带来好运。她幸福而满足地睡了。

两个月后的一天，丈夫从公司带回了一叠设计稿。丈夫的设计公司最近资金链有些衔接不上，面对如雨后春笋般出现的竞争对手，他不得不亲自上阵挑选设计样稿。这次市民广场设计的竞标对于公司来说是一次极好的化解资金危机的机会，如果公司的创意能够中标，那么这座城市中心地标性广场将打上公司的名字，且不说那一笔丰厚的利润，仅仅这座广场就是一张能够带来无穷财富的名片。

丈夫审核样稿的时候，她就在一旁陪着，忽然，一张柳叶形的广场平面图映入了她的眼帘。她抽出来图稿，后面的三维效果图更真切地让广场呈现出了翡翠的色泽，广场中心的蝉和如意的浮雕那么栩栩如生。

这不就是那块给我带来好运的翡翠吗？

也许，这块翡翠同样能给丈夫的公司带来好运。

她对丈夫说："这个创意好看，翡翠，既华贵又有文化气息，而且寓意也挺不错的，我听说蝉和如意在一起，有'一鸣如意'的意思。"

丈夫向来宠着她，她喜欢的，他就喜欢。

"好，那就这张！"丈夫拍板了。

她看到了这张设计稿上写着的名字：郭晓宇。但是她并不知道郭晓宇是谁。

# 七

在咖啡馆里，总经理夫人跟郭晓宇讲了那晚他走之后发生的故事。

郭晓宇认真地听着，他问她："你还知道这块翡翠现在在哪儿吗?"

她摇摇头："不知道。也许在某个玉器店，也许给某个有钱人买了去，它其实只是一块普通的翡翠，只是在不经意间，它改变了我们每个人的命运。"

郭晓宇点点头，他的包里装着公司刚刚发给他的一笔丰厚的奖金，足以让他还掉公寓的贷款。今天，他头一次感到在这个城市生活其实并不十分沉重。

【沉香记·伽楠】

一只白皙的手握住了车门，细长的手指上青色的筋脉在微微用力时隐约凸起，洁净的车窗上映出一个穿戴整齐的年轻男人的身影。车门打开的一瞬间，一只高大的温顺的苏格兰牧羊犬迫不及待地从座椅上跳了下来，兴奋地在主人身边蹦着转圈，淡黄色的尾巴摇摆在鲜嫩又茂密的草丛里，仿佛一道阳光穿过。白皙的手掌抚摸着大狗柔软的后背，拍了拍那个听话的脑袋——这只高大的温顺的聪明的牧羊犬明白了主人的意思，撒开腿一溜烟奔跑到了河边，自顾自地玩耍起来。

牧羊犬的主人打开了汽车后备箱，拿出折叠帐篷。不多时，支起了一顶湖蓝色的帐篷，车厢内有舒缓的音乐飘出来，回荡在这片山谷间的草地上。男人坐在帐篷边上，打开了一个精致的紫檀木盒，里面有一块沉香。他掰下一小块，点燃了，看着一缕淡淡的青色在阳光中渐渐朦胧，然后消散。

鲜绿的草地上，一辆白色雪佛兰，一顶湖蓝色的帐篷，一只温顺的名叫小宝的狗，一个在班得瑞的音乐中沉默的名叫赛非的男人。这是一个惬意得近乎平淡的下午。

赛非在他的一幅画的背后写下过一句话："幸运的爱情是用一生爱上一个人，然后在生命的最后一瞬间忘掉她以及整个世界；不幸的爱情是在一瞬间爱上一个人，然后用尽一生的时间去忘记她。"画面上是夕阳中的枫叶，耀眼的阳光，满山遍野的红色，红得刻骨铭心。赛非相信，有些往事是永远也忘不掉的，因为有一些气味被握在了手中，只要将手心拢在鼻子前，所有的记忆都能被唤醒。

嗅觉，总是刺激着大脑的最隐秘之所，而气味，总在手心蔓延，挥之不去。

赛非在一家证券公司的总部做法律顾问，他的工作就是每天审核一些合同文本，在有歧义的条款下面用红色签字笔画一道线。他很少去外地出差，因为他的小宝需要他照顾。

小宝是一只聪明的听话的牧羊犬，赛非上班时它就安静地待在家里，从来没有邻居上门告状过小宝吵闹。赛非每个周末都会带着小宝去郊外，有时候是去登山，有时候是去看书、钓鱼，或者睡觉。去有河水或者溪流的地方的时候，小宝会在水边静静地端详自己，赛非曾经拍着小宝的脑袋说："你是一只爱思考的狗。"赛非相信小宝听得懂他的话，因为他这么说的时候，小宝会安静地舔他的手。

赛非有一双漂亮的手，手指修长、白皙，仅仅看这双手，你的脑海中出现的会是一个女人的形象，可是赛非偏偏是个男人，于是这双手成了许多认识他的女人羡慕的对象。

第一次和帆约会的时候，帆就说了赛非的手好看，然后，这双好看的手就抱住了帆。帆仔细亲吻着赛非的手心，她说她要把自己的味道永远留在这些细密的纹络里。

他们在轿车后座上相拥在一起，帆的口中有蜜桃的味道。他们以最快的方式除掉了身上的衣服，疯狂地亲吻、做爱，赤裸的身体发出低沉的呻吟。在这个局促的小空间里，赛非感觉自己的身体前所未有的舒展。

那一晚，赛非对帆说，他会爱她一辈子。

赛非热烈地爱着帆。帆有一头闪着耀眼光泽的鬈发和一脸顾盼生辉的笑容，做爱时，赛非喜欢将头埋在这浓密的鬈发中，听帆在自己的耳边恣意地呻吟。

和别的女子不同，帆的身上有一种独特的气味，这样的味道让赛非迷恋不已。他曾专门请教过一个做香水鉴定的朋友，朋友却说不出这是什么香水的味道。

那个冬季，赛非请了一个长假，他和帆完成了一段华丽旅程，婆娑了一个冬日绵绵不绝的雪花。在充斥着体液与荷尔蒙味道的生活里，赛非认识了小宝——帆的宠物。当赛非和帆在浴池里调情的时候，小宝就隔着浴室玻璃看着，看得那么入神。

在一座长满枫树的山上，赛非为帆拍了一张照片。夕阳中的帆很美，阳光在她身上浮起了一圈温暖的光环，赛非觉得，她的笑容可以让春天提早到来。

那天的枫叶有一种排山倒海的美，那满树的叶片如同一朵朵被晚霞染得绯红的浮云，在冬日的风中摇曳着，醉人的红顿时渲染了整座山的色韵。枫叶似乎有使不尽的激情，舞动着，跳跃着，热烈、奔放，耀如燃烧的火焰，让这本该已被孤寂和萧瑟笼罩的季节变得绚烂而又氤氲着无限的憧憬。鲜红的叶片如凤羽般漫天飞舞着，一片、两片、无数……帆站在枫树下，静静地看着一只只精致的蝴蝶扇动着斑斓的两翼，无声地歌唱着，仿佛来自天堂的精灵，悄悄地将人间一朵朵幻梦托向远方的厚厚的云层。红叶在他们头顶上徜徉着，又倏地从眼前掠过，好似流星一般带着祝愿划过天际，只在心中留下一团朦胧的影像。

后来，赛非在画布上细心地描绘着那天的景象。帆说他画得不好，枫叶红得太过触目惊心了，太艳丽的风景背后，总有凋零如影随形。赛非笑了，他说艳丽一些好，浓烈的味道更能刺激人的海马回钩。

那段时间里，赛非看到帆每天都要燃烧一块香。

那是一种让人着迷的味道，带着你离开尘世，步入你从未去过的地方。每当香气袅袅、淡淡地萦绕在房间里的时候，赛非就会闭上眼睛，什么也不想，什么也不做，就这样一点点沉溺下去，沉溺在香的世界里，沉溺在帆的浓烈的情感中。

帆说，这是伽楠香，只有经历了火烧、水淹或者虫蛀的古树才有可能结出这样神奇的果实。沉香的诞生，是要经历诸多劫难的。

伽楠的味道很淡，这让赛非颠覆了以往对气味的认知。他一直认为只有浓烈的才是不朽的，没想到真正的不朽是来自心灵上的眷恋。

赛非说，他会永远记住这香的味道，不论她去了哪里，循着这样的味道，他就能找到她，哪怕天涯海角。

帆只是笑。

帆告诉赛非，她要出国留学，可能会移民，也可能两年以后回国。

赛非说，他愿意等她两年，如果她两年以后回国，他就和她结婚，如果她不会回来了，他就带走小宝。

帆说，她不相信承诺。她宁可将一些诺言凝结在独特的味道里，装在心上，在四年的时候心里的气味自然会飘出来。

于是，一个星期后，帆突然从赛非的世界里消失了。

舌尖的旖旎，手心的缠绵，身体的交合……曾经的过往，如荆棘一般牵扯着神经，总会在不经意间伸出隐匿的刺，让伤痛寻不到痕迹，却又突如其来地痛彻心扉。平淡的生活中，流于表面的是一派气定神闲，像夏日午后安静熟睡的婴孩，没有人知道，那沁出晶莹汗水的稚嫩的头脑中，演绎的是怎样的梦境。

整整三个月，赛非没有得到帆的任何消息，他仍然保留着不关手机的习惯，甚至 MSN 也从不隐身。

直到初夏的一个傍晚，赛非忽然收到了一个陌生号码发来的短信：赛非，我走了，马上就要登机了，再见。小宝还留在家里，我不能将它带走，希望你能收养并照顾它。我的门没有锁……地址是……

就这样，小宝有了新的主人。

在帆的住处，赛非在客厅的茶几上看到了一个精致的紫檀木盒，盒子里盛着一块椭圆形的伽楠香。

帆离开以后再也没有回来过，也没有向赛非问过小宝的情况。赛非偶尔会悄悄去帆的博客看看，他知道帆在新的国度又有了一个男朋友，她现在的生活应该是快乐的。

赛非的掌心总是残留着湿湿的空气，他忘不了的是帆留在他掌心的吻。

赛非总能从小宝身上看见帆的影子，帆的不辞而别让他经常在梦中寻找答案，他设想了种种可能，又在醒来后一一推翻。每个周末，他带着小宝去兜风，他让小宝坐在副驾驶位置上，他会不时腾出右手抚摸小宝浓密的毛皮，感觉像是抚过帆卷曲的长发。

他烧掉了和帆有关的所有照片，只留下了那块伽楠香。

偶尔，他会小心翼翼切一小块，点燃，看青色的烟缓缓飘起。那一刻，他仿佛轻松了许多，所有思念就都烟消云散了。

如果没有遇见菲，赛菲会在这座城市继续生活下去，也许会继续一个人，也许会和身边的其他朋友一样，与一个看着还算顺眼的女子结婚，然后平静地生活下去。

但是，赛菲第一次见到菲的时候，就确信自己爱上了她。

菲是报社的记者，确切地说，是一个见习记者，采访赛菲是因为他所在的公司卷入了一场融资纠纷的案件中，这个案件甚至引起了新闻媒体的兴趣，每次庭审当地电视台和报社总有记者到现场旁听，而赛菲作为公司律师，在庭审现场的一次次机智表现最终为公司赢得了胜诉——菲对这个年轻的律师很感兴趣。

菲有一头浓密的长发，圆圆的脸，五官虽不十分精致，但是坐在菲身边的赛菲却闻见了莲花一样的清香，这样的味道让他流连。

赛菲觉得，他需要另一种味道来彻底驱散往日的记忆。菲，有不一样的味道，这个味道他并不排斥，甚至有一点点喜欢，有一点点迷恋。

采访结束后，赛菲开车送菲回家，在聊天中，赛菲惊讶地发现菲和自己有太多相同的喜好。赛菲说："真应该早些认识你。"

菲点头，笑了。

回家后，赛菲在短信里告诉菲，他喜欢她。

菲回复说，她对他也有好感，但是她正在准备见习记者的转正考试，想暂时避开感情的干扰。

赛菲说，好的，他会等她到考试结束。

每天，赛菲会在睡觉前给菲发去短信，他还拍了小宝的照片给菲发去，菲看了之后很开心，说以后要认小宝做干弟弟。

赛菲继续画着那幅枫叶，然而他在犹豫，这枫叶的颜色是该继续热烈，还是该画一些薄薄的雾气，让冬日的生命多一点迷而淡的气息呢？

时间过得很快，菲考试结束后的周末正好是端午节，赛菲约了她周末一起吃饭。

很巧，就在赛非约好菲之后，赛非的母亲从家乡打来电话，问他回不回家过节，赛非支吾了一阵，说手上工作忙，不回来了。

母亲想了想说：“要不我来看你吧。”

“好。”赛非说。

星期六的中午，餐厅，赛非和菲。

吃饭时，菲突然说：“有些事不是自己希望怎样就能怎样的，人在现实面前总显得无能为力……比如，爱情……”

“你要表达的是什么意思？”赛非故意漫不经心地问。

“我没办法拒绝另一个人的爱。”菲说。

“你从来没有说起过你有别人……”赛非抑制住了心中的惊讶。

菲抬起了头：“我和他已经认识很久了，他也是在第一次见到我之后就说喜欢我了。他的身上有一种气味，很奇怪，仅仅是气味，让我无法抗拒。我不喜欢他，我曾试图把他从我的生活里抹去，但是我做不到。赛非，我和你，就仿佛两股不同性质的气体，融不到一起去，我承认我喜欢过你，但我不能选择你……你是一个好人，你很善良也很优秀，但是感情的事就是这么奇怪。这些话，我不想瞒着你……”

“我明白。”赛非干涩地笑笑。对于这样的拒绝，他无言以驳。

有些爱慕是心知肚明的，却无法跨越。

赛非知道，他和菲有着太多相同的地方，甚至——对气味的迷恋。如果爱情是生活的理由，那么气味就是爱情存活的见证。嗅觉承载了太多的功用，爱情也囊括其中，倘若爱情走失，就连思念也需要借助一些气味来延续。

下午的时光过得很快，傍晚，夕阳一点点消失了。这座古老的城市，一直都是最适合黄昏蔓延的。沉醉的暮色总是缓慢地降落，终于隐在金色的天光之中，晚风悄悄撕下黄昏的幕布，落到城市的街角，跌碎成万家灯火。

赛非回到家中时，母亲还没有到。

第二天的端午节，赛非特意去超市买了母亲爱吃的红枣粽子，蒸熟后在家等待，母亲一直没来，打电话，也没有人接听。赛非隐隐觉得有些不对劲。几天以后，赛非接到了一个电话，是警察打来的，警察告诉赛非，他的母亲乘坐的班车在高速公路上出了车祸，母亲腹部动脉受到重创，在送往医院的路上就停止了呼吸。

一场毫无征兆的雨，让平淡但是温暖的梦半途而废。

赛非想，如果他决定节日回家，母亲就不会乘坐这一趟班车了。

刹那间，所有的欲望，包括爱——那些顶风而去的奔跑，凭空荡开的思念，在这个时刻全部消失殆尽，只剩下安静，被死亡笼罩的安静。

赛非去了公安局，领取了母亲的遗物，他忽然决定回一趟老家。赛非的父亲早些年已经去世了，母亲舍不得家中的三间老屋和独自躺在墓地中的父亲，总也不愿意搬到儿子身边来住，她宁可在家中与一帮老姐妹拉家常。

赛非回到老家，走进熟悉的楼道，看到挂在门口的那个暗黄色的木头信箱，才记起自己已经很久没有回老家了。离家很久再又回家时，依旧会嗅到熟悉的气味，没有什么比踩在家里的地板上更觉得踏实的了，心里封存已久的悲伤，顿时全部释放了出来。空了许多年的房间还跟以前一样的摆设，阳光照在满墙壁的书橱上，看得清书的封面上一粒粒尘埃在阳光中飞舞。赛非仔细地回忆，是在哪一本书里曾经夹过一片枫叶，那片枫叶的脉络仍然呈现在他的脑中，历历在目。

赛非忽然记起，小时候家里也是经常会点燃几炷香的，因为母亲喜欢。可是，他已经不记得那时候的味道了。

赛非说自己有些老了。人老去的迹象不是年龄和相貌，而是回忆，在不经意中反复回忆一些事情，有如一场无疾而终的聚会。

赛非说心的出走不是背叛，而是告别。心甘情愿将生命想作一次漫长的旅行，偶尔为了某个人停滞在某一个站台很多年，或者永远。

几个月后的一个秋天，赛非辞职了，他卖掉了自己的公寓和家具，收拾了简单的行李，带走了他的画夹和满满一箱唱片，还有那只听话的名叫小宝的狗。他开着有些旧了的白色雪佛兰去了闽南一个靠海的小镇，开了

一个小酒吧，附近的渔民经常听到海风中回荡着有些哀伤的曲子。

他给自己的酒吧起了一个名字，叫 SMELL。

常有一些到海边旅行的客人到他的酒吧听音乐，他的酒吧里总会萦绕着淡淡的伽楠的味道，和海的气息混合在一起，融汇成了一种无名的伤感。有人问他，这是什么味道，赛非就会告诉他，这是用海水浸泡过的伽楠香。

一幅未完成的画靠在酒吧的墙角，背景是满山的枫叶，但是浓烈的红色只涂抹了一半，另一半的草稿上只有淡淡的铅笔印痕，强烈的疏密对比却呈现出了一种突兀的美。在这幅未完成的画上，有一个捡拾枫叶的女孩儿，圆圆的脸，一头浓密的长发，眼神中有一点调皮的伤感。似乎是菲的样子，但是仔细看，又觉得不太像。

有人会问起关于这幅画的故事，赛非说是一个画家朋友的作品，画了一半就去了远方，他是为了忘却画中的故事。

不久，小宝恋爱了，和小镇里一户人家的一只雌性的白色小狗。那户人家很欢迎小宝，因为小宝温顺、聪明，而且比镇子里任何一只狗都英俊漂亮。

后来，小白狗生下了一窝小狗，每一只都跟小宝一样漂亮。赛非给它们拍了一张合影，他将这张照片密封在了一个玻璃瓶中，抛向了大海，他希望海浪能将这个玻璃瓶送到遥远的对岸，他希望打开瓶盖的人能认出照片上的小宝。

赛非再用手心拢住自己的面孔时，他嗅到了有点腥咸的海的味道，依然白皙修长的指间有些粗鲁地散发着男性荷尔蒙的气息。曾经牵在手心的不忍放开的岁月，终于在手掌中华丽地走失了，他相信，窗前的海浪里，有数不清的细碎与绵延。

到底有多少气味还在游荡？温柔的、诱惑的、哀伤的、热烈的？

一些芬芳的花草，在光阴黯淡的季节里相拥，在锈迹斑斑的笛声和潮音中缤纷。赛非想，再坚硬的记忆也能被海浪拍成碎片——唯有气味，终将化作一条条温暖的潜流，从掌心流向过去，流向未来。

【翠镯记·凤音】

# 一

一曲丝竹悄然响起，水袖翩翩，人声鼎沸的戏园子里顿时安静了下来。

“遍青山啼红了杜鹃，那荼蘼外烟丝醉软，那牡丹虽好它春归怎占的先？闲凝眄，兀生生燕语明如剪，听呖呖莺声溜的圆……”台上的女子唱的是黄梅调，一声声婉转动听。小巧的庭院布景间，杜丽娘歌舞翩翩，一身素衣行走在姹紫嫣红的春光里，越发显得妩媚动人。白皙的手臂轻掩笑靥，却遮不住眼波横陈，但见绣帕微微一甩，腕上的翠镯跟着滑动，整个人儿仿佛是从画里走出来似的。

雅座中的男人本在低眉品茶，似乎有些怅惘的神情，忽然被这绵长的声音吸引，手腕一转，两指一按，盖上了白瓷茶盖，将茶盏端在胸前，举目朝台上望去。

彼时杜丽娘也正款款朝他看过来，眉目含情，步步莲花，珠泪点点，只一眼，男人的目光便定在了杜丽娘的身上，再也不肯挪开了。

杜丽娘的目光掠过男人，继续唱道：“观之不足由他缱，便赏遍了十二亭台是枉然，倒不如兴尽回家闲过遣……”

男人放下茶盏，哈哈一笑，转身走出了戏园，身后的两个年轻人也连忙跟着走了出去。戏园朱老板想赶上去招呼，却还没来得及起身，一行人已经跨上马走远了。

第二日，男人又来了。

这次，男人一身戎装，腰间别着一只锃亮的勃朗宁手枪。

朱老板赶紧跑过去扶他下马，来者并不理睬，左腿一踏马蹬，右腿掀过马头，稳稳地落地了。“郝司令真是好身手，这下马的姿势真是潇洒……”朱老板堆着满脸的笑，弓着腰小心翼翼地说。

这个被朱老板称作“郝司令”的男人，就是拉起“卫国军”大旗的郝骏鲲。郝骏鲲本是两江总督铁良麾下江防营的一名军官，武昌起义后不久南京光复，清军的江防营在各路新军的进攻下溃不成军。郝骏鲲干脆夺了几十条枪械，带着二三十个弟兄渡过长江从安徽逃走了，渡江前还不忘拖走了两门小山炮，从此在江南一带干起了打家劫舍的勾当。不多时，袁世凯在北京复辟恢复了帝制，举国声讨，云南的蔡锷将军率先举起了反袁大旗，组建了护国军一路北上。郝骏鲲也借机与革命党频频接触，争取各方的支持和经济援助。他到处招兵买马，不出一个月，百十人的队伍就扩展到了七八百人。郝骏鲲把部队改名叫作“卫国军”，打出了十八星旗，表示全力拥护共和。

还没等郝司令的部队打到北京，袁世凯的皇帝梦就破灭了。郝司令的部队仍叫作“卫国军”，他把部队从山野带进了城里，东讨西伐扩大地盘。自从打下了未城，他就不走了，在未城一住已经两个月了。军师参谋说未城的风水好，是块吉地，于是郝司令干脆命令当地乡绅征集壮丁给自己修一座墓地，等墓地建好了再作打算。

从此，郝司令成了朱老板戏园子的常客。

不待朱老板开口，郝司令先说话了：“昨儿唱杜丽娘的，是哪个班子的呀？”

“梅香班的凤音。”朱老板赶紧应答。

郝司令一挥手，侍卫官白月明递给朱老板一个布袋子，朱老板只觉得手上一沉，掂一下就知道这袋子里少说也有二十个大洋。

“告诉凤音，三日后我郝骏鲲来接人。朱老板，你可替我把人给看好了！”说罢，郝骏鲲翻身上马，不紧不慢地走远了。

朱老板顿时犯难了，他不知道这事跟陈家三少爷该怎么交代。

未城的人都知道，梅香班的角儿凤音是陈家三少爷的人，虽然陈家从没说过要明媒正娶风音过门，但是陈家的丫鬟在私底下都唤作风音为“三少奶”。人们都说，陈家老爷子不喜欢黄梅调，认为那是乡间野调，上不得台面的东西，所以不准三少爷娶风音，但是三少爷喜欢，老爷子一旦去了，三少爷是定会娶风音过门的。风音手上的镯子就是信物。

陈家三少爷也是因为听戏看上风音的。

那几日，陈少爷的夫人去世不久，到戏园子里听戏也是为了解闷，缓缓心里相思的苦楚。恰逢风音登台，唱的是《西厢记》，唱到长亭送别时，崔莺莺泪眼盈盈，惹得陈少爷也鼻子发酸，落下泪来。

朱老板深谙其心，一曲终了，领着“崔莺莺”来到陈少爷面前，陈少爷这才回过神来，赶紧侧身拭去了眼泪。

风音忍不住笑了，精致的妆容已经不见了刚刚的愁绪。她是戏子，唱戏也好，演戏也罢，全不过是戏中的人儿罢了，台上台下她分得清楚，登了台她就入了戏，笑也好，泪也好，只要演罢离场，她就又还是风音自己。

她用袖口掩着嘴角，看着眼角还噙着泪光的男人，心想：这人挺入戏，还真多情。

“风音，这位是城南陈家大宅的三少爷。”朱老板介绍道。

陈家大宅在小小的未城里也算得上是显赫的人家了，城内城外都置办了家业。陈家老爷收藏金石书画，尤其喜爱昆剧，三少爷也是个戏剧票友。陈家是书香世家，祖上在康熙年间做过四品的道台，陈老爷子也是进士出身。三少爷先在福州船政学堂读了一年西学，又被清政府派遣到东洋留学了两年，回国后本也是要考进士的，不想大清王朝说垮就垮，连科举也没了。

“三少爷今日心里愁闷，风音姑娘好生宽慰。”朱老板特意嘱咐。

逢场作戏的类似“宽慰”的暗示，风音见得多了，但这一次，她却对面前这个略微腼腆的男人动了心。因为他是个容易入戏的男人吗？容易入戏的男人，应该是靠得住的吧？风音暗自想。

这一年，风音才十五岁。

本以为只要走进了陈家大宅，自己就可以日日夜夜陪伴三少爷，告别颠沛流离的江湖生活了，不想三少爷只和她同吃同住，迟迟不提娶亲的事。

三少爷送给她一只翡翠手镯，水色很好，通体碧绿，雕镂的是凤穿牡丹纹样。三少爷说这是之前的夫人戴过的，你若戴了，老爷不说什么的话，就表示认可你了。从此凤音就天天戴着，老爷看到了，并未说什么，可是也不提给少爷续弦的话。

其实，凤音也是喜欢这只翠镯的。她喜欢那凤凰，凤凰是瑞鸟，牡丹是富贵花，自己名字里也有个“凤”字，没准真的是天赐良缘呢。

凤音跟三少爷似乎都在耐心地等待，但是郝司令一刻也不愿意等待。

郝司令带着侍卫官走进陈家时，数十个兵士提着枪把宅子一圈围了个严严实实。郝司令不说一句话，丢下了一盘金条和一颗子弹后扬长而去。

陈老爷子心知肚明，朱老板已经提前给他透露了风声。

朱老板受过陈家的恩惠，在郝司令面前也替陈家打了不少圆场。他不敢告诉郝司令凤音和陈家三少爷的真实关系，只说陈家老爷子喜欢凤音的曲子，认了她做干闺女，不唱戏的时候，凤音就住在陈家大宅。

为了一个上不得台面的戏子跟枪子儿较劲，不值得。老爷子开始劝说三少爷早早跟凤音作个了断。

陈家上下都站在老爷子这边，唯有三少爷的小妹心疼哥哥，替他们出主意。

“哥，不如你带着凤姐悄悄走吧，走得越远越好。郝司令拿不到人也没办法，大不了敞开门让他搜，看他能怎样！我看你们是相爱的，别顾虑太多了，等风声过去了你们再回来，最好生个胖小子一起带回来，到时候凤姐就是堂堂正正的少奶奶了。”五小姐字字句句说得真切，三少爷听得心里惴惴不安。

凤音抚着腕上的翠镯，满眼期待地看着心上人。

“还是……从长计议……”三少爷说。

几日后，郝司令带着部下来接人了。

三少爷把凤音送到了门口，两人都有些不舍，两只手还握在一起。郝司令似乎看出了点端倪，拿着马鞭指着三少爷问："你是她什么人?"

三少爷浑身一抽搐，握着凤音的手赶紧缩了回来，只听"咣"的一声，翠镯被三少爷不小心扯落了下来，撞在门前的石墩上，碎成了两半。

三少爷愣了愣神，说："我……兄长。"

凤音哑然失笑。数月来朝夕相伴却不敢承认，当初的恩爱之言只不过是戏中的唱词罢了。本以为旁人容易入戏，却原来真正入戏的是自己。

"那有礼了。"郝司令冲三少爷抱了抱拳，眼神里仍带着狐疑。

他一把抓住凤音的手就往轿子上拉，凤音挣脱开俯身去拾镯子，郝司令道："老子有的是金子，给你选块上好的玉料，再雕一个就是。"

凤音没有理他，捡起了翠镯。这镯子也奇怪，碎成了完完整整两半，并在一起，竟严丝合缝没有分毫出入。

朱漆大门缓缓关上，"哐当"一声把凤音和翠镯都关在了这宅门之外。

## 二

自从跟了郝司令，凤音倒也没受过罪。郝司令虽是个粗人，但对凤音还是宠爱着的，每日睡前必要听凤音唱一段黄梅调，尽管他不懂戏，只要凤音喜欢的，他都说好。

郝司令在未城安营扎寨了两年后，安生日子就到头了。

炮是天天响，郝司令的"卫国军"和崔团长的"救国团"交火了。

郝司令不知道崔团长带的是哪支部队，总之，想把他赶出未城的人就都是敌人。郝司令命令所有的山炮都冲着"救国团"的营地开火，"救国团"也把所有的火力对准了未城。几天交战下来，城外一片狼藉，乡民们纷纷进城避难。

崔团长下令围城，占了城外的稻田，切断了河道，眼看着士兵们粮食不足，郝司令慌了神。坚守了一个月后，郝司令决定突围，他让侍卫官白月明保护凤音，自己带着士兵们一马当先冲了城出去。当白月明带着侍卫排把凤音带到三石村与郝司令会合时，郝司令已经变成了一具鲜血淋淋的尸体。

凤音吓得浑身哆嗦，一下子昏厥了过去。白月明赶紧把她扶住，过了许久凤音才回过神来。白月明就这样搀扶着她，寸步不离。

士兵上来报告，崔团长占领了未城，正带着人马一路杀来，紧追不舍。

白月明跟随了郝骏鲲多年，郝骏鲲的命令都是通过他这个侍卫官传达的，因此白月明在军中颇有威信，郝司令一死，众人都把目光对准了白月明。

白月明沉思了片刻，作出了一个让众士兵意想不到的决定：投降崔团长。

“操你妈！老子不投降，老子要为司令报仇！”一个排长嚷嚷着站了起来，伸手想拔枪。白月明眼疾手快，甩手一枪正打在排长的额心。所有人都不说话了。

“为司令报仇，不是硬碰硬，投降只是缓兵之计，白某一定寻找机会给大哥报仇。请嫂夫人理解白某的一番苦心。”白月明当着众兵士的面，向凤音起誓，坚决不忘郝司令的兄弟之情，并保证一定保护好凤音的安全。

“卫国军”投降了。

崔团长收编了“卫国军”残部，把壮大了实力的“救国团”改成了“救国军”，自立为军长，任命白月明做暂二旅的旅长副官，主管军需后勤。

满脸麻子的崔军长进城后先让士兵们大肆劫掠了三天，然后就相中了陈家大宅，不由分说把陈家老小都轰出了家门，把陈家作了自己的司令部。崔军长还霸占了陈家五小姐，五小姐不堪凌辱上吊自杀，陈家老爷子悲痛欲绝，当天夜里撒手人寰，三少爷不知去向。昔日的名门望族如今家破人亡。

得知了陈家人的遭遇，凤音一阵揪心的痛。虽说陈家老爷子一直嫌她出身不好，但是她住在陈家的那段日子里，陈家人对她还是友善的，尤其是五小姐，几乎把她当作了亲嫂子看待。想到五小姐遭遇的不幸，凤音的眼泪就止不住往下流。更让凤音难过的是，梅香班也遭到了崔麻子军队的洗劫，班主被活活打死，往日的兄弟姐妹也纷纷离散，各自逃难了。

崔麻子还是背弃了对白月明的承诺，打起了凤音的主意。他要凤音陪他睡觉，凤音誓死不从。崔麻子笑了，命令士兵抓来了十几个百姓，当着凤音的面，崔麻子说："现在我问你，到底陪不陪我睡？你说一次'不'字，我就杀一个百姓，这些命可都是无辜的，你不会狠心为了你自己叫我把未城的百姓都杀光吧？"

凤音气得直骂崔麻子无耻。

崔麻子嘿嘿一笑，满脸横肉露出奸诈的神色："我再问最后一遍，睡，还是不睡？"旁边的士兵马上从人群中推出一个老人，枪口顶着老人的头。

老人扑通一声跪了下来："女菩萨，你就行行好，救我一条命吧……"

凤音泪如雨下，咬咬牙点头了。

这天晚上，崔麻子肥胖的身体狠狠地压在凤音身上，喷着臭气的嘴在凤音脸上舔来舔去，几声重重的喘息声过后，崔麻子打着鼾满足地睡去了。

凤音暗自发誓，一定要除掉崔麻子。

白月明自从做了旅长副官，一日日过得安稳了起来。他本就是个精明的人，会算账，崔麻子购置军火时总会把他带着，他知道怎么跟洋军火商谈价钱，能把一架勃朗宁机关枪砍掉二十个大洋。这让白月明很快成了崔麻子眼里的红人。

白月明从此开始故意躲着凤音，替郝骏鲲报仇的事再也不提了。

一日，崔麻子带白月明出城买军粮，回来后两人喝了不少酒，崔麻子趴在桌上睡着了。凤音见状，把白月明叫到屋内，说道："白副官近日很风光啊。"

白月明顿时心生愧赧，道："夫人说笑了。"

"夫人？哼，你真当我是那个麻子的夫人？你这么说就是看扁了我凤音，凤音虽是个唱戏的女子，却也比那些不知礼义廉耻的七尺男儿强了百倍。"凤音一句话，让白月明难堪得无地自容。

见白月明不作声，凤音试探性地问："白副官真的不想替凤音报仇了?”

“这……”白月明有些犹豫。

风音接着说:“其实我也是替白副官您抱不平。您想,当初若不是您带着数百号弟兄投奔他崔麻子,他的部队哪会有今天的实力?可是,您把弟兄们交给了他,他只让您做个小小的副官,整天跟着他鞍前马后瞎忙活,白副官,您不觉得憋屈吗?要我看,您至少也该做到个团长、旅长。要是郝司令还在,您肯定早就做到副司令了。”

风音的一席话让白月明沉思良久。白月明道:“非白某不想,只是这崔……麻子实力太大,没有下手的机会呀……”

风音道:“我倒有个计策,只要白副官敢做就能成。我保管你白月明代替崔麻子掌管‘救国军’,而且……到时候,我风音也是你的人。”

“愿听赐教。”白月明凑到了风音身边,一只手搂住了风音的腰。

白月明是喜欢风音的,跟着郝骏鲲的时候就不止一次偷偷在司令的卧室窗外听风音唱黄梅调,在三石村扶住风音的时候,白月明感到自己的手指一触摸到风音柔软的腰肢,裤裆里的东西就一下子硬了起来。他想睡她,做梦都想。

从这天以后,崔麻子发现,风音对他温柔多了,晚上居然主动要和他亲热。女人,你占了她的身子就不愁占不了她的心。崔麻子得意扬扬地想。

崔麻子甚至请来了算卦的先生,想选个吉祥日子要跟风音拜堂成亲。

## 三

暂二旅旅长鲁大禾近日很少住在军营,隔三岔五等到天黑就神神秘秘地出城去了。白月明知道,鲁大禾新纳了个小妾,偷偷养在城外的杨家店。

白月明把这个消息告诉了风音。

晚上,等崔麻子从自己身上满足地离开,风音故意叹了一口气:“唉,岁月不饶人，说老就老了。”

崔麻子笑了：“夫人不老，嫩着呢。”

“嫩个啥。跟鲁旅长的新夫人比我就差远了，人家可才刚刚破了黄花闺女的身子。”凤音说。

“鲁……鲁大禾？他什么时候娶女人了？”崔麻子问。

凤音故作神秘地说：“好像就前些天吧，我听说这女人可漂亮了，方圆十几里有名的美人儿。鲁旅长也是好福气啊，打仗伤了一只眼睛，却捡了这么一个大便宜，怪不得听说他近日都不住军营了，原来他把女人偷偷养在了杨家店。”

“杨家店……”崔麻子自言自语，翻过身睡了。

崔麻子没有睡着，他在想鲁大禾的女人。第二天一早，崔麻子就派了白月明去探听鲁大禾女人的住处，这一切都是凤音跟白月明定好的计策，白月明在城外遛了一天马，将近半夜才故作神秘地跑来见崔麻子，把鲁大禾养女人的地点详细说了一遍。

两日后，崔麻子派鲁大禾到南镇招募兵丁，随后直奔杨家店而去。

等鲁大禾安顿好军务，赶到杨家店时，看到的只是一具吊在梁上的披头散发的尸体。

鲁大禾又悲又气，端着冲锋枪要找仇家，可又寻不到头绪。白月明悄悄告诉他：“前日晚上，崔军长去了杨家店……”

鲁大禾大吼一声，把冲锋枪挎在肩膀上，手里拎着一串手榴弹直往司令部冲去。白月明也把手枪子弹上了膛，一路跟着。

崔麻子正在喝酒，只见大门被一脚踢开，怒气冲冲的鲁大禾出现在自己面前。崔麻子吓了一跳，知道事情败露，慌慌张张想往里屋逃，两旁的侍卫也不知所措，急急忙忙要掏枪。鲁大禾拿出手榴弹就要拔导火索，说时迟那时快，只听一声枪响，鲁大禾应声倒地。

开枪的正是白月明。

白月明并没有打死鲁大禾，只是打残了他的一只胳膊。崔麻子自知理亏，加上凤音劝他做事不可太过分，也就饶了鲁大禾一命，把他派到伙夫房做了一个勤务兵，还安插了几个亲信日夜监视着。

鲁大禾倒台了，白月明顺理成章地做了暂二旅旅长。崔麻子对白月明也更加信任了，把购买军火的一切事宜都交给了白月明处置，自己不再过问。

白月明虽然做了旅长，但是暂二旅的军权还是牢牢掌控在崔麻子手里，没有崔麻子的手令，白月明根本不能擅自调动一兵一卒。

这天，崔麻子兴致不错，要凤音给他讲戏，凤音便说了些戏里的故事给他听。约莫说了有一盏茶的工夫，凤音忽然话锋一转，问道："崔军长可曾想过，若是部下发动兵变，您怎样应付?"

崔麻子哈哈大笑："不可能!'救国军'兵权都握在我一个人手里，谁也发动不了兵变!"

"话是这么说，可是您的军队一天天壮大了，您总不能事事过问吧。再说遇到战事您总不能亲自上阵，总要那些旅长团长带兵的呀，如果他们把兵带了出去，却不给您带回来，您说怎么办呢?"凤音说。

崔麻子无言以对。

凤音笑着说："以前学戏文的时候，凤音听说大唐朝虽然国富，可是叛将频出，那大宋朝虽然国弱，可是无一将叛变，全因为宋朝调兵和统兵分而治之。宋朝设枢密院，可调全国之兵，却不可统兵打仗，设两司三衙，可领兵打仗，却无权调兵。故将军有叛逆之心却无叛逆之机。"

崔麻子似懂非懂。

凤音从怀里掏出两半翠镯，放在崔麻子面前，说："这镯子就好比兵权，这一半掌握在您手里，士兵就都归您调遣，这一半给带兵征战的团长旅长们带着，他若要调兵须得您把这一半交给他，两块翡翠合成了完完整整的一块，这兵才能调得动。古代皇帝的虎符就是这个道理。有了这个镯子，团长旅长们就再也不能擅自调兵了，崔军长您也就可以高枕无忧了。"

崔麻子抚弄着凤音的镯子，赞不绝口："好主意，好主意!"

说罢，即刻下达了命令——日后，全部兵权皆以凤穿牡丹翠镯为证，见完整翠镯则如视军长本人，不见翠镯，不得调动一兵一卒。

众军官士兵都得知了这个命令。

崔麻子把一半翠镯交给了自己最信任的白月明，另一半当身家性命似的揣在怀里，整天形影不离，连睡觉也压在枕头下面。

崔麻子怎么也没有想到，凤音会把镯子偷走，而且当天夜里就把镯子交给了白月明。

得到了完整的翠镯，白月明立刻行动起来。暂二旅是崔麻子的主力部队，在白月明的经营下已经逐渐安插了不少自己的亲信，所以暂二旅基本是在白月明控制之中的。除此以外，崔麻子还有一个侍卫团和一个手枪连，这两支部队是不受白月明管辖的。白月明以翠镯为证，假传情报，说有郝骏鲲的残余部队要来复仇，先把侍卫团从司令部附近调到了城外的未水边驻扎，接着命令手枪连轻装赶往东城外挖战壕，两支队伍的长官虽然心里狐疑，但是看到白月明手上的镯子，也就老老实实地执行命令了。

等两支队伍一开拔，白月明立刻赶回暂二旅旅部，召集了全体官兵，举着镯子道："今天白某奉崔军长的命令，铲除叛军侍卫团和手枪连，他们已经准备出城，弟兄们务必在半道上截了他们，不要多问话，一网打尽。"

布置完毕，白月明提着枪走进司令部，对着熟睡中的崔麻子就是一枪。崔麻子再也不会醒来了。

侍卫团和手枪连刚走到城门口，就被一阵突如其来的枪声打蒙了，还没来得及反击，一个个就都成了枪下鬼。等天明时，暂二旅收兵回城，才知道崔麻子已经死了。

白月明对士兵说："昨夜有叛军潜入司令部，杀死了崔军长，军长临死前要我代他掌管全部军务。各位兄弟若是不从，请放下枪回乡去，若是愿意跟着白某同享富贵，白某定不会辜负了大家！"

暂二旅的官兵中有一半都是原来郝司令的部下，于是带头喊起来"愿追随白司令"，其余的官兵见状也顺水推舟拥立白月明做了"救国军"司令。

崔麻子死后，凤音命令将他的尸体扔在城外，任凭野狗啃食。接着为陈家老小挖了一座坟，在木牌上写了陈家人的名字，好生埋葬了，又请来寺庙的和尚，为梅香班班主和死去的兄弟姐妹做了七天法事，算是超度魂灵。

经历了这一连串变故后，凤音再也不像以前那般柔弱了，她不再唱黄梅调了，而是跟着白月明学骑马、学开摩托、学使用枪械，甚至能双手持枪，左右开弓，越来越有些女将军的样子了。

“救国军”的官兵们都尊称她为“凤奶奶”。

## 四

白月明是个有心计的人，他一心想把队伍做大，他知道，这样的一支东拼西凑拉起来的杂牌部队是终究成不了气候的。他频频游走于晋系与桂系各路军阀之间，谁家出的钱多他就替谁卖命，“救国军”一度变成了各路军阀争相眷顾的雇佣军。北伐战争的时候，他帮吴佩孚守过汀泗桥，也帮孙传芳守过九江城，结果都被打得一败涂地。

不久，蒋介石成立了南京国民政府，白月明给老蒋写去了一封信，表示想投靠国民政府，没想到这封信如石沉大海，老蒋领着自己几十万新式装备的中央军，对白月明这样的野路子武装瞟都不瞟一眼。

白月明感到莫大的耻辱，发誓与老蒋势不两立。

几年后，中原大战爆发，蒋介石和阎锡山、冯玉祥、李宗仁打得不可开交，百十万军队在中原地区打了一场大混战。“救国军”两路收钱，明里帮着冯玉祥，暗里替李宗仁扛枪，赔掉的是弟兄们的性命，大把赚银子的是白月明。

白月明调兵统兵仍然以翠镯为证，只不过这翠镯如今已全部握在白月明手里，只有军官带兵出征时才暂时交出一半由其管理，这一半翠镯只能指挥军队按照预先设定的作战计划行事，没有另一半翠镯为证，谁也不得更改作战计划。

能在这混乱的政局里生存下来着实不容易，白月明小心翼翼地经营着自己的队伍。他对凤音也逐渐刮目相看，自从她设计除掉了崔麻子，白月明就看出来了，这个女人不一般，她的姿色对他是一种诱惑，但是她的隐忍和智慧却让他感到一种恐惧，这种恐惧来自于一个男人对权力的无限欲望。让白月明尤其耿耿于怀的是，“救国军”的军令居然一直要靠凤音的翠镯来传达，官兵们全都知道这个镯子是凤音的，无形之中更是加深了对凤音的崇敬。尽管这镯子握在白月明的手中，但是他总觉得自己只是这个镯子暂时的使用者，这个镯子终究还是要回到它主人的手上的。白月明也想过不再使用翠镯作为调兵的凭证，可这个镯子似乎充满了魔力，不握着它心里就不踏实，而且官兵们似乎也特别认这个镯子，再桀骜的军官一看到这个镯子就立刻言听计从。

“凤奶奶是‘救国军’的魂。”士兵们悄悄这样说。

这个镯子是个妖孽。白月明想。

凤音也是。按理说，年纪快到三十的女人了，又长期跟着部队走南闯北，该显苍老了才对，可她偏不显老，反而更加有风韵了。不论是说笑还是唱曲，依然那么楚楚动人，骑在马上的时候，妩媚中带着潇洒，总让白月明痴痴地看着。

凤音知道男人要的是什么，她会在床上把白月明伺候得舒舒服服，白月明想要的，她都能给，白月明想不到的，她也能变化出新花样来。这些年，白月明也睡过不少女人，青楼的风尘女子也好，大户人家的千金小姐也好，甚至打劫的时候抢来的西洋女人，他都觉得不如凤音。这个女人身上有一种特殊的魔力，把他深深吸引着，有个几夜不搂着凤音入睡，白月明就觉得心里空落落的。

白月明很想就这样在处变不惊之中一直安稳地过下去，可是，当日本人的飞机轰鸣着从他头顶飞过的时候，他感到要出大事了。

果然出大事了。

先是国军跟日本人在北京城外打了一仗，接着上海爆发了战事，不久南京失守，蒋介石一路溃退到重庆。等到白月明回过神来准备也带着队伍向西转移的时候，才发现自己已经处在日本人的包围之中了——驻扎在闽赣交界处的白月明已成了沦陷区内的一棵孤树。

白月明一筹莫展。

凤音劝他趁日本人还未占领主要铁路线的时候赶紧向西转移，白月明一来舍不得自己多年苦心经营的地盘；二来害怕转移到西南会与国军遭遇，到时候不是被剿灭就是被收编，他在琢磨着怎么继续做自己的“土皇帝”。

白月明没有想到，日本人居然看中了他的部队。

这天，一个不速之客造访了司令部，来人递交给白月明一份公函，是汪精卫签署的，白月明这才知道日本人在南京立了汪精卫做傀儡。公函中说，要白月明在名义上编入汪精卫部队，授予独立纵队的番号，在军政方面可以继续保持独立性，只要在必要的时候与日本军队及汪伪军队做好配合，非常时期能得到一定的军需援助。

来人说：“汪主席保证，日本人不会干涉您的位置，而且，汪主席还会每年拨一笔军饷给贵军。”

白月明的心动了。

汪精卫的人前脚刚走，侍卫官报告说又有人求见。来人是奉第三战区司令长官顾祝同的命令找到白月明的，此时蒋介石已迁都重庆，但仍留有二十四个步兵师、六个步兵旅及游击部队在东南一带与日军周旋，来人讲明顾祝同的来意，希望白月明以民族大义为重，加入抗日的力量，作为独立师编入第三战区，战区司令部将调拨一批新式武器装备给独立师。

送走了顾祝同的人，白月明一时没了主意。他一直记恨当年自己主动投靠老蒋时吃了闭门羹的事，如今老蒋落难了才想到来求自己，他觉得咽不下这口气。他也掂量了日本人和顾祝同的实力，眼看着上海、南京、徐州、太原、武汉各大中心城市相继失守，白月明认定了老蒋必亡。与其被老蒋拖着一起往火坑里跳，还不如趁早投靠汪精卫攒一些政治上的资本，日后汪精卫若真得了天下，自己也好多分一杯羹。

但是白月明害怕部下不同意，汉奸的罪名让他很是顾忌。回屋后，他先悄悄找来凤音商量，告诉凤音决定明日召开高层军官会议，劝众人投汪。他本想要凤音帮他想个说服众官兵的办法，谁想到遭到了凤音劈头盖脸一顿臭骂。

“白月明，休想叫我跟你一起做汉奸!”凤音冷冷地丢下一句话，走了。

难不成没了你凤音，我白月明还成不了事？白月明愤愤地想。他掏出两块翠镯，自言自语地说道：“总有一天，你将变得一文不值。”

凤音知道白月明决心已定，她要阻止白月明让弟兄们背上汉奸的罪名。

她悄悄找来了鲁大禾。

对于凤音设计挑拨自己和崔麻子之间关系的事，鲁大禾浑然不知，他只知道是白月明跟崔麻子告密自己纳了小妾，只知道是白月明一枪打残了自己一只胳膊，他还知道，是凤音跟崔麻子说情才保住了自己一条性命。这么多年来，鲁大禾一直感念着凤音的救命之恩，同时也对白月明恨之入骨。

凤音曾悄悄找过鲁大禾，要他学会忍耐，告诉他君子报仇十年不晚。在凤音的叮嘱下，鲁大禾忍声吞气地在伙房干活，军需营营长见他干活认真，过去又做过高级军官，就把他推荐到了旅部作训处，凤音适时地跟白月明为鲁大禾说情，再说白月明心里也觉得对不住鲁大禾，就同意把他调入作训处当了作训参谋。经过凤音的打点与周旋，加上鲁大禾对白月明唯唯诺诺的表现，鲁大禾如今已经做到了军部机要处的副处长。

凤音把白月明想要投敌的事跟鲁大禾一说，鲁大禾气得暴跳如雷：“要我忘了家仇给他装孙子，可以！要我忘了国恨跟着他做罪人，死也不答应!”

凤音说道：“鲁处长若还记得当年凤音的滴水之恩，就请明日助凤音一臂之力。若事成，鲁处长既可报了家仇，也能帮助众兄弟逃离苦海。”

“凤奶奶的救命之恩大禾没齿难忘！您有什么吩咐，鲁大禾唯凤奶奶马首是瞻。”鲁大禾瞪着眼睛，话说得斩钉截铁。

## 五

突然召开的军官会议让旅长团长们急匆匆赶到了军部，谁也不知道发生了什么事。进入会议室前，所有人的枪都被卸下交由卫兵保管，待众军官坐定，白月明进来了。

白月明直入主题，张嘴就说了决定投靠汪精卫的事。

众军官一阵哗然，纷纷摇头表示反对。

白月明劝说道："诸位都是跟着我白某人浴血奋战多年的兄弟，白某这次也是为了兄弟们着想。民族存亡之际，大丈夫当能屈能伸，如今我们处于日本人和国军的夹击之下，两强相比，日本人更胜一筹，能保住我'救国军'众兄弟的性命才是最重要的，诸位，好死不如赖活呀……再说，再说我白某人投靠的不是日本人，是，是汪主席……"

见众人不表态，白月明拔出了手枪，重重地摔在桌子上："我白月明军令如山，敢有不从者，即刻处决！"

话刚落地，会议室大门被猛地撞开，众人抬头一看，是凤音。

白月明刚要说话，凤音手中的枪口已经指到了他的头上，手指一扣扳机，一声清脆的枪响，白月明倒在了血泊之中。

会议室内的军官们乱作一团，有人站了起来想要跑出去，被门外堵上来的鲁大禾一枪撂倒。其他人见状，不敢再动了。屋外的士兵听到了会议室内的枪声，也顿时不知所措，鲁大禾安排了亲信的士兵把会议室围了个严严实实，加上各自的长官都在屋内，没有长官的命令谁也不敢擅自闯入。

凤音端着枪，镇定地说："我相信诸位弟兄都是有血性的汉子，谁也丢不起祖宗的脸去做汉奸，他白月明要投靠日本人，这就是下场。连我一个唱戏的都知道什么叫礼义廉耻，在座的诸位，谁要是想走白月明的路，我凤奶奶的枪奉陪到底！今日的事，诸位都是见证，一人做事一人当，如果哪位觉得我凤奶奶做得不对的，就来拿我的枪，冲我脑袋打，我凤奶奶眼睛都不会眨一下！"

众人都不言语了，有几个军官还微微赞许地点头。

鲁大禾见状，大喊一声道："军不可一日无主！凤奶奶深明大义，是女中豪杰，英勇果敢令我等敬佩！我鲁大禾拥立凤奶奶做司令！"

说罢，拿枪指着众军官，说道："他妈的，谁敢说一个不字，我鲁大禾一枪崩了他。"

一个颇有威望的老团长说话了："今日之事，凤奶奶做得对，我拥护凤奶奶。"

有人领了头，其余人纷纷表示从今以后追随凤奶奶。

凤音长长舒了一口气，她俯身解开白月明的衣服，从内侧衣兜取出了那块裂成两半的翠镯，鲜红的血迹沿着凤凰的纹路滴落在地上。在鲜血的映衬下，碧绿的镯子闪耀着凌厉而凄艳的色泽。

翠镯终究物归原主了。

凤音派人给顾祝同写了一封信，愿意编入第三战区参加敌后抗日作战。不久，凤音接到了战区司令部的答复：编入黄绍竑的游击总队，番号为暂编游独第六师，凤音任师长，鲁大禾任参谋长。

凤音把部队驻扎在武夷山一带，利用险峻的山势与日伪军周旋，一连打了好几个胜仗，三个月内炸毁了几十辆日本人的后勤物资汽车。战区司令部接连发来顾祝同亲自签署的嘉奖令，还寄来了一枚青天白日勋章。伪军部队听到凤奶奶的名字吓得不敢出城，连日本正规军进山扫荡都开着铁甲战车在前面开道。汪伪第一集团军司令任援道迫于日本人的压力，亲自赶到福建督战，下令一定要剿灭凤音的暂六师。

在一次掩护国军主力突围的作战中，暂六师有几个战士受伤被俘，经过伪军审问，原原本本地供出了凤音的全部情况，连师部所在地也一五一十说了个明白。

伪团长沉吟道："凤音……未城……"他忽然记起，日军井村田中佐的翻译官陈鸿义似乎就是未城人，说不定认识凤音，若能从他那里打听到一些消息或许也有帮助。于是，伪团长立刻前去拜访陈鸿义。

陈鸿义就是当年陈家大宅的三少爷，那一年崔麻子的士兵冲进陈家烧杀抢掠，惊慌失措的他藏在假山洞里逃过一劫，家破人亡后不敢久留，混乱之中连夜逃出未城。他靠给人抄书记账为生，不久北伐战争爆发，他就投了汪精卫的部队做了个文书，汪精卫投降日本人后，留学过东洋会说日语的陈鸿义被井村田中佐看中，调他在自己部队里做了翻译官。

听伪团长说了凤音的事，陈鸿义不敢相信自己的耳朵，他想象不出当年多愁善感、柔柔弱弱的小姑娘今日已经成了让日本人胆寒的女师长。几杯酒下肚，陈鸿义回想起了往日的情景，不禁心生感慨，把自己跟凤音的旧情恩怨全都告诉了伪团长。

伪团长心中欢喜，第二天就把这件事报告给了井村田中佐，提议事先设好埋伏，让陈鸿义约见凤音，策动凤音带队投降，如果凤音坚决不降，就当场射杀。井村田同意了。

陈鸿义本是百般推脱，无奈井村田一阵威逼，只得硬着头皮给凤音写去了一封信。信里先是缠绵悱恻地回忆了当初的恩爱生活，抒发了满腹的思念之情，然后谎称自己也投靠了顾祝同的部队，在司令部的文件中发现了凤音的名字，想约她出来见上一面。

凤音看到这封信后，惊讶不已，想到自己身边的男人一个接一个死去，而今自己的第一个男人居然重新出现，不禁喜极而泣，潸然泪下。虽然陈鸿义生性懦弱，不敢担当，心地却是不坏的，当初他不肯娶自己过门毕竟也有他的苦衷。想到这里，凤音原谅了陈鸿义过去做的事，当即决定按照信中约定的时间地点前去赴约。

鲁大禾听说后，赶紧阻止，劝凤音先电告战区司令部，问明情况后再作决断。凤音焦急，坚决不听，安排好了军中事务后一番乔装打扮，单枪匹马前往刘家岗。

刘家岗后山的草亭内，陈鸿义备了几样点心，已经早早在那里等候了。一见凤音，陈鸿义赶紧起身去迎接，二人相拥而泣。陈鸿义先跟凤音嘘寒问暖了一番，然后说："凤音，你我能破镜重圆实在不易，若非上天眷顾，怎能再续这姻缘？不如，你随我去，我们成亲，过太平夫妻的安稳日子吧。"

凤音摇摇头，说："今宵重逢，日后必不会再分开，只是如今日寇横行，凤音有军务在身。你若真有心与我结为夫妻，再等几年又何妨？待到收复了家国河山，才是真正的太平日子。"

陈鸿义又劝了几次，仍然无果。

无奈之下，他对凤音道出了实情。他拉着凤音的手说：“实不相瞒，鸿义已投靠了汪主席，此次前来……是，是，是受井村田中佐的命令……劝你投诚……”

话未说完，陈鸿义只觉得脸上一阵火辣，凤音一个巴掌甩在了他的脸上。

“陈鸿义，你，你果然还是当初的德性！胆小如鼠，不敢担当的男人！”凤音说着，从怀中取出翠镯放在石凳上，“还记得这翠镯吗？二十多年了，我一直好好保存着这个镯子，只因为是你送给我的。我今天才知道，原来当初镯子断了就表示你我缘分已尽，我早就不该把它当宝贝一样放在身边了！”

陈鸿义面色如土，跌坐在石凳上。他战战兢兢地端起酒杯送到嘴边，看了看对面的山洞，重重地一声咳嗽，紧跟着把酒杯摔碎在地上。

这是陈鸿义跟伪团长设定好的暗号，酒杯一落地，只听周围枪声四起，埋伏好的伪军对准草亭就开火了。陈鸿义正要溜走，凤音眼疾手快，一把将他擒住，躲闪着如雨的子弹朝后山而去。

凤音以一块突出的巨石作掩护，对着围上来的伪军射击，一阵枪响过后，山道上多了几具伪军的尸体。伪团长不敢上前，只命令士兵们对着石头喊话。

凤音悲愤交加，对陈鸿义说：“我真是看错了人，没想到你既卑劣无耻，又这般心肠歹毒，往日的恩情竟比不上今日的富贵！陈鸿义，既然你认贼作父，就不要怪我无情，今日我凤音要为民除害！”

说罢，一枪正打在陈鸿义的心窝上。陈鸿义挣扎了两下，不动了。

伪军们跟巨石对峙了两个时辰，眼见太阳偏西了，伪团长怕继续拖延下去跟日本人不好交代，强令士兵们冲上去。只见巨石背后躺着陈鸿义的尸体，尸体旁落着半边翠镯，碧绿的牡丹花开得正艳，那凤似乎在昂首鸣叫，只是凤尾的那半边不知去向了。

伪团长带着士兵在山上搜了一圈又一圈，也没有找到凤音，只得命手

下抬着陈鸿义的尸体回去。他把半边翠镯交给井村田，谎称凤音被击毙，跌落悬崖。井村田亦未多问。

没有人再知道凤音的下落，只传说未城的一家玉器店后来跟一个中年妇人买了半边翡翠镯子，镯子上雕的是凤羽，栩栩如生。

“凤奶奶啊……啧啧，真是不简单呢……”几十年过去了，未城的老人们还会偶尔讲起凤音和那翠镯的故事。

【银簪记·福临】

就在庆宝准备打烊的时候，莺莺进来了。

庆宝看了莺莺一眼，没有答理她，只是自顾自地将门板一扇一扇顺着木槽安放好，最后用一根木栓把门板锁牢。

莺莺跟在庆宝身后，像个乖巧的小猫。

干完活，庆宝擦了擦汗，问莺莺："这个时候你怎么来了呀？今天生意不好吗？"

"我就来一会儿，来看看你……你做的那些好玩的东西。"莺莺说。

庆宝"哦"了一声，把油灯摆在桌台上，继续忙他的活计了。每当这个时候，莺莺就不再出声，她搬了张凳子坐在庆宝旁边，仔细看着庆宝做活儿。

庆宝是镇上小有名气的银匠，自小就跟着师父学手艺。师父没有孩子，一个人闯江湖，就把庆宝当作了亲生儿子看待，也把祖传的手艺都教给了他。庆宝聪明，也好学，师父教的他都认真记下了，各式各样的首饰，他只要看一眼就能记住样式，回去后全凭记忆就能打造出一模一样的银首饰出来。师父去世以后，就把一箩筐工具和模子留给了庆宝，庆宝也成了小镇上最受欢迎的也是唯一的小银匠。

庆宝平日里话不多，但是机灵，顾客有什么要求，只需稍稍点明，庆宝就领会了来意，总能分毫不差地把首饰打造出来，于是，上门定制首饰的顾客一日多似一日，他的首饰也做得越来越精美了。

首饰做得越来越精美了，日子渐渐宽裕了起来，庆宝就租了一间当街的门面，还请镇上的老秀才题写了牌匾，叫"福临银记"，因为庆宝最拿手的是雕刻镂空的蝙蝠和寿桃，蝙蝠谐音"福"，是福气的象征，许多人家都喜欢讨这样的吉利。谁家老太太过生日了来定制簪子，或者谁家添了个胖儿子来定制银锁，庆宝就在簪子或者银锁上雕出活灵活现的五只蝙蝠，寓意“五福临门”。自然，这样的精细活儿，价格也是不菲的。

“如果我喜欢你，你会娶我吗?”莺莺冷不丁地问庆宝。

庆宝放下了手中的活儿，看了一眼莺莺，莺莺正笑嘻嘻地望着他。其实趴在灯火旁的莺莺还是有几分动人的姿色的，如果脸上擦一点胭脂，发髻上再插一根掐丝镏金的簪子的话，就更好看了。庆宝想。

不过庆宝摇摇头，继续干活了。庆宝手上正精工细琢的就是一根簪子，是城里魏老爷家专门派人定做的，而且这不是一般的掐丝镏金银簪，是加了点翠工艺的。小城里只有魏老爷家能出得起价钱做点翠镏金的银簪子，据说，这根簪子是魏家公子要送给即将过门的新媳妇的。魏公子是魏老爷的独子，魏家三代单传，也只有对儿媳妇魏老爷才舍得花这钱，连魏家的大小姐都没戴过这么贵重的簪子呢。

方圆几十里也有好几个银匠铺，但是只有庆宝敢接这么精细的活儿。

这点翠的手艺是师父家祖传的，是用翠鸟颈部最鲜艳的羽毛一丝丝磨压平整，然后整齐地贴在簪子的底托上，要贴得细密、光滑、牢靠，羽毛的颜色既要有变化，又不能反差太大显得突兀；既要看上去绵软，远远看着，光耀夺目，又要手指触摸上去，凉凉的，微微透着丝绸的润滑和金属的质感。单是选这羽毛就要花上好些个时日，若是运气好，颜色对头倒还快些，若是羽毛中有一点杂色，就得再等到有合适的羽毛了才能接着做活儿。所以庆宝丝毫不敢大意，这一丝一寸的羽毛都是他的心头肉。

“你说话嘛，到底会不会娶我呀?”莺莺伸手摇了摇庆宝的腿。

庆宝瞪了莺莺一眼：“莫瞎动，簪子弄坏了可怎么好!”尽管庆宝是雕刻簪子头部的一对蝴蝶翅膀，还没开始贴翠玉，但他还是一点也不马虎。手中的錾子轻声敲击着，那蝴蝶薄薄的翼翅上就錾出了一个个小孔，再用尖尖的锥子拨弄几下，小孔之间就交织成了细如发丝的花纹。

“你看，这几根银丝组成的是一个‘福’，好看吧。”庆宝把簪子送到莺莺面前，拿着油灯照给她看，显出很得意的神色来。

“就那样，还不是跟你以前做的那些簪子一个样嘛。”莺莺没好气地回答。

庆宝笑了笑，没有理她。

莺莺这样的姑娘，庆宝原本是看不上的，只是两人从小就认识了，庆宝也就继续把她当朋友一样看待。庆宝偶尔会想起小时候，那时候莺莺还是个缺个门牙的小丫头，常被周围的小伙伴耻笑，有个念过学堂的小伙伴有一次捧着刚学过的书说莺莺是“狗窦大开”，把莺莺气哭了。后来，庆宝偷偷拿了师父的一颗银珠子，给莺莺打了一只银牙送去，师傅知道后把他狠狠训了一顿，还饿了他三天早饭。庆宝还记得，那三天，莺莺总会端了粥在对面的巷子口冲他招手，然后他就假装去解手偷偷跑去喝粥。

想到这些，庆宝就不由自主地笑了。他一抬头，莺莺已经不在了。

真是个不懂规矩的姑娘，走了也不打声招呼。庆宝想。

其实，有莺莺在，庆宝干活儿的时候还是很开心的，因为莺莺会说故事，什么王宝钏苦守寒窑啊，孟姜女千里寻夫啊，杜十娘怒沉百宝箱啊。说完之后，莺莺总要问一句，好不好听呀？庆宝总是摇头，太悲伤了，不好听。

有一回，庆宝给莺莺说了一个故事：“从前有一个富户薛姥姥，送女儿出嫁时交给女儿一只精美的锦囊，里面装满了价值连城的珠宝。半路上，花轿遭遇大雨，停在春秋亭避雨时与另一花轿偶遇。轿子里坐着的是贫家女子赵守贞，薛小姐同情赵姑娘的身世，便将锦囊送给了她。六年后，薛家遭遇洪灾，薛小姐也与丈夫失散。落难的薛小姐遇到了旧日家里的女佣胡婆婆，在胡婆婆的帮助下去了当地的卢员外家做活，照顾员外的小公子。有一天小公子把一个皮球抛到了卢夫人的楼内，要薛小姐去取，薛小姐登上楼后发现了当年自己赠送给赵姑娘的锦囊，这才知道卢夫人就是当年的赵姑娘。卢夫人也感念薛小姐的恩情，于是将她奉为上宾，派人寻找薛小姐的丈夫的下落，最终一家人破镜重圆。”

“怎么样，好听吗？”庆宝问。

“早听过啦，不就是《锁麟囊》吗？我在戏园子里看过呢。”莺莺调皮地说，“不过，那锁麟囊里肯定有你这样的银簪子，要不薛小姐怎么会这么有福气？”

庆宝有点疑惑了，他想不明白这个整天看上去没心没肺的姑娘怎么突然对银簪子这么在意起来。

什么福气不福气，不就是图个好听嘛。庆宝想。

第二天，莺莺又来了，还是默不作声地看庆宝干活儿。庆宝的银簪子已经雕好了纹样，正在开始镏金，庆宝很小心地把熔化的金箔一点点贴上去，然后用錾子轻轻敲平，光滑得连烛火都能映出轮廓来。

“庆宝，戴了雕上蝙蝠的簪子就一定能有福气吗？”莺莺问。

“嗯。”庆宝支吾了一声。

“真的？你确信？”

“当然，一定的。”庆宝的话斩钉截铁，“师父就是这么告诉我的。”

庆宝说着，放下手中的簪子，从脖子上解下一只银锁：“喏，你看，这个锁是师父给我打的，正面是蝙蝠，背面是鹿，师父说这叫‘福禄双喜’。我一直戴着，所以我现在过得就还不错呀。”

莺莺把玩着庆宝的锁，若有所思地点点头。

庆宝在油灯下把一片裁好的翠鸟羽毛小心翼翼地贴在银簪的底托上，挑着细长的金丝一道一道填充着簪子头饰处的蝴蝶翅膀。昏黄的烛火映衬在庆宝的眼眸里，像两粒晶莹透亮的碧玺。莺莺忍不住伸手想摸摸簪子上的翠鸟的羽毛，庆宝赶紧伸手挡住，刻意离她坐得远了一些。

“庆宝，你也给我打一个银簪子吧，我也要有福气的。”莺莺央求说，“我不要什么点翠，什么镏金，我只要一根普通的簪子，铜的也行，上面只要雕上蝙蝠，能带来福气就行了。庆宝，你知道吗，他就要给我赎身了。”

“他？谁呀？”庆宝问。

“不告诉你。反正你又不肯娶我，他肯娶我就行了。”莺莺说。

庆宝不作声了。

莺莺是附近百花楼的姑娘，姿色其实一般，只是因为伶牙俐齿，倒也挺让客人们喜欢，不过因为不懂诗文音律，终究混不成头牌。莺莺偶尔也会来请庆宝做一些廉价的首饰，比如铜质包银的耳坠之类，像点翠这样的上品莺莺从来不曾见过。

莺莺抚着腹部，笑着说："我已经有了他的孩子了，他说过两个月就帮我赎身，抬着大花轿娶我过门呢。"

庆宝也为她高兴，一想到以后就没有人来看他打银器了，竟感到了一点惆怅。

"那我打一根银簪子送给你吧，雕'五福临门'怎么样？"庆宝说。

莺莺很开心地使劲点头。

其实莺莺是有些担心的，她害怕那个男人忽然不来替她赎身了，或者反悔不愿意娶她了，她相信寓意着福气的簪子能保佑自己，一支这样的簪子戴在头上，她就觉得踏实多了。

一连几十天，莺莺没有来，魏家派人来催了几次庆宝做的簪子，庆宝更抓紧时间做活儿了，对莺莺也没怎么过问。

这天晚上，魏家定制的点翠镏金银簪终于做好了。簪子顶部的蝴蝶扑闪在一朵掐丝花蕊上，构成花心的银丝细如发梢，卷曲成一个镂空的圆，取"圆满"之意；底托是两瓣对称的叶片，既稳重又轻灵，翠鸟翼翅上的硬羽就一根根贴在叶片上，描绘出了绿叶的茎脉，在灯光下闪闪发亮，显得那么栩栩如生。在簪子中部，庆宝雕刻了五只从天而降的蝙蝠，蝙蝠的翅膀上还托着拙朴可爱的寿桃，这是"福寿天降"的意思。簪子背面还雕刻了一枝亭亭玉立的莲蓬，寓意"连生贵子"——既然是娶媳妇，早生儿子是应当的。

庆宝细细欣赏着自己的作品，竟看得痴迷了。

如果莺莺看到了，一定喜欢死了。庆宝想。

忽然，一个姑娘的声音在门外喊："庆宝快开门，莺莺快不行了，你快来见见她……"庆宝吓了一跳，赶紧打开门，外面站着的是一个百花楼的姑娘，喘得上气不接下气。庆宝把手里的簪子往怀里一揣，就跟着她出去了。

莺莺已经奄奄一息了。

百花楼的姑娘告诉庆宝，莺莺难产，孩子生下后就不行了。

“那个男人呢？不是说要娶她的吗？”庆宝问。

“算了吧，那个男人，早没影子了。听说他爹坚决不许儿子娶一个不干净的女人做媳妇，把他锁在了家里一步不许出门呢……”姑娘们七嘴八舌地说。

莺莺忽然醒了，对着庆宝张嘴，似乎有话要对他说。

庆宝俯下身子，听莺莺吃力地说道：“求求你……把这孩子带走好吗？不要让他在这里长大……这是他爹留下的玉佩……”

庆宝心里一酸，点点头。

突然，怀里的簪子掉了下来，正落在莺莺手边。莺莺抚摸着簪子，眼角流泪了，她笑着问：“庆宝，这簪子是你送我的吗？”

“这……”庆宝犹豫了，不知道怎么回答。他看着莺莺期待的眼神，实在不忍心再拒绝什么了，一咬牙：“嗯，是的。我给你戴上。”

他拿起翠簪，将“福寿天降”插在了莺莺的发髻上。

莺莺满足地闭上了眼睛。

庆宝抱着初生的男婴回到家里。“莺莺你是把福气带走了，我可怎么办？”庆宝自言自语。

第二天，庆宝的“福临银记”没有开门。庆宝怕魏家的人上门催簪子，连夜带着男婴逃到乡下去了。过了数月，庆宝听说魏家的人从来没有找过他，他觉得奇怪，就偷偷去了县里打听，这才知道魏家出大事了。

茶馆里的人议论说，魏家的公子爱上了一个不干净的姑娘，结果家里不让娶进门，后来姑娘死了，魏公子居然伤心过度，悬梁殉情了。魏老爷和夫人悲痛欲绝，悔恨不已。“魏家是三代单传啊，这下可好了，这么大的家业偏偏绝后了啊……”人们都在议论。

庆宝掏出莺莺给他的玉佩，一块通体雪白的和田玉，“观棋烂柯”图的背面赫然刻着一个“魏”字。莫非这孩子真是魏家的血脉？庆宝想。

第二天，庆宝抱着孩子敲开了魏家的门，一脸憔悴的魏老爷茫然地看

着庆宝。

庆宝把孩子放在厅堂内的红木桌子上，把魏公子的玉佩交给了魏老爷。

丫鬟们都在指指点点，都说这孩子像魏公子。魏老爷连忙叫来夫人，两人端详了孩子许久。“真的像……定是我们魏家的血脉……”魏夫人哭着说。

魏老爷给了庆宝一大笔赏钱，嘱咐他这事以后就不要再说了。至于点翠镏金银簪的事，魏老爷只字未提。

庆宝一身轻松地离开了魏家。当天下午，福临银记又开张了。

庆宝的银匠铺生意依然不错。魏老爷是“福临银记”的常客，经常找庆宝打造一些银质的碗筷和香炉烛台，说是祭祖要用。问雕刻什么纹样，魏家人都说：“还是老样子，‘五福临门’吧，有福气，挺好……”

# 【丝竹记·如戏】

施梦蝶从小爱戏，他看戏，也自己学了唱。他最喜欢的是昆曲，经常自己在家中的阳台上拉着二胡唱《游园》——

恹恹瘦损，早是伤神，那值残春。
罗衣宽褪，能消几度黄昏？
……

他天生一副好嗓子，是唱青衣的料。虽说是男人，唱起杜丽娘来却是缠绵悱恻，清丽动听，引得枝头的鸟儿跟着鸣叫，让过往的年轻女人屏住了呼吸。

施梦蝶是《滨江都市报》广告部的经理，因为有记者的身份，只要有戏曲演出他都会去听，亮一下记者证便省去门票了。

与其说施梦蝶是去听戏，不如说他是去学戏的。常见的段子没有他不会唱的，谁的戏唱得出彩，谁的戏唱得一般，他一听心里就有了数。兴致高的时候，他也会上台客串一些角色，人们都说施记者唱得比专业演员都好，他唱得舒缓、直白、质朴，没有科班演员一招一式端端正正的架势，反倒显得自然许多；尤其是昆曲，一段念白在他口中犹如寻常人家的言语，满怀心绪，缓缓诉说，直叫人听得动了情。

票友们编了个歇后语：“施记者跑龙套——锦上添花。”

施梦蝶最欣赏的还是林宛清的戏。

林宛清是省戏剧学院毕业的，科班出身的戏曲表演专业，在学校时她就颇有名气了，毕业演出曾让学校能容纳一千多人的剧场座无虚席。那时候施梦蝶也在省城读书，为了看林宛清的毕业演出，他专门用了一个半小时倒了三趟公交车赶到戏剧学院，因为没买到坐票，他端着数码摄像机在剧场里足足站了两个小时，拍下了林宛清全部演出。

其实，念大学时，只要听说有林宛清的表演，施梦蝶是一定会去看的，而且每次他都带着摄像机。四年时间里，他几乎没有落下过一场林宛清的表演。

这些画面模糊、声音嘈杂的视频一直是他最珍爱的收藏。

大学里，他曾经为林宛清的表演写过一篇评论，发表在了林宛清学校的校报上。那一回，林宛清参加了一个比赛，却在复赛时发挥失常，与决赛失之交臂，施梦蝶连夜写出了一篇短文，另辟蹊径夸赞了她的表演的三大妙处。至于林宛清有没有看到过那篇文章，他就不得而知了。

毕业后，施梦蝶回到家乡工作，不多久，他就听说林宛清也来到了这个城市，成了文联剧团的专业演员。

虽说施梦蝶是在广告部，但也经常会在报纸上写一些小的通讯或者文艺小品文。他依旧隔段日子为林宛清的戏写些文章，这些文章林宛清也定是读过不少了。

尽管同在文艺圈子里，尽管施梦蝶和林宛清都知道对方，但他们并不怎么接触。

这一年初秋，《滨江都市报》准备举办一次戏曲晚会，施梦蝶以报社广告部的名义给林宛清发了演出邀请，并约林宛清在禅音茶社见面。禅音茶社的老板是施梦蝶的好友，这里也是施梦蝶认为的最正宗的茶社。

施梦蝶进入包间时，林宛清已经坐在竹椅上等候了。

施梦蝶还是第一次如此清晰地见到舞台下的林宛清，眼前的这个女人很随意地把玩着面前的青花茶盏，长长的睫毛覆盖着细长的眼廓，目光显得淡然而柔美，全然没有了舞台上的犀利；阳光从侧面照在她的脸上，反射出温暖的气息。

“林老师，不好意思，我来迟了。”施梦蝶对着林宛清抱歉地点了点头。

林宛清放下茶盏，冲施梦蝶微微一笑：“是施经理吧。没关系，请坐。”

施梦蝶稍一颔首，坐在了对面的竹椅上，顺手将包放在旁边的地板上，另一只手轻轻拂了一下鬓角梳得整整齐齐的头发。

两把竹椅之间的木桌上摆着一方竹制茶海，微微泛着淡青色的痕迹。茶海上整齐地放着一对青花茶盏、一把紫砂壶，还有装着的雕花镂空竹筒。窗户边，一缕檀香缓缓燃烧，幽幽的香味萦绕在午后的阳光中。林宛清穿了一件乳白色的羊毛衫，脖子上系了一条白色的丝巾，淡蓝色的花纹在丝巾上若隐若现，带着瓷质的温润。

服务员端来了一只玻璃碟，大叶铁观音静静地铺在碟子里。

铁观音是施梦蝶最喜欢的茶，香味浓，叶片醇厚，虽有些粗枝大叶，却显得朴实直白——这跟他所欣赏的戏路倒是有异曲同工的味道。

待服务员离开，施梦蝶开始亲自煮茶。他懂些茶艺，在禅音茶社他从来都是自己煮茶的。

施梦蝶拂去壶口的茶末，用第一壶茶水温了茶杯，不多时已闻得见淡淡的茶香了。

“听林老师的戏，是一种享受。”施梦蝶一边往壶中续水一边说。

“施经理过奖了。”林宛清笑了，“我倒是拜读过你的文章，写得确实漂亮，只是太过溢美之词，把我写得言过其实了。”

“那还要多听林老师的指点啊。您的唱功不是一般人的笔墨能写得出来的，实在是妙不可言啊！”施梦蝶说。

待壶壁上水汽微微干了，施梦蝶端起茶壶，淡绿色的茶水形成了一道细细的曲线，如山涧处的泉水流下，落入一只脖颈细长的闻香杯中；水击瓷壁，发出泠泠的琴声。一时间，杯子上方蒸腾起淡淡的热气，在阳光下舒展成一圈金色的光环。

见杯中茶水七分满时，施梦蝶放下茶壶，将一只浅口杯扣在了闻香杯上，然后右手掌心朝上，中指和食指夹住闻香杯，拇指顺势压住浅口杯杯底，手心飞快一转，闻香杯中的茶水便全部流入浅口杯中了。

施梦蝶双手将闻香杯送至林宛清面前：“林老师请，品茶香。”

林宛清接过杯子靠在唇边，微闭了眼睛深吸了一下，说："这喝茶的套路倒也挺繁复的啊。"

施梦蝶笑了："喝茶就像看林老师的《游园》。昆曲讲究人未出声先闻，品茶也是一样的道理，先闻茶香观茶色，再细细品咂茶水。"

林宛清转动着手中的闻香杯，静静观看施梦蝶的表演。她忽然觉得，若是眼前的这个男人穿着一袭长衫，可就真跟曲中的人儿一样了。

"林老师，现在喝茶，才算是渐入佳境了。"施梦蝶重又倒了一杯茶，将茶盏递到林宛清面前，"铁观音味道醇厚，不像毛峰那般清淡，用大的茶盏喝才够味儿。"

林宛清捧起茶盏，细细端详着，手中的这杯茶经过施梦蝶之手后俨然成了一件艺术品。看那青花茶盏光滑圆润，嫩黄色的茶汤仿佛一块玲珑剔透的琥珀，朦胧着温润的光泽，一枚叶片安静地卧在杯底，叶片上的脉络清晰可见，像是刚刚从枝头飘落，不小心嵌在这琥珀中似的，淡然而安详。

施梦蝶自己也泡了一杯茶，又点了两碟茶点，边喝边跟林宛清谈演出的事。

一切都聊得很投机，在确定给林宛清配戏的演员时，林宛清漫不经心地说了一句："一直听说施经理唱功深厚，这柳梦梅的角色施经理可愿意试试啊？"

"不敢不敢。"施梦蝶赶紧推辞。

林宛清说："既是你们报社的活动，何况施经理又是知名人士，若能演上一段，定是会出彩的。我能跟施经理合作一次，倒也觉得荣幸。"

听林宛清这么一说，施梦蝶倒真想跃跃欲试了。他的唱功本就不赖，能跟仰慕多年的名角同台演出，真正荣幸的是他自己。

一个月后，施梦蝶和林宛清的合作演出成了票友们最赞不绝口的话题。一折《山桃红》，演得曼妙清丽，唱词如流水一般娓娓道来，短短的一句念白，字字珠玑，不消时便化作了堂前飞燕、桥下清波。两人又唱了一折《闹樊楼》、一折《绕地游》，都让观众听得如痴如醉。

后来，在别的演出中，两人又陆续合作了几次，大家都说他们两人在一块儿配戏才真正叫作天作之合。

这年冬天，林宛清接下了市文联关于昆曲与百姓生活的一个研究课题，她决定去一下昆曲的发源地苏州以及昆山，感受吴地方言是如何化作这如歌如水的念白的。施梦蝶也请了几天假，陪同林宛清一起去了。

“你会讲苏州话吗?”林宛清问施梦蝶。

“就会一点点，嗯，主要还是戏里面的。”施梦蝶回答，“你应该会不少吧?”

“否（不）是很多啦，苏州方言学起来好难好难的啦。”林宛清故意学了几句苏州话，逗得施梦蝶哈哈大笑。

“不过，吴语不精通，也不妨碍理解昆曲。我觉得吧，昆曲的意蕴，是和江南的水紧紧结合在一起的。江南是昆曲蜿蜒流淌的故土，理解了江南的水，也就理解了昆曲。”施梦蝶说出了他的一番见解。

在苏州昆剧院，林宛清帮施梦蝶挑了几个昆曲的脸谱，她知道施梦蝶喜欢收集脸谱，各个剧种的代表性脸谱他总要收藏一些。

调研结束后，两人临时决定去一下周庄。

冬天的古镇没有什么游人，清晨时，淡淡的雾气在水面飘荡，笼罩在停泊在岸边的乌篷船上和矮矮的小石桥上。青石小巷里，早起的公鸡响亮地鸣唱，惹得邻家的大黄狗也跟着叫了起来，于是，人们也都从梦里醒来了。

施梦蝶和林宛清就是在这个清晨来到了周庄。

他们径直去了古戏台。

古戏台上空无一人，朱红色的帷幕扎在抱柱两侧，几朵绢制的芍药散落在栏杆和地板上。空空荡荡的院落里，几排长条凳放在院子中间的石板上，已经蒙上了薄薄的一层灰，仿佛古稀老人黯淡的眼神。

他们扶着楼梯走上了戏台，木质地板踩上去嘎吱嘎吱作响。

“原来姹紫嫣红开遍，似这般都付与断井颓垣。良辰美景奈何天，赏心乐事谁家院?朝云暮卷，云霞翠轩，雨丝风片，烟波画船，锦屏人忒看这韶光贱……”

没有任何丝竹伴奏，两人就戴着脸谱在这空旷的戏台上吟唱起来。越到无人无声时，这唱曲越是轻灵，如柳叶下的几度徘徊，步步莲花一般回荡在风中。

阴郁的天空渐渐泛白了，悄悄地飘起了雪花，星星点点的，像初春时风中裹着的槐花，散发出沁人心脾的清爽的味道。

江南的雪并不常见，林宛清很是欣喜，伸手去接雪花，看着小小的花瓣在手心融化，兴奋得像个孩子。

“我们下去吧！”林宛清说着，拉住施梦蝶跑下戏台，飞奔到院子里。

雪花纷纷扬扬在他们的身边飘落，林宛清开心地转着圈，飘逸的长发仿佛风中的柳枝摇曳着淡淡的清香。发梢拂过施梦蝶的面颊，他忽然觉得生命很美很传奇。

“你笑起来真美……”施梦蝶说。

施梦蝶不能确信自己是否还喜欢林宛清——他曾经是喜欢过她的，但对于他来说，那不过是一场无果的念想。当他以为已是终结时，她忽又在他的生活中出现了，他不知道这是结局未至，还是又上演了一出续集。

“梦蝶，想什么呢?”林宛清轻声问。

林宛清不知道到底是她故意走进了他的生活，还是命运的涡流将她硬生生地裹挟其中，当她想改写这一出剧本时，她已经忘了该从哪里下笔了。

戏里的波折到了生活中就变得平淡了许多，从周庄回来后，施梦蝶和林宛清继续如往常一样上班，偶尔两人也会如往常一样合作演戏，他依然叫她“林老师”。

三个月后，林宛清的昆曲调研论文在期刊上发表了，受到了业内好评。重庆的一所院校邀请她五月份去做一个讲座，林宛清应允了。

临行前的晚上，施梦蝶邀请林宛清去他家吃饭。两人吃得不多，只喝了些红酒。

施梦蝶拉住了林宛清的手：“今晚，就别走了吧。”

第二天早晨施梦蝶醒来时，枕边只留下了几根柔美的长发。他看到，自己的衣服叠得整整齐齐放在沙发上，微波炉里还有一份热好的牛奶。

施梦蝶的手机里，有一条林宛清的短信，她已经去了机场，她说很快就会回来。

按照行程，林宛清在结束讲座后就可以从重庆回来了，但她心里惦记着施梦蝶收藏脸谱的爱好，于是专门去了趟川剧发源地邛崃，精心挑选了一副川剧脸谱面具。五月十二日下午，就在她乘坐大巴经过盘山公路时，地震发生了。

救援队伍从翻入山谷的大巴中找到了林宛清的尸体，她的双手紧紧捂着一个手提袋，里面装着一副被挤压得变了形的川剧脸谱面具，面具背面模模糊糊写着三个字：给梦蝶。

施梦蝶拿着脸谱一路蹒跚回到家中，整个人躺在了地板上，半天没有动弹。

晚上，他打开了电脑，桌面上有一封他早已写好的情书。他本想等林宛清回来后亲自交给她。施梦蝶苦涩地笑了，删掉了这封信。

他下意识地打开了电子信箱，发现收件箱里静悄悄地躺着一封邮件，是林宛清发来的。

施梦蝶看了邮件发送时间：2008 年 5 月 12 日 14 时 45 分——是她在遇难前发出来的。他轻轻点了鼠标，打开了邮件——

“梦蝶，想问你一个问题，你会为了心中的爱去给自己编一出戏吗？当我决定来到这座城市的时候，我知道，我会为你把这出戏演下去。”

施梦蝶心头一惊，他直起了腰，深吸了一口气，他忽然脑中一片凌乱。

“也许你从来不曾知道，我在大学的时候就觉得你是个不错的人……每次演出，我都能在人群中看到你。我看到你端着摄像机，那么认真，那么投入。我知道，你来一趟我的学校要挤一个半小时汽车，你每次都那么准时，我期盼能看到你来，可看到你我总会心疼……人群里，你总是那么安静，但是我知道，我唱的只有你能懂。

“谢谢你，梦蝶。在那次比赛失误后，我读到了你为我写的文章，那是你给我的鼓励。毕业后，我留在了省城，你回到了家乡。我感觉到了失落，往昔的时光全然没有了轮廓。我追随你来到这里，是希望能在自己的生命里上演一出传奇。”

施梦蝶擦去了眼泪，继续往下读——

“昨天的雪真美，美得让我心碎。那一刻，我忽然觉得，你将我带入了一处人间的桃源，让我翩跹于江南的幻境之中。我知道，也许是我期待得太多了。其实，能和你一起看雪、一起在戏台上唱戏，已是绝美的事了。满腹的心绪，一唱三叹，我相信，你是懂的……

“梦蝶，我给自己写了一出剧本，在我的剧本里，主角是你和我……”

落款是“林宛清 2008 年 1 月 4 日”。

这封信是林宛清离开周庄后的第二天写好的，一直存在她的草稿箱里。她一直到了生命的最后时刻才发出了这封邮件，生命的破碎造就了心愿的圆满。

她有一颗艺人的心，敏感、多情、脆弱。她用厚厚的戏袍将一颗心深深埋藏，绚丽的舞台上，她演绎了太多的风花雪月，真心的、负心的、痴心的、用心的、狠心的、痛心的，她已经迷惑了，她不知道现实中自己该拿出怎样一颗心去面对。

戏演多了，就走不出戏了。

半年前的冬季，在那场纷纷扬扬的雪花中，她故意让长发掠过他的脸。当她凝视着他的眼睛时，她在等待，等着他的牵手，或是拥抱，抑或是额上的一个吻。

然而，他没有。他只是对她说：“你笑起来真美。”

唯一一次在他面前解开了华丽的戏袍，但旋又紧紧裹上了。

然而，他，施梦蝶，又何尝不是这样呢？

施梦蝶相信，林宛清读大学的时候收到过一封情意绵绵的信，那是他千方百计打听到她的电子邮箱后发给她的。信的最后，没有署名。信中的每一个字都是他心上最真实的颜色，他希望他的真感情能够打动她，但是从未收到过她的任何回复。这个邮箱他从此不再公开使用，只会在每年她的生日时给她寄去一张没有署名的卡片。

和她一样，他亦把生活当作一出戏，他为自己编写着一幕幕剧情和唱词，像艺人一样在戏台上演绎自己的寻常生活。怪只怪入戏太深，心中真正的念想总在水袖舞动时换作了折子中的低吟浅唱。

戏里，戏外，早已模糊了界限。清醒时，才发觉已是人去台空。

施梦蝶已是满脸泪水，变了形的川剧脸谱在他手中颤抖着，仿佛在发出奇怪的笑，像是无情的嘲讽和叹惋。

施梦蝶烧掉了林宛清所有的照片以及为她写的文章，然后独自去了长江，将这一包灰烬撒入了江水中。后来，整整一个月，施梦蝶闭门不出。邻居说他把自己锁在家中整日喝酒，因为从他家扔出来的垃圾袋里全是酒瓶。

当施梦蝶重新走进报社大楼时，同事们看见他依旧衣着光鲜，头发梳得整整齐齐，面色平和，不见一丝颓唐的样子，只是眼神变得黯淡了许多。施梦蝶径直去了总编办公室，什么话也没有说，只交给了总编一份辞职报告。

人生如戏，永远不知道下一秒上演的是哪一出。站在别人的戏台上，精心虚构自己的剧本，自以为是戏中的主角，散场后才明白不过是替别人跑了一场龙套。

悲剧，喜剧，折子里早已有了定论，任凭你怎么卖力去演，也逃脱不了剧本的安排。

施梦蝶从此不再唱戏，不管什么演出，怎么请他也不去。

“喝酒把嗓子烧坏了……不唱了，不唱了……”遇到有人邀请，施梦蝶拱手推辞。只是邻居有时候会听见某个阳台上传出二胡声伴着的昆曲唱腔——

恹恹瘦损，早是伤神，那值残春。
罗衣宽褪，能消几度黄昏？
……

声音依旧那么缠绵悱恻、清丽动听，依旧引得枝头的鸟儿跟着鸣叫，依旧让年轻的女人屏住了呼吸。

施梦蝶开始自己做点小生意，后来用赚的钱办了个戏剧学校，从此人们管他叫“施校长”。

施校长只办学，不教课。有人传言施校长和教昆曲的女老师关系暧昧，女老师教学生唱《游园》时，他就给女老师拉二胡伴奏。

个中缘由，任凭别人怎么猜测，施梦蝶从来不谈。

# 【玫瑰记·红莓】

罗克裹好军大衣，背上木吉他准备回家的时候已经快深夜了，远处的天空中还偶尔有烟花零零散散地绽放，稀稀落落地发出沉闷的声响。两个小时前鼎沸的喧闹仿佛在一瞬间销声匿迹了，幽灵一般藏匿在了城市的某个神秘的街角。风从城市高楼的间隙吹过，不时发出尖厉的呼啸声，有点冷。罗克拍了拍挂在胸前的帆布包，里面传出沉甸甸的金属硬币的碰撞声。够半个月的盒饭钱了，罗克想。

地上有一枝紫色的玫瑰，在路边商店忽明忽暗的霓虹灯光中隐隐绰绰地变换着色彩。罗克弯腰将玫瑰拾起，他记得是一个咖啡色头发的漂亮女孩丢给他的，玫瑰落在他脚边的时候，围观的人群吹着口哨鼓掌，他一边唱歌一边抛给了女孩一个飞吻。

平安夜是用来狂欢的。罗克把玫瑰别在帆布包上，边走边想。节日、传说，都是人们狂欢的理由，他也一样，用歌声在人们疯狂的心上添了一把火。

罗克在思考自己狂欢的理由是什么，如果这个晚上能捡着一百万他一定会拼命狂欢，可是直到幸福的人群散尽，他的嗓子也哑得唱不出声了，他的帆布包里最多也没能超过两百块钱，这是他一个晚上的全部收入了。所以，他不觉得有什么欢乐的理由，尽管今天人们是应该快乐的。

“为什么城市越来越大，人们的空间却越来越小？”罗克想起了地铁车厢里印着的一处豪华景观房的广告，这是他见过的最有哲学思考和人文关怀的一句广告词，只可惜这是房屋开发商的广告——如果能少开发点土地，也不会让城市越来越大，空间越来越小了。

生活中，每天都充斥着荒诞和悖论。

冬天的黎明来得晚，夜里三四点钟的光景还跟刚过午夜似的。罗克住在火车站附近一处将要拆迁的破旧的民居里，是用过去存煤炭的仓库改建起来的，厚重的铁门布满了棕黑色的锈迹，一推开就吱吱呀呀叫唤个不停，就像米小路跟女人在床上叫唤的声音。

罗克走进自己的屋子，扔下木吉他，躺在床上。这间小仓库被隔成了好几间，每间都住着不同世界的人，有每天蹲在车站附近帮旅客抬行李的搬运工，有不远处农贸市场的鱼贩子，有毕业后找不着工作的大学生，没准还有举报了就能有五万块钱赏钱的通缉犯。大家各有自己的空间，互不熟识，也不往来。

罗克的手指恶作剧地在灯的开关上游移着——这间仓库为了节约成本，隔墙没有砌到顶，墙头到屋顶留着一段胳膊长度的空隙，灯就在两个隔间的正中，那一边住的是米小路，罗克听得见米小路正在和女人做爱的声音。他在想如果灯猛然亮了，兴致勃勃的米小路会不会突然阳痿，然后从此就一蹶不振了。

灯终究没有打开，罗克抱着帆布包昏昏沉沉地睡着了，耳边回荡着米小路和女人粗鲁的叫声。

罗克睡下时天快要亮了，醒来时天还黑着。

隔壁有昏暗的灯光越过隔墙照进来，他看了看手表：六点。再看看窗户外面，灯火通明，应该不是黎明，那么就已经是黄昏了，看来自己睡了整整一个白天。

罗克坐起身，摘下肩膀上的帆布包，那枝玫瑰掉了下来。

“多么漂亮的玫瑰，只可惜你跟了我。”罗克自言自语。

他打开灯，端详着手中的花儿，他看到最外面一圈花瓣上写着一串号码，还有一行清秀的字迹：你的歌声很美。

罗克仔细回忆那个女孩的样子，可除了咖啡色的头发别的什么也想不起来了。

他掏出手机，拨通了那个号码。

“喂……哪位？”年轻女孩的声音，很甜蜜的味道。

“我是……哦，谢谢你的玫瑰……”罗克说。

“你说什么？什么玫瑰？”女孩问。

罗克想了想，唱起了昨天晚上的歌：“田野小河边红莓花儿开，有一位少年真使我心爱。可是我不能对他表白，满怀的心腹话儿没法讲出来……”

女孩笑了：“原来是你啊，没想到你真会打这个号码！”

罗克也笑了：“为了谢谢你美丽的玫瑰，今天晚上可以请你吃饭吗？嗯……七点半，就在昨天的地方见面，OK？”

女孩犹豫了一下，然后说：“好吧……不过，不能太晚，九点前我得回去了。”

挂上电话，罗克有些后悔，他不知道该请女孩吃什么。他把帆布包里的零钱倒了出来，厚厚的一堆，数数总共只有一百九十四块七毛，枕头下面的报纸里有两百块钱，可那是这个月的房租和水电费，不能动。

罗克敲开了米小路的门。米小路披了一件军大衣，床上坐着一个满头金发一脸雀斑的女人。肯定是没花几个钱召来的“地摊货”，米小路也就剩这点品位了，罗克想。

他把一沓零钱塞到米小路手上：“有整一点的票子吗？帮忙换一下，两百。”

米小路没有点，只匆匆扫了一遍，然后一把全部装到了衣兜里，又从贴身缝着的钱袋里摸出了两张皱巴巴的一百元钞票，递给罗克。

“改天请你喝酒。”罗克道了谢，匆匆出门了。

等了三辆空调巴士过去，终于等来了屁股喷着黑烟的加长巴士。和扛着脏兮兮的蛇皮袋的民工一样，罗克宁可走路也不坐空调巴士，空调车要两块钱，加长的普通巴士只要一块，尽管车上弥漫着浓郁的汽油味和让人慢性自杀的一氧化碳分子。

下车后，罗克又步行了二十多分钟——这种即将淘汰的公交车是不让开进市中心的，他在金鹰国际购物中心侧门边停了下来，昨天他就是在这里唱歌的。周围不断有顾客出入商场，漂亮的女人温柔地挽着身边的男士，一脸幸福地提着包装精致的购物袋。

罗克的装扮站在这里感觉像是另一个世界的人。他看看自己的牛仔服，背后一个大大的阿迪标志，这是花了十块钱从旧货市场淘来的，他故意在衣服上剪出了几个洞，这样挎着木吉他唱歌的时候就有几分朋克的味道了。他嗅了嗅衣服领子，一股公交车上的汽油味。罗克耸耸肩，拐到了朝北的岔路口，迎着北风好把衣服上脏兮兮的味道吹淡一点，感觉差不多了才哆哆嗦嗦走回刚才的位置。

对着反光的玻璃橱窗，罗克理了理有些凌乱的头发，换了几个自我感觉还算优雅的造型。罗克有一张帅气的脸，皮肤白白净净，眼神中闪烁着几分桀骜不驯，有点像莱奥纳多年轻时饰演的杰克。

但是罗克没能像杰克那样赢得爱情并为爱情献身，他的罗丝终究离开了他。

他明白，像自己这样的穷小子是配不上那么奢侈的爱情的，尽管他经常会怀念和叶子在一起的时光。

叶子是他大学时候的女朋友。叶子有一双像星星一样闪烁的眼睛，她喜欢听他唱歌，于是他就只唱给她听，在月光中，在篮球架旁，在叶子宿舍的阳台下。叶子的爸爸开了一家公司，每个月会往女儿的银行卡里汇去充足的生活费，叶子总会拿出一些钱给罗克，她总是会叫上罗克一起去食堂吃饭，叶子每次都点好多菜，然后说自己吃不下了，要罗克打扫战场。罗克知道，叶子是不希望他每天只舍得买馒头和粥吃。

后来，他们在学校外面租了房子，同居了，是叶子付的房租。

罗克暗自发誓，要找个像样的工作，好好挣钱，将来买一套大房子，和叶子结婚。

但是不多久罗克的梦想就破灭了。有一天叶子的妈妈来看叶子，就也看到了他。叶子的妈妈问了他家里的情况后，就不准叶子和他交往了。

罗克好几次追问叶子不理睬他的原因，叶子在电话里告诉他，爸爸妈妈不想她和一个没钱、没背景、没社会关系的穷小子生活，爸爸妈妈希望女儿将来嫁的丈夫最好是一个年轻有为的企业高管，次一点的话也得是公务员，或者医生、律师、银行职员，他们觉得那样脸上才算有光。

叶子听从了家里的安排，毕业后和一个银行理财师结了婚。叶子的爸爸说，这样他的公司办贷款就容易多了，不用看银行脸色了。

但是，罗克却没能顺利毕业。

叶子离开他之后，他开始每天抽烟酗酒，没钱了就去街头唱歌，然后用挣来的钱继续买酒。有几个男生嘲笑他追求叶子是“癞蛤蟆想吃天鹅肉”，他听见了，就用手中的酒瓶把那个男生的头砸破了，被学校记了大过处分。大三期末考试，七门功课全部不及格，于是，罗克申请了退学，从此离开了学校。

罗克没有回北方的老家去，他不想见到自己的父亲——那个赌博赌输了就回来打母亲直到赌光了家产气得母亲自杀的男人。自从他出来读大学，就几乎没有回去过，只在母亲的忌日回老家给母亲烧纸磕头。

罗克去了南方的一座滨江城市，据说那里遍地都有发财的机遇，可是好运从来没有垂青过他。辗转了几年，他仍然住在废弃的仓库里，仍然有一天没一天地挎着陪伴了他六年的笨重的木吉他在街头唱歌；幸运的话，会有酒吧喊他去演唱，那样一个晚上可以挣五百块钱，够他一个月的花销了。

他有时候会羡慕米小路，米小路在火车站附近做倒票的二道贩子，遇到节假日车票吃紧一天就能赚到上千块。但是倒卖车票有风险，稍不留神就会被铁路派出所抓进去，钱被搜光不说，出来的时候还被打得鼻青脸肿。罗克不想挨打，所以他只是偶尔羡慕一下。

罗克羡慕米小路，却瞧不起米小路，因为米小路没有品位。米小路和他一样，是没有资本让女人托付终身的，所以米小路就去亮着粉色灯光的发廊。米小路舍不得多花钱，召来的小姐在罗克看来都是看了第一眼要后悔一个月的那种。但是米小路却乐此不疲，说这样让他找着了男人的感觉。

酒吧里有的是漂亮性感的女人，罗克在酒吧唱歌的时候总和不同的女人睡觉，她们白天是像杜拉拉一样的白领，衣冠楚楚，夜晚灯红酒绿时却歇斯底里地发泄着心中的愤懑和下半身的欲望。

有一个叫苏丽的长相凶悍的胖女人，经常在丈夫出差的时候找罗克。

苏丽的丈夫是一家外企的行政总监，苏丽说她的丈夫在外面有女人，所以她也不能让自己吃亏。罗克尽量在床上满足这个女人报复的欲望，因为每次结束后，苏丽都会给他一千块钱，这相当于他在酒吧唱两个晚上也就是十个小时的收入了。

每次和苏丽上床，罗克总想象着这个在他身下喘息的女人是叶子。

“Hi！你是红莓花儿开吗？”罗克忽然被拍了一下肩膀，顿时从思绪中清醒了过来。他转过身，面前是一个长相清秀的女孩，长长的睫毛，澄澈的眸子，一条咖啡色的马尾辫活泼地在脑袋后摇摆着。

“对，是我……你好……”罗克刚回过神，他不知道是不是该和对方握个手。

“我叫小莓，草莓的莓，就是你唱的歌里的红莓。”女孩笑着说，“该你了，你叫什么名字啊？”

“罗克。”

“你的名字很酷，跟你的打扮一样。”女孩说。

“你的名字很甜，跟你的声音一样。”罗克说。

两人都笑了起来。

“我们……找个地方吃饭吧？”罗克小心翼翼地问。他担心的不是小莓同不同意吃饭，而是担心口袋里的钞票够不够吃。

“好啊！不过，这顿饭得我请你吃。”小莓的话让罗克很意外。

“为什么？”

“我是你的‘粉丝’啊，歌迷请偶像吃个饭总是可以的吧。”小莓说。

罗克不推辞了，不用掏钱和美女共进晚餐，他求之不得；而且小莓还给了他一个堂而皇之的理由，他丝毫不用为不付钱觉得尴尬了。

他们去了金鹰楼上的汉拿山。罗克细致地用餐刀切着服务员夹在他盘子里的烤熟的肉片，然后缓慢地咀嚼着。其实他很饿，已经一整天没有吃饭了，要不是对面坐着小莓，他早就狼吞虎咽了，但是现在，他只能故作优雅。

小莓点了不少肉片和水果，但是自己只吃了一点，然后撒娇似的说：

“罗克，我菜点多了，吃不下了，你来清扫战场吧。”

一刹那，罗克鼻子一酸，恍惚觉得面前坐着的是叶子。

“嗯。”他低下头，悄悄擦去了眼睛里噙着的泪水。罗克一直爱着叶子。

吃饭时，小莓告诉罗克，她读大学的时候曾经喜欢过学校的一个男生，那个男生和罗克一样，也有一个大大的木吉他，但是那个男生有一个漂亮的女友，而她，只能这样在心里暗恋着。

吃完饭，罗克提议在街头散散步，小莓同意了。

十二月底晚上的街市，稀稀落落没什么人，偶有下班的人夹着公文包匆匆走过，疲倦的风衣在冷风中瑟瑟发抖，无助地奔向前方朦胧的目标。

罗克一直不怎么说话，他没有问小莓的任何情况，因为他不希望小莓问他的情况。关于自己的生活，他羞于启齿。

小莓忽然说：“罗克，我有点冷……可以在你肩膀上靠一下吗……”

罗克犹豫了一下，他害怕小莓闻见他身上的汽油味。他脱下了外套：“你要是不介意的话，我把外套给你披上……”

他们在街心花园的一处音乐喷泉下站住了，喷泉在灯光和音乐中变换着色彩和舞姿，将这个冬夜装饰得妖娆而多情。隔着朦胧的水汽，一座三层楼高的大圣诞树在灯光中矗立着，各种各样的小礼品在枝头闪烁，靠近地面的树枝上挂着红色的信封，里面装着人们对于新年的祈愿。

“新年你有什么愿望吗？”小莓问罗克。

“不知道……我每天都想着能捡到一百万，哈哈！”罗克回答，“你呢？”

“我想结束一段下落不明的生活。”小莓说。

其实对于罗克来说，他的生活没有一天是明朗的，当然未来的生活明朗与否，他已经不再去关注了。他只知道生命的终点是死亡，而每天的生活在他看来都是对往日的复制，一天过完，一个月就过去了，一个月过完，一年也就差不多了。这座繁华的都市犹如一座迷宫，到处是暗流和陷阱，他是一条窒息的鱼，在下落不明的水域里跌跌撞撞。

远处教堂的钟楼闪烁着乳黄色的光，夜光指针指在了八点四十的位置。小莓忽然脱下外套塞给罗克，说："对不起，我要回去了。再见。"

小莓说罢，拦了路边的一辆出租车，离开了。

漂亮女孩的身边总不会缺男士，也许她是去赴下一个约会了。罗克猜测。不知怎么的，罗克想起了灰姑娘的水晶鞋的故事。

他穿上外套，外套上还能感觉得到小莓的体温，以及淡淡的香水味。罗克是一个对味道极其敏感的人，这样的温度与味道总让他忍不住回忆。

他搓了搓有些冻得发麻的手，抄在了衣兜里，手指触摸到了一只折叠起来的信封。打开信封，里面是五百元钱和一张纸条。罗克读着纸条上的话：好好照顾自己，我希望你的生活能好起来。生命是上帝赐予我们的礼物，要好好珍惜……

罗克知道，这是《泰坦尼克号》里的杰克说的话。

小莓，会是叶子的化身吗？

罗克留下了纸条，但是钱仍然原封不动放回了信封里，他不愿意平白无故接收别人的恩惠，不论是出于同情还是关切，他不希望别人觉得自己是一个弱者，尽管在这个城市里，他的生活朝不保夕。

罗克用自己的钱买了一瓶劣质白酒带了回去，敲开了米小路的门。那个金发女人已经走了，屋里弥漫着呛人的烟草味。

"谢谢你的大钞。来，喝两杯。"罗克用桌角撞开了瓶盖。

米小路拿来了两个掉了漆的搪瓷茶缸，两人就着几块饼干喝了半晌，然后都趴在桌上昏昏睡去了。

第二天一早，罗克就出门了，没有带木吉他。他径直去了火车站附近的农民工招工市场。年轻和帅气让他很快被雇主挑走了，他开始在一家玩具批发市场做保安兼卸货和搬运工，每天白天工作十个小时，管两顿饭，没有休息日，一个月有两千块钱收入。

每天从玩具市场下班后，罗克就在满是汽油味的公交车上打二十分钟盹，然后回家拿了吉他去酒吧唱歌；如果没有约到合适的酒吧，他就去商场门口或者地铁、天桥、过街地下通道，他有一副好嗓子，在吉他金属音质的伴奏下总能吸引人们驻足，甚至商场的保安也不驱赶他，倒是他的歌声能把顾客吸引来。

这个月，罗克黑瘦了许多，但是他挣了将近六千块钱的收入，是他上个月的四倍之多了。罗克忽然明白，他是有能力改变自己生活的，他缺乏的是一个关注自己的眼神。

他又想起了小莓，想起了叶子。他忽然觉得小莓和叶子是同一个人，他相信，这是上帝给了他重新活一次的机会，他不想再放弃了。

从玩具批发市场领取了薪水，罗克给小莓打了电话，他郑重地邀请小莓吃饭，一再强调他请客。小莓很开心地答应了。

罗克提前去了旧货市场，淘了一件不算太旧的衣服换上，又将头发洗干净，然后去了金鹰的施华洛世奇，挑了一只小巧蝴蝶样式的别针。他不好意思直接把钱还给小莓，就挑选了一件礼物，这是他买过的最昂贵的礼物了。

罗克告诉小莓，他找到了一份稳定的工作，虽然有些辛苦，但是不会再像以前那样每天无所事事地混日子了。他说："谢谢你的字条，这些年来你是唯一一个给我鼓励的人。"

小莓接受了罗克的礼物，她将蝴蝶别在胸前，脸上泛起了一阵红晕。

罗克看着小莓的笑容，他觉得她美得无比纯真和动人。

"美丽的小姐，您想吃点什么？"罗克向小莓伸出手，学着电影里的绅士的语气，一本正经地说道。

小莓扑哧一声笑了出来："嗯……我要吃鸭血粉丝汤。"

没等罗克反应过来，小莓一把拖着他的手朝着商场后面的一条小巷跑去了。"你知道吗？这里有一家卖鸭血粉丝汤的小店，他们家的鸭血特地道，我可喜欢吃了……"

两人走进小店，店主是一个面目慈祥的老人，见到了小莓马上笑着说："闺女又来了啊，好一阵子没有见到你了哦。"

小莓和店主打了个招呼，说："这是我朋友，我专门带他上您这儿吃正宗的鸭血粉丝汤来了。我跟他说，您这儿的鸭血和杂烩是全城最地道的了！”

“好咧好咧，今儿保管让你们吃个满意……”店主一边说一边忙活去了。

不一会儿，两大碗热气腾腾的鸭血粉丝汤就端了上来。

罗克吃了一口，连声叫好，逗得小莓笑个不停。

两人边吃边聊，罗克问：“小莓，你现在是做什么工作啊？”

“我啊……”小莓愣了一下，“哦，我在一家企业做会计，挺忙的呢，老要加班做账。”

正说着，小莓的手机响了起来。小莓拿出手机怔怔地看上面显示的号码，犹豫了片刻，还是接听了。

小莓转过身，用手捂着手机，罗克只能隐约听得见里头是一个操着本地方言的男人的声音，但是说了什么他就听不清了。

“嗯……跟我一个大学的同学……是的……今天吗？可是……不是说好周末的吗……不不，我不是这个意思……嗯，您说马上？嗯，好吧……”罗克只能听见小莓断断续续的说话。

小莓挂下电话，一副心事重重的样子：“对不起，罗克，我……要先走了。”

罗克问她有什么事。

小莓说是公司里的事，晚上要去加班做财务报表。

然后，小莓站起了身，径直走出了小巷。罗克付了钱，也赶紧追了出去。他看见小莓打开了金鹰门口的一辆奥迪车门，坐了进去，汽车尾灯一闪，开远了。

罗克相信，小莓没有说实话，她有事瞒着他。

罗克没有再询问过小莓的生活情况，他知道每个人都有自己不愿意让别人知道的秘密，有幸福的，也有伤痛的。询问，是逼迫别人去回忆，如果回忆是悲哀的，那就是重新揭开了刚刚愈合的伤疤。

这个看似快乐的城市，欢声笑语、纸醉金迷的背后到底隐藏着多少难以启齿的伤痕，没有人能说得清。暗夜降临时，一盏盏路灯瞪着苍白的眼睛，茫然地注视着这个匆忙又寂寥的世界，无数擦肩而过的人，无数擦肩而过的车，无数擦肩而过的故事。谁知道明天的阳光什么时候照亮自己，谁又知道明天的自己还是不是同一个人。

苏丽又给罗克打来了电话，罗克拒绝了她。苏丽在电话里破口大骂，然后拼命地哭，她说她可以给他两千、三千甚至五千都可以。罗克挂掉了电话，他听到了电话那边声嘶力竭的号叫。

都市是一个人造怪物，生活其中的人被自己的魔爪牢牢束缚着，想逃脱却逃脱不得，衣冠楚楚的背后是狼狈不堪的伤痕与斑斑血迹。

当罗克再一次见到小莓的时候，小莓比以前胖了不少。初春的阳光下，小莓穿了一件韩式的高腰长裙，看上去既温柔又可爱。

罗克告诉小莓，他喜欢她，然后，他吻了她。

那一天，他们沉默了好久。分别时，小莓对罗克说："罗克，我爱你。但是，我们不可能现在就在一起，你能等我一年吗？一年以后，我会来找你。"

罗克问为什么。

小莓说，一年以后一切就都明白了。

从此以后，罗克再也没有得到小莓的任何消息。小莓的手机要么就是关机，要么怎么打也没有人接，所有的短信发过去都是石沉大海。罗克疯狂地在这个城市里寻找小莓，市中心的每一个商场、街心花园的喷泉、卖鸭血粉丝的小巷，所有他们曾经去过的地方都留下了他焦急的身影，他相信小莓还在这个城市，就在某个神秘的角落。

因为工作时总会想着小莓，在一次卸货时，沉重的货箱从手中脱落，罗克的脚踝骨被砸断了。玩具市场以罗克工作分心为由，给了他一千块钱医药费，支付了半个月工资后就辞退了他。

罗克住不起医院，只进行了简单的治疗，变了形的脚踝骨终究没有能够复原，他只能微微瘸着走路了。失去了工作的罗克能做的依然是每天挎着吉他在街头唱歌，唱《红莓花儿开》。他相信，小莓会听见他的歌声，会笑着走到他身边。

八个月后的一天，罗克接到了小莓手机打来的电话，他迫不及待地接通了。

“喂，您好，请问您是叫罗克吗?”电话里是陌生的声音。

“是的……”罗克回答。

“那……您是机主的朋友吗?”

“是的，我是小莓的朋友，她怎么了?”罗克预感小莓肯定出事了。

“您的朋友在我们医院住院治疗，但是医药费已经欠费许多，她现在昏迷不醒。在她的手机上我们只发现了唯一一个号码，所以就打过来了……”

当罗克匆匆赶到医院妇产科的时候，病床上的小莓只靠葡萄糖维持着生命。医生告诉罗克，一个星期前，一个男人带着小莓住进了医院，两天后小莓生下了一个孩子，男人抱着孩子离开后就再也没有回来。小莓生产结束后身体虚弱得不行，而且又检查出子宫有很严重的炎症，需要及时治疗。

罗克没有多问什么，赶紧掏出了全部积蓄替小莓缴了住院和药品费用，终于，三天后，小莓苏醒了。

看到病床边的罗克，小莓哭了。

罗克没有询问小莓任何事情，他只是整日整夜地守在小莓身边，照顾她，月亮升起的时候，他就唱歌给她听，看着她在他的歌声中幸福地睡去。

可是，没过几天，医院就来催缴住院费了。医生说，如果明天还不及时把费用缴纳了，那就只能停药了。

“我们走吧。”小莓对罗克说。

“不!”罗克握着小莓的手，“我回去拿钱，我一定想办法让你身体恢复。”

小莓哭了:“罗克，我……不配你这么用心……”

“不管你怎么样，我都要帮助你。小莓，我爱你。”罗克说完，就离开医院直向住处跑去。

罗克的积蓄已经全部缴了医药费，现在他所能做的就是向米小路借。米小路从缝在内衣上的口袋里极不情愿地掏出五千块钱，正要抽出几张打发了罗克，不料罗克一把将钱全部夺了过来。

“我会还你的!”罗克一边说着一边头也不回地冲了出去，留下米小路愤怒的叫骂声。

气喘吁吁的罗克来到医院，看到病房大楼下围了一圈人，有记者在采访和拍照，医院的员工指挥着保安维持秩序，几个领导模样的人正满脸通红地向记者解释着什么。

“多可惜的姑娘啊，年轻着呢，看上去也不过二十来岁……”几个中年妇女小声唠叨着。

罗克奋力推开保安的阻拦冲了进去，他看到了小莓被鲜血染红的病号服。小莓的胸口，别着一枚蝴蝶形状的别针。

罗克在小莓的病床上发现了一封信。

罗克：我爱你。可是，我对不起你，我走了，带着我全部的愧疚和对你的爱恋。我不配你这样用心地爱我，我更不愿意你将全部的积蓄投入我肮脏的躯壳中。我是一个被有钱人包养的女人，我根本不是什么会计，我的工作就是让那些有钱的男人在床上快乐。……这个男人给了我不少钱，他的妻子不能生育，他要我给他生个孩子。我同意了。所以我躲着你，我没敢告诉你真相，因为我喜欢你。

……罗克，你不会记得，曾经有一个小姑娘偷偷听过你唱歌。那时候，你在读大学，我在你学校的一家水果超市帮忙卖水果，那个初春，在草莓甜蜜的清香中我恋上了你的歌声。可是你深深地爱着你的女朋友，和她相比，我自惭形秽。后来，你的歌声再也没有唱起过，我曾经打听过你的消息，别人只说你离开了学校，却没有人知道你去了哪里。

没有了你小河不再清澈，没有你红莓不再芬芳。不久，我离开了水果超市，辗转了不少地方，我没有想到会在这座城市遇见你，更没有想到遇见你时的我已经成了人们眼中的妓女。我相信，能和你再次相遇是缘分，哪怕和你在这个世界流浪我也愿意。

一切，只因为钱。没有钱，我们什么也做不了，我不想因为钱的事让你烦恼，让你为我操心。来世，我们去一个没有金钱的世界……

罗克，我们都是在这个城市的角落挣扎的生物，为了上帝赐予我们的礼物而延续着自己的呼吸。

……

信封里，有一张小莓的照片，她站在一片盛开的野菊花中，纯洁得像个天使。

天使，是不应该生活在这个污秽的世界里的。

沉默。泪水。一场华丽的幻觉。一次自欺欺人的游戏。或许可以假装刻薄或者多情温柔，真相与劫数总在该来的时候到来。该狂欢的依然在狂欢，该忘却的却永不能忘却，追名逐利的眼睛只看得见阳光下耀眼的金属，永远没有泪水去帮助洗去伤痕上的污泥。

你是一个天使，可你不在天堂；落入了凡间，你就只是一粒尘埃。

医院为了尽快息事宁人，给了罗克一万块钱赔偿金，将他打发走了。

罗克为小莓办理了后事，捧着骨灰盒从殡仪馆出来的时候已经身无分文了，他没钱去公墓给小莓安葬，只在郊外的一条小河边给小莓挖了一处归宿。罗克摘了大把大把的野花铺在小莓身边，仿佛坠落的漫天繁星。

远方，漂泊，挣扎在高楼的间隙里，所有的梦想终究渐渐溃烂。

罗克后来去了哪里，没有人知道。素昧平生的人，熟视无睹的故事，平淡无奇的生活，还有谁，会在初春的田野里，唱一句红莓花儿开呢……

【胭脂记·画皮】

王生的风流鲁镇人都知道。“谁让人家长得英俊又家里有钱呢……”鲁镇的女人说，惹得鲁镇的男人又嫉恨又惭愧。

王生有一妻一妾，妻子陈氏温柔贤惠，对王生百依百顺，新纳的小妾柳儿妩媚动人，善解人意。难得的是，妻妾两人和睦相处，从不争吵，鲁镇的百姓都说：“王生真是好福气啊，娶了鲁镇最漂亮的两个女人，这辈子可享福了。”

王生也是这么认为的，他觉得自己很幸福——当然，这是在见到小唯之前。

小唯是突然出现在王生面前的，就那一瞬间，王生觉得自己的魂全丢了。那天王生约了朋友去钓鱼，回来的路上见到了一个美丽的女人的背影。女人靠着一棵大树，半坐着，一只袖子捂着侧脸，像是故意不让人看见。

但是王生偏要看见。他一翻身从骡子上下来了，在手上吐了口唾沫，理了一下被风吹乱了的头发，然后慢条斯理地走了过去。

“小生多有冒昧，敢问姑娘何故独坐在此啊？”王生问。

“公子莫怪，奴家外出走亲戚，不想半路上崴了脚，故在此歇息。”姑娘说着，将脚从裙底露了出来，王生看见了一对小巧精致的脚，他忽然觉得陈氏和柳儿的脚都不及这双脚好看。姑娘又微微扭过头来——王生看见了一张精美绝伦的脸，他忽然觉得陈氏和柳儿的脸都不及这张脸好看。不对，是整个鲁镇的女人的脸都不及这张脸好看。

王生的思绪凌乱了，他狠狠地深呼吸了几口空气，渐渐镇定下来。

“不知姑娘何方人士？可愿随小生进城医足乎？”王生问。

姑娘娇羞地点了点头。王生顿时觉得，姑娘点头的样子也好看，陈氏和柳儿点头的样子都不及这个姑娘好看。

就这样，小唯住到了王生家里，再过了没多久，小唯就住到了王生房里。王生天天和小唯住在一起，白天在一起，晚上当然更是在一起。

一个月以后，王生消瘦了许多。吃饭的时候，妻子陈氏问丈夫是不是没休息好，王生不耐烦地说："不关你事。"吃完饭，王生就又去小唯那里了。王生觉得消瘦不是什么大不了的事，要紧的是，小唯懂得让他在床上好好享受，而这些，陈氏和柳儿做得都不够主动。

小唯太美了，美得让人害怕。外人议论纷纷，都说小唯一定是个妖怪，平常的姑娘怎么能这么美呢？连一向老实巴交的闰土也议论起小唯来了。

王生家里的仆人也在议论。刷马桶的祥林婶子说，好几日天蒙蒙亮的时候，她看到小唯靠在窗子口在脸上涂涂画画，红的白的黄的绿的，什么颜色都有；画着画着，天就亮了，晨光中就露出一张精致得像画出来的脸了。巡夜的华老栓说，有一回他不小心看见小唯正在洗脸，洗着洗着水就成彩色的了，而那张美丽的脸则变得狰狞恐怖，像城隍庙里的小鬼。

王生娶了个妖怪，这个传闻在鲁镇不胫而走。

但是王生不相信，他不相信这么美丽的女人会是妖怪，他依然天天和小唯住在一起。

一天夜里，小唯问："相公，你每天和我在一起是因为我好看吗?"

"当然不是。"王生一口否定，"我就是喜欢你，我的心已经在你这里了，不管你长什么模样，我都喜欢你，天天跟你在一起。"

小唯感动了，眼睛里含着眼泪。

王生把小唯的手抓住，按在自己的胸口，信誓旦旦地说："你摸摸我的心，跳得多真诚！我不会骗你的。"

小唯点点头，轻轻地说道："相公，其实我长得一点都不美，我的容貌都是我化妆画出来的。我家住在东头村，你经常去钓鱼，每次我都躲在那棵老槐树后面偷偷看你，我长得丑，怕你不喜欢，所以从来不敢跟你说话。但是我确信我爱上你了，所以就给自己化妆打扮，画成了美丽的样子。之前我不敢告诉你，怕你知道了就不要我了，今天你既然这样说了，我就跟你坦白了。相公，你真好。”

小唯说完，拿过脸盆，把脸彻彻底底洗了一遍。

王生看到，脸盆里的水变得五颜六色，各种颜料漂在水面上。小唯抬起头时，妆容都洗掉了，昔日那张美丽的脸不见了，露出了本来的容貌，简直判若两人。

卸妆后的小唯不是一般的丑，而是丑得面目狰狞，看得王生心惊胆战——黢黑的皮肤粗糙得像松树皮，眼角龇裂，好似发怒的金刚，眉头的青筋一根根暴露着，鼻梁处几道溃烂的疤痕渗出暗红的血渍。

王生的两条腿不停地战栗。

“相公，你别怕。我小的时候有一次玩火，不小心点燃了旁边的柴火堆，就被烧成了这个样子……”小唯解释着，慢慢靠在了王生的怀里。

呆若木鸡的王生吓得跳了起来，一把将小唯推开，失声喊道：“你别过来！别过来！”

“可是……你说过不管我长什么样子你都喜欢我的……”小唯继续往前走，抓住了王生的衣襟，“你还说你的心已经在我这里了！”

“妖怪啊！妖怪！”惊恐万分的王生大叫了起来，拼命挣扎着，一脚把小唯踹倒在了书桌上。

悲愤的小唯摸到了一把剪刀，刺进了王生的心口。鲜红的血流了出来，王生抽搐了几下，不动了。小唯流着眼泪，慢慢将王生的心口剪了开来：“相公，你说过，你的心已经在我这里了，我要把你的心带走。”小唯挖出王生的心，塞在了怀里。

院子里已经躁动了，人们听到了王生屋里的动静。陈氏、柳儿和仆人都躲在门口张望着，谁也不敢进去。

突然，王生的卧室门开了。人们惊恐地看到，一个浑身鲜血、面目狰狞的青面女妖跑了出来，她发了疯似的咆哮着，爬到树上，翻过院墙逃走了。

“可惜了啊，这么好的一个男人，让妖怪迷住了，被妖怪吃了心……”

鲁镇的百姓觉得很惋惜。

“可不是吗？她有一张人皮，天天在上面涂涂画画，穿上去就变成美女了！我还亲眼看见她吃过人血馒头。”华老栓幽幽地说。

“唉……说不准我们家阿毛就是叫她吃了呢……”祥林婶子抹着眼泪。

“书上说，这个妖怪叫画皮，她的皮有四种画法呢!”孔乙己拈了颗茴香豆，一边吃一边慢悠悠地讲着。

# 【玉壁记·石坊】

# 一

“老爷，四爷……去了。报丧的人一早就已经派出去了。”老管家冯贺垂着手，毕恭毕敬地站着。

“哦，知道了。一个夏天过去了，也该到时辰了呀……”内室传出了咳嗽声。

声音停了片刻，空旷的厅堂内顿时显得寂静而冷清。

“嗯，这样吧，就还请沈先生来吧。”

“是，老爷。”冯贺低着的头一直没抬，“不过老爷，三少爷，怕是来不及赶不回来了。”

“那就算了，不用通知他了，冯家的人到齐了就行了，祖宗是认得的。”过了一会儿，内室传出了沙哑的吩咐，“哦，还有，四太太那边，该说到的你可都记得要说到了，这个事你一定要办好。”

冯贺答应着，他知道这事不好办。

“我们冯家……快够了，快了呀。”丫鬟们伺候洗脸的倒水声夹杂着断断续续的咳嗽声在厅堂昏暗的空气中回荡着。

冯贺一欠身，退出了厅堂，天井里稍微照进了几缕天光。下了一宿的雨已经停了，屋檐上残留的雨水不时通过水笕流入天井内，地面四周微微凹下，形成一圈石砌的水槽，水槽砌得很严密，没有一滴水能流出去。冯贺吁了口气，多少年了啊，多亏了这祖辈的宅子，把这石水槽夯得够扎实，聚集的雨水只能绕着自家天井转。东乡的魏老爷家就是水槽砌漏了，自打建了高宅就再也聚不住财了，再怎么补救也没用，家业终究败落了。

冯贺小心翼翼地跨过水槽走到外厅，回头看看确信鞋底没有把水槽里的水带出来，终于松了口气。往内厅去端茶水的丫鬟雨晴见了冯贺忙侧身低头，微微屈膝，冯贺眯起眼“嗯”了一声，径自向四太太的厅屋去了。

冯贺不到十岁就跟了冯惟礼，做他的伴读书童，几十年来一直没离过左右。冯家本是做盐业买卖的，最鼎盛的时候，扬州康山草堂也常常邀请冯家的人过去共议淮盐产销之事，直到道光年间两淮盐政陶澍实行“票法”，禁止徽州商人涉足盐运，冯家才改行做起了茶木生意。到了冯惟礼那一辈，大哥早年夭折，二哥酗酒致死，冯家老爷逝世后，排行老三的冯惟礼便名正言顺地掌管了冯家的全部房契、地契、族谱、账簿，还有所有大大小小宅子的钥匙。冯惟礼做了老爷，冯贺也名正言顺成了冯家的大管家——冯家是极讲究名分的，名正言顺才行得通——那一年冯贺才二十五岁。

没想到就这么一晃，快四十年过去了。当初跟着冯惟礼沿江贩茶木，顺便提心吊胆偷着贩私盐，真是见足了金陵、扬州、苏州的繁华，谁知道这一眨眼老爷就白了头，自己的腰也难得直得起来了——“老了，都老了……”冯贺自言自语地叹息着。

冯贺出了外厅，朝着东边的侧院走去，过了一个天井，再过一个隔扇，就到了四太太和四老爷的住处了。冯贺进入内院时已听不到送终的哭声了，四老爷的遗体也已经一层层套上了寿衣抬到正厅的灵堂去了，地上有散落的纸钱，薄薄的，有的在飘，有的粘在湿漉漉的青石板砖上，两层楼的正屋的重檐下面挂着新裁的白幔，有几处被檐角滴落的水打湿了，留着些许淡淡的青灰色。

四老爷是冯惟礼的弟弟，比冯惟礼小不了几岁，但这一辈子身体一直病怏怏的。这一年夏天热得出奇，四老太爷中了些暑气后就迷糊了，眼瞅着立了秋，天气转凉了，可硬是没能挺过来。

冯贺走过中门和堂室，几个小丫鬟正蹲着焚烧纸箔，见老管家到了，纷纷丢下烧焦了的木棒站好，屈膝行礼。冯贺一挥袖子，丫鬟们便都退到廊檐外面了。

四小姐冯悦媛已去了灵堂，陪伴死去的父亲了，屋里就只剩下大少爷冯程远、二少爷冯涞远、大少奶奶、二少奶奶陪着四太太了。冯贺轻声咳嗽一下，迈入厅房，依然垂着袖子欠着身子。

“是冯管家啊，进来说吧。”卧房里，四太太的声音。

冯贺一抬脚，迈过门槛，伸手拨开门帘，侧着身子进了屋，不让门帘上的珠子发出叮叮当当的碰撞声。

四老爷床上的床帐和枕头都已经撤去了，被褥半掀着，还没有来得及整理。

冯贺对着四太太弯了一下腰：“太太节哀。”又接着向坐在一旁的大少爷和二少爷弯腰拱了手，大少爷忙起身还礼，二少爷说了句“冯叔不必多礼”，也起了身。

四太太年过五十，与冯贺一般年岁，却显得年轻许多，除了眼角和额上隐约的几道皱纹，脸上都还光洁，耳根处一块指甲大小的寿斑透过薄薄的姜蜜油膏若隐若现。

冯贺稍微直了腰，对正首的四太太道：“老爷有几句话要小的跟太太说……”

四太太把手中的青花茶盏放在手边雕着“松鹤延年”的紫檀木几案上，坐直了身子。少爷和少奶奶见状也纷纷告辞退出了卧房。

听得脚步声远了，冯贺说：“老爷关照了，请沈先生来算好吉日给四太爷‘开脸’，四太爷爱喝的陈年甲酒也从窖子里搬上来了，‘开脸’四十九日后跟四太爷一起上路。”

“知道了，老爷怎么关照的怎么做就是了。”

“老爷还说……”冯贺停了停，撇了眼角看了一眼四太太，顿了一下，“老爷要小的问太太，什么时候入堂？还有，您要哪几个丫鬟跟去伺候？”

四太太叹了一口气：“冯家的规矩，祖宗积的德，等四爷入土了，我就过去吧。回去跟老爷说，四爷没有儿子，到了不惑之年才有了一个闺女，这是我上辈子没积够德。以后每年四爷的忌日不要忘了派人去堂里给我带几吊钱烧给四爷，隔三岔五地给烧点东西到那边，别叫人到了那边还跟着遭罪。”

“这个请四太太放心，一定不会忘的。”冯贺的脸色顿时轻松了。

“悦媛还是个孩子，什么都不懂，这么小可就没了爹妈了……”四太太说着，眼眶红了起来。

“太太不用操心，有老爷在，四小姐就是老爷的亲闺女。”

“唉……那就多叫老爷和冯管家费心了。”

“小的自当尽心。”

“丫鬟嘛，有翠儿跟着我就行了，有什么事就让翠儿回来说吧。”四太太揩了揩眼角，端起了茶盏，盖碗剔着漂着的几片毛尖嫩叶，擦在茶盅上，发出清脆的碰撞声。

“那好，我这就去回老爷的话去。小的告退，太太您保重。”冯贺感激似的弯腰行了个礼，欠着身子退出房，直到出了厅房才稍微直了腰。

等冯贺回到正厅，冯惟礼已经用完了早点，正在翻着厚厚的族谱。说是族谱，其实记到冯惟礼的父亲这一辈时冯家就只剩下这一支血脉了。

“老爷，四太太那边的事已经办妥了。”冯贺禀报说。

冯惟礼摘下眼镜，不住地点头，非常欣慰的样子：“弟妹终究是大户人家出来的，知礼知节。这才是我冯家的女人啊，当德衍群英。”

冯惟礼说完，兴奋地站起了身，对冯贺吩咐道：“派人到崇节堂，给四太太安排屋子，要朝阳的，四太太经常用的家什也多带些去。明日叫人到昌福行，要周昌年给我们选上等石料、木料，挑最好的工匠，建我们冯家的女人的第九十六座牌坊。还是按老规矩建，六柱五间坊。记住，要快。柱联要写得好，还请书院的孙先生写吧。”

“是，老爷。”冯贺答应着，靠近了，凑在冯惟礼边上小声说道，“可是老爷，咱们家的账已经空了不少了，外边老是不太平，官府加税，洋人压价，山里还常闹匪，咱们的茶叶生意是越来越难做了呀。头几年咱们建崇节堂、冯氏书院，给四老爷买穴地已经快把积蓄用得差不多了，去年给二太太建贞节牌坊的大洋还赊着昌福行呢，崇节堂扩修也赊的是周家的账。老爷，四太太的牌坊是不是缓缓再说啊。”

冯贺说完，望着冯惟礼，一脸惶恐与无奈。

“胡说！什么事都能缓，给冯家女人建贞节牌坊的事一刻都不能缓！”冯惟礼猛地一拍桌子，提高了嗓音，因为激动，鼻翼和胡须都在微微地颤动着，“没钱了就去赊，跟周昌年再赊一次！他要是不肯，把歙县城里的醉云楼抵给他。那老东西不早就看中了我们冯家的酒楼了吗？”

冯贺不敢再说什么了，只点着头。冯惟礼交代完事情，继续捧起了族谱，闭上眼冥思着什么。冯贺一声不响地行了礼，退出了正厅。

老爷的脾气比以前急躁多了。跟了冯惟礼快四十年了，冯贺越来越觉得老爷脾气变了，自从前年给二老爷选穴地，顺便让看风水的沈九文算了一下年限，老爷做什么事都变得急躁了，尤其是建牌坊，一刻都耽误不得。

隔了一日，冯家的灵堂全部布置完毕，四老爷冯惟智的尸体从脚到头紧紧裹上了丝绵细线，身上一层一层套上寿衣，上身丝衣十二件，下身绸裤九条，外面再罩上一件蓝色长马褂，胸口绣有圆形“寿”字。脚边一盏万年灯幽幽地亮着，暗蓝色的小火苗不时晃荡着，让人担心随时都会熄灭。

风水先生沈九文亲自主持入殓仪式。沈九文是歙县有名的风水先生，就是在整个徽州府也名声不小，常有黟县、休宁的富商大户请他解煞、卜局、相宅，冯惟礼家中大大小小的风水之事更是一应请沈九文定夺。

沈九文令徒弟把尸体小心地抬入棺材内。入棺后，沈九文拿一把剪刀把包在尸体头上的丝绵从正中轻轻剪开，向左右分开后露出盖在冯惟智脸上的黄纸。沈九文接过徒弟递上的酒杯，含了一口白酒，吸气，定了片刻，然后“噗”一声将酒喷在了黄纸上，黄纸顿时浸透了，变得又湿又软，缓缓地瘫了下去，显出了死者的面部轮廓。沈九文轻轻将黄纸揭开，露出了一张浓眉白胡的瘦瘦的蜡黄的老人的脸。

冯家的仆人们搬上了一个酒坛，揭开蜡封的红纸，撬开木盖，整个灵堂即刻飘满了醇厚的酒香，这正是四老爷冯惟智生前最爱喝的陈年糯米甲酒。冯家晚辈们挨个上前，在沈九文的指点下轮流往死者嘴里倒酒，在最后的时刻带给死者一醉方休的满足。敬完酒，仆人递上一块托盘，盛着米糕若干，沈九文掰下一小块，在指间捻碎了，放入死者嘴中，再往棺内放茶叶、米饭各一两。

冯家晚辈们退回灵前跪下，沈九文令徒弟合上棺盖，众人焚香跪拜，直至正午。

入殓仪式结束，冯贺引沈九文在会客厅休息，随后跟着冯惟礼出门送走众位前来奔丧的同族亲友。

半个时辰不到，冯惟礼来到了会客厅，沈九文正坐在红木几案前边喝茶边把玩着官窑盖碗，一个童仆在旁边提着壶站着。“沈先生，今日实在是劳烦了啊！冯某实在是感激啊！”冯惟礼老远就拱了拱手。

沈九文忙拍拍长袍下摆，站起来还了礼。

冯惟礼谢过，道：“还有一事，要麻烦沈先生定夺。老朽已年逾花甲，沈先生也曾替老朽算了年限，只是……老朽这安身之穴还没有定下，选日不如撞日，不知沈先生可否今日帮老朽寻一处容身之所呀？”

说完，管家冯贺领仆人捧上托盘一只，足足三十块银圆。

沈九文来者不拒，全部收下了。

用过午饭，沈九文品着黄山毛峰，慢条斯理地说道：“《礼》曰：‘天不足西北，地不足东南，天门无上，地户无下。’河流流出山口的地方即为‘地户’。沈某以为，贵府东南不远有柳山，下有柳水由西向东而流，且绕山而出，形成回旋之状。水主财，回旋而流则可聚财，择此山水交汇之地则后世财源不竭。”

冯惟礼听后大喜，忙请沈九文选择吉穴的详细之址。沈九文要上柳山检验土质的吉凶，冯惟礼年迈，便让冯贺跟着沈九文上山验土。沈九文在柳山附近选了三处林木茂盛之地，但用秤称了土屑后总觉得成色不足。忽然，沈九文指着柳水对岸说：“冯管家，你看，那对岸东南处长有合抱之木，古有言：‘风水合局不必言，合抱大木列于前。’沈某敢断言，那必是福地。”说罢，领着冯贺渡水而去。

沈九文到了对岸，掘出土屑过秤，果真分量十足。再看那土的色泽，只觉得五色若云，光如脂玉，沈九文赞叹道：“此地真是难得的吉地，沈某在歙县一带还从没寻到过更好的地方，可以算得上是歙县的龙脉真穴了，这要恭喜冯老爷了啊。”

冯贺连声道谢，正要回府向冯惟礼报喜，忽然发现就在树林近处有一群建筑，正占住了这吉地。冯贺走近一看，见正门上方悬着一块匾，上书“周氏宗祠”四字。冯贺心中猛地一沉，这正是专做砖木生意的昌福行老板周昌年的宗族祠堂所在地。上好的良土吉地被周家占了去，冯贺心里不由觉得愤愤不平。

回府后，送走了沈九文，冯贺向冯惟礼讲述了周家祠堂一事。

冯惟礼一阵沉默不语，只坐在书案前把玩着田黄玉制的鼻烟壶。要说这周昌年家的上好的吉地其实离冯家的宗祠并不远，冯氏宗祠也在柳水对岸，只是与周家祠堂之间隔了一座不过十丈高的小土丘。可就这看似轻描淡写的一座小丘，在沈九文眼中就成了阻隔福气的屏障，连连说“不好”，让冯贺心里一阵阵忐忑不安。

良久，冯惟礼忽然冷笑了一声，晃了晃脑袋，对冯贺吩咐道：“吉穴一事我自有安排，你这几日先去周昌年那儿把四太太的牌坊的事谈妥，四弟的后事也要尽快准备周全了，不要出什么差错。”

冯惟礼想了想又说：“这样吧，你明日去找几个工匠，就在我们冯氏宗祠边上建一座墓穴，墓穴外边要围一圈高高的围墙，过三五日就开工吧。”

冯贺不解，问道：“老爷，那，那柳水对岸的吉地我们不要了？就算您不准备要那块地也不能随便就……找一块呀。要不请沈先生另选一处，老爷您看……”

冯惟礼摆了摆手，打断了冯贺的话：“要，当然要。不过，你先照着我的吩咐做，那个吉地嘛，终究是要姓冯的。”冯惟礼微微翘起嘴角，捋了捋胡子说道。昏暗的油灯下映出了冯惟礼似笑非笑的脸。

第二日刚过正午，冯贺就去了歙县城的昌福行找周昌年，一直到晚上才回来。一进冯府大门，一脸赤红地走进前厅，不住地喘着粗气，胸口不停地哆嗦着，半天憋着没说出一句话。众仆人只在一边站着，谁也不敢出声。

内院丫鬟见状忙禀报了冯惟礼。不一会儿，冯惟礼身着青灰长衫，手捧着鼻烟壶过来了。众仆人见老爷来了，纷纷行礼告退。

冯贺深吸了一口气，扶着茶案欠了身，道："老爷，周……周昌年，他，欺人太甚！简直，就是……吸血鬼！"冯贺气得说起话来哆哆嗦嗦，不住地咽着吐沫，额上能看得到凸出的青筋。

"先坐下，慢慢说。"冯惟礼指了指冯贺旁边的椅子，自己也靠着"八骏全图"下的太师椅坐下了。

丫鬟雨晴端上了一杯黄山云雾枸杞茶，放在冯惟礼手边的案桌上。冯惟礼拿起茶盅，走到冯贺旁边，将茶递给了冯贺，道："消消气，喝口茶再说。你也一把年纪了，别为什么小事气坏了身体。"

"谢……老爷。"冯贺感激地接过茶盅，往嘴里送了一大口，刚泡下的开水烫得他猛吸了几口凉气。几口茶水下去，冯贺气顺了许多。

"老爷，周昌年说了，咱们要是不把前面赊下的账全给还清了，他就不给一砖一木。想当初他昌福行刚开张的时候，我们冯家一有土木之事，

他周昌年都削尖了脑袋钻进来给我们办，要不是有我们冯家罩着他，那个老东西哪里会有今天！现在倒好，过河拆桥，我们稍一求他，他就摆起了谱儿！”冯贺一肚子火气。

冯贺把杯子里剩下的茶水一饮而尽，连着几片顺着茶水倒入口中的茶叶一起咽了下去，重重地哼了一下，说道：“老爷，我按您吩咐的跟周昌年讲，要是年底还不上账咱就把醉云楼抵给他，他倒好，正眼不看一下就坐地起价，竟说要把咱的香雾茶楼也一并抵了给他。老爷，您说，这不是明摆着欺负咱们，给咱们雪上加霜吗！”

冯惟礼一听，脸色也顿时沉了下来，一言不发，背着手来回踱着步子。

“香雾茶楼虽说只是个喝茶的地方，但那可是咱们冯家的门面啊。”冯贺见冯惟礼半天没说话，站了起来，“老爷，不说咱这歙县城，就是徽州府的达官贵人哪个没来过咱香雾茶楼，府尹纪大人更是年年来品茶。香雾茶楼是咱冯家的招牌啊！”

冯惟礼不紧不慢地说：“周昌年，哼，我就知道这老狐狸要趁火打劫。都怪我冯惟礼治家无方，人病被人欺啊。”

冯惟礼回到太师椅边坐下，叹了一口气，接着说道：“不过，人都是要对得起祖宗的，香雾茶楼是我冯惟礼建的，是我冯惟礼的事，没有给冯家的祖宗丢脸。但是，给冯家女人立贞节牌坊的事是冯家祖先定下的老规矩，多少代传下来了，现在传到我的手上，不能因为我冯惟礼的屁事而坏了祖宗的大事。不把牌坊建起来，我冯惟礼就对不起列祖列宗，少建一座牌坊，我冯惟礼都白活一场！”

见冯贺不吭声，冯惟礼抬高了嗓音：“你听好了，祖宗的遗训就是天塌下来了也要办到，我冯惟礼不是不忠不孝之人！我做的事，冯家祖宗们都看得到！周昌年要茶楼，就给他，我冯家的兴旺不指望着一座茶楼！”

冯惟礼伸手指着卧房，压低了声音道：“你去看看我冯家的族谱，你去数数，一个一个的，我全标注得清清楚楚，多少年了，眼看冯家祖宗的遗训就要在我冯惟礼手上完成了，不能再拖！不然我冯惟礼愧对列祖列宗，死不瞑目！”

“是，老爷，我照办就是。”冯贺知道冯惟礼的脾气，他一旦决定的事是改不了的，更何况，这冯家女人的牌坊，一直是冯惟礼几十年苦苦挣扎的目标。

冯贺把冯惟礼扶回卧房，丫鬟们伺候冯惟礼上了床，冯惟礼道：“明日你把醉云楼的账簿和地契带给周家，跟周昌年说，建好了四太太的牌坊就抵出茶楼。不过，这砖木，我要上等的条石和冷杉木，要派最好的工匠。”

在歙县一带，冯家的牌坊群是极具口碑的，一座座用上等石料砌成的牌坊铺展在山麓间，真有如殿宇般恢宏的气势，不知让方圆百里的乡民羡慕了多少回。

建牌坊不像修自家的宅院，不是有钱就能建起来的，没有官府的批文，就没人认这牌坊所表彰的功德，官府也会出一笔钱资助牌坊建造，作为对忠节义士的表彰。尤其是建造贞节坊，女人从守节到离世若没有十几二十载的煎熬，是压根儿没有资格竖牌坊的。但是冯家拿到文书从来不难，凭借自己和知县卢卫胜的关系，加上冯家每年送去的银子，冯惟礼干脆先开工再索要衙门的文书。

冯惟礼跟卢卫胜说了：“我冯家的德行天地可鉴，冯家的女人只要入了崇节堂，就跟守节至死毫无二样。与其死后再建牌坊，不如现在就竖起来，一来鞭策我冯家族人尊礼守节；二来更可教化乡民，使山野之地民风愈纯。”

卢卫胜在乎的只是银子，他只说了一句话：“既是你冯老爷家的牌坊，日后勿要问本官讨一钱银子资助。”

银子，冯惟礼掏得起，不需要官府的资助，只要卢卫胜点头批了文书，冯家的牌坊就是名正言顺的。

三天后，冯家四老太太的贞节牌坊破土动工了，冯氏书院的老先生孙崇熹亲笔书写的柱联“玉水长流万里烟霞英灵气，襟山峙立高洁岁月光麟趾”也已刻成了抱柱一副。歙县知县卢卫胜派人送来了贺炮，噼里啪啦鞭炮轰鸣，炸裂的纸片凌空飞舞，铺天盖地地落下，基石四周一片血红。

冯惟礼亲自去了开工现场，苍老的脸上露出了极大的满足。

# 二

四太爷冯惟智下葬后，冯惟礼带着冯贺来到冯氏宗祠，将冯惟智的牌位呈上。

冯惟礼问冯贺："宗祠旁边的墓穴建得如何了？"

"回老爷，工匠们日夜赶工，墓穴已经挖好，围墙也照您的吩咐建得差不多了，不出十天就可以完工。"

冯惟礼点点头，带着冯贺走入墓室，室内果然宽敞通达，工匠们正光着膀子埋头修整铺在地上的整块条石。

虽然已是农历八月，快到中秋了，但每天的太阳还是强劲得很，在墓穴里待久了就闷得出汗，觉得十分憋气。

冯惟礼伸手摸了摸墓壁，抠下了一小撮土，捻碎了，掸了掸袖子，指着墓壁小声对冯贺说："沿着这个方向挖过去不到一里就是周昌年家的祠堂了。我想，等这墓室完工，你就另找几名工匠，就说要扩建墓穴，让他们在土丘下面挖出个隧道，一直通到周家的祠堂下边，别闹出什么动静。这一带地势高，山也结实，只要隧道不往深处挖就不会挖出水。到时候，咱冯家的墓穴明里是在冯家祠堂边上，可暗里却在他周家祠堂的下边，这样一来，沈先生指给我们的吉穴不就归我们了吗？周昌年啊周昌年，那老狐狸再狡猾也想不到有人会在他脚底下做文章，哼，那处吉地不能给他周家独吞了。"

"老爷，这么做会不会出什么事啊？"

"怕什么，那块吉地一定要姓冯。再说，我们在暗处挖，谁能看得出来。工匠们知道个屁，他们只认得赏钱。"

"要是让周家的人发现了怎么办？"

"哼，周家的祠堂平日里又没人去。不过，为了安全，祠堂下边的墓室咱们最好还是夜里去修，不要把动静闹得太大了，要神不知鬼不觉。墓室也不用修太大，能放得下棺材就行。"

"是，老爷，我明白了，您放心就是。"冯贺警觉地望望四周。

冯贺做事一直非常麻利，不出三天，没等这假墓完工就提前辞退了工匠，另找了一批工匠挖起了隧道。开始时是日夜兼程，估算着快到周家祠堂下边了就改在了夜里动工，白天休息，倒也不紧不慢，一切顺利。

却说这周氏宗祠里有一个看门的老刘头儿，平日里总是无事，在祠堂里待久了甚是无聊。这天，这老头儿去了歙县城里买了三两腌猪头肉就着老白酒喝了一个下午，回乡的路上忽然口渴难耐，蹲在河边灌了一肚子凉水。肥肉跟凉水这么一搅和，半夜便觉得肚子疼痛难忍，老刘头儿跑到茅厕蹲了大半个时辰，忽然隐隐听见从地底下传上来的敲击声，沉闷的，隐约还夹杂着有人说话的声音。

老刘头儿一阵头皮发麻，以为周家祖先怪他看护祠堂不周，偷偷酗酒吃肉，发怒显了灵，吓得心里一激灵，两腿一软，差点儿没滑进茅坑里。来不及擦屁股，老刘头儿提起裤子连滚带爬直奔到祠堂牌位前，不停地烧香磕头，口里“罪过”“保佑”一个劲儿念叨。

眼见得天色渐明，那声音竟然也渐渐没有了。

等到天色大亮，老刘头儿赶紧上城买来供品和纸箔，足足折腾了一天。

入夜，老刘头儿怎么也睡不着。果然，不到子时，地底下又传出来了沉闷的敲击声和含糊的说话声，在安静空旷的祠堂里回荡着。

天一亮，吓得半死的老刘头儿直奔昌福行跑去，趴在柜台上气喘吁吁地向周昌年报告了周家祖先显灵一事。

周昌年正在柜台上核算账簿，一听这事，两只小眼睛猛地转了几圈，不由得心生疑窦，当天晚上，带着老管家周全，叫了几个心腹伙计，住在了祠堂里。

果然，半夜时分，那声音又响起来了。

周昌年做砖木生意前正是泥瓦匠出身，砌墙弄瓦的事情倒也十分在行。他把耳朵紧贴着地面，仔细分辨着下边的声音。

忽然，周昌年对管家周全说道：“不对，这绝对不是什么祖先显灵，是有人在搞鬼。”

见管家和众伙计一脸不解，周昌年阴冷地笑了笑，道：“我以前也做过这活计，这声音再熟悉不过了。”

“不过，掌柜的，到底什么人在咱们祠堂下边啊？他们到底想搞什么鬼啊？”管家周全问道。

“嗯，这事的确蹊跷……哎，怪了，听声音像是有人在下边挖隧道。你听，这节奏……一下，一下……到底是什么人呢？”

众人屏住呼吸听了一阵，周昌年道：“既然有人在地下边搞鬼，那地上面就肯定有出口，而且这出口肯定就在附近。这几天没下雨，地上的土是干的，但是地下边的泥却是湿的，天亮后派人在四处搜寻，看看地上哪里有撒落的湿泥，出口就好找了。”

两日后，周全报告周昌年：“掌柜的，出口……伙计们没找到，但是打听到一件事，冯惟礼他们家这几日正在冯家宗祠边上修墓穴。冯家祠堂离我们周氏宗祠一里不到，会不会是他们在搞鬼？”

“别说，还真有可能。上个月冯家死了个四老爷，冯惟礼要给四太太建牌坊，想跟我赊账，被我狠狠羞辱了一番，要去了冯家的醉云楼和香雾茶楼抵债。冯家丢尽了面子，哪受得了这个气，对此肯定耿耿于怀，不想找机会翻身才怪。说不定这回正是想借修墓穴为名暗中坏我周家的风水。”

“那……掌柜的，我这就带人去冯家，找冯惟礼评理去！”

“慢着，咱们现在也只是猜测，贸然前去不好。就算是真的，他们不承认，反而打草惊蛇了，说不定还会反咬一口。这次我要狠狠吃他一通。哼，敢在我周昌年头上动土，吃了熊心豹子胆了，我让他吃不了兜着走！”

“掌柜的，那我们现在怎么办？”

“不着急，咱现在得装作什么都不知道，不动声色，该吃饭的吃饭，该睡觉的睡觉。你悄悄派可靠的人化装成工匠，混进冯家的墓穴里去，先看个究竟。如果真的是冯家搞的鬼，再探清楚冯惟礼这么做的动机到底是什么。说不定，还有什么不可告人的秘密呢！等把一切都弄清楚了，证据确凿，我们再相机而动。”

“掌柜的，还是您高明，我这就去办。”周昌年的分析让周全好一阵佩服。

却说冯惟礼这边的墓室已日臻完善，眼见得即可完工，冯贺是个尽责之人，尽管年岁已老，但隔上一两日定要过来看看才放心。这天开工不久，冯贺带着冯家的庄佃也下了墓穴检查工程进度。

修建墓穴的工匠总共只有十二人，都是冯贺亲自挑选的，所以都认得。冯贺做事一直心细，目光四下一扫，忽然看见在隧道最深处蹲着一个年轻的小工匠，正蜷着身体卖力地铲着墓壁。

冯贺只觉得眼生，走上前问道：“这位小师傅好像面生得很啊？”

小工匠忙站直身子行礼：“老爷好。”

“哈哈，我可不是老爷，我是冯家的管家。小师傅，我问你，你怎么到我冯家的墓穴下面了啊？”

“回管家老爷，我是癞子马三的师弟，他今天病了，风寒，让我替他顶一天工。”小工匠麻利地说。

工头见冯贺盘问工匠，忙赶了过来，对着冯贺点头哈腰了一阵，道：“冯管家，这是小的的不是，忘了跟管家通报一声，这是马三的师弟，嘿嘿，顶一天工。他刚来，不懂规矩，冯管家您多包涵……多包涵。”

“这怎么行！当初我是怎么吩咐的！在冯家宗祠边上修墓穴，下墓的工匠的生辰八字都是算过的，不能随便找人替着。冲撞了祖宗怎么办？”

冯贺一挥手：“来呀，把这不懂事的小家伙带到老爷那里，请风水先生给他测一下生辰八字。”

两边的庄佃顺势搭住了小工匠的左右胳膊，押着他跟着冯贺出了墓穴。

冯贺说是要给小工匠测生辰八字，其实是对这来历不明的陌生人心生怀疑，准备把这人带回府交给冯惟礼审问。冯贺做事一向谨慎细微，更何况这是偷人家的地盘建自家的墓穴，这秘密之事可是一点不敢大意。

一行人走进冯家茶场，一个庄佃脚下没留神滑了一跤，另一个庄佃腾出一只手刚要去扶，这年轻小伙子突然猛一扭胳膊，竟挣脱了出来，撒腿就跑。

冯贺见状大惊失色，叫道："快追！快给我抓住他！"

待两个庄佃跑去追赶，那个年轻小伙子已经在远处的树林里消失了踪影。

冯贺把两个庄佃臭骂了一顿，惴惴不安地返回冯家大院，赶紧向冯惟礼禀报了这件事。冯惟礼一听脸色大变，肩膀一哆嗦，手中的茶盏差一点儿跌落。

冯贺道："老爷，是不是我们……走漏了风声？周家派人来探听了？"

"这个人实在可疑。他是怎么混到工匠里的？"

"回老爷，听工头说，今天工匠马三没出工，这小子说自己是马三的师弟，来顶替他做一天工。看来这事儿有问题啊。"

"那赶快把马三叫过来，我要亲自询问。"冯惟礼吩咐。

不到一个时辰，冯家仆人们就把马三带到了冯府。

马三一脸恍惚，耷拉着双手四处看着，不知道为什么忽然被冯家的人给抓了过来。

冯惟礼坐在正中的太师椅上，背后是一幅"松石云海日出图"，两旁一副草书楹联："忠孝作良图，悌义为文章。"管家冯贺背着手站在冯惟礼一边，一双瞪大了的眼睛直勾勾地盯着马三。

冯惟礼端详了马三片刻，拿起茶杯慢慢啜了一口，咂了两下，把嘴中的茶叶吐入茶碟，道："马三呀，今天怎么没去出工啊？噢，你说你今天病了，可我看你面色红润，哪里有一点病态样子啊？"

"回老爷，我，我……小的只是中午的时候……闪了脚，现在好了。"

"哦，现在好了。那你傍晚的时候是让谁替你出的工啊？"

"回老爷，是……小的……师弟，师弟。"

"哼！"冯惟礼一拍桌子，吓得马三两腿不由得猛一颤动，"师弟！好啊，马三，你可真会编故事啊。"

"老，老爷，我……说的都是实话啊。"

冯惟礼脑袋一偏，对着冯贺使了个眼色，冯贺一点头，走上前说道："马三，实话告诉你吧，今天来顶替你出工的那小子是个贼，刚好我家老爷往墓室里运东西，这家伙就顺手牵羊拿了一些，被伙计们逮了个正着，已经送到卢知县那里去了。这小子偷的还都是贵重东西，知县卢大人说了，专门跑到我们冯家的墓穴里偷东西的背后肯定有主谋，一定要重惩。哼哼，莫不是你马三的主使，想盗我冯家的墓吧？”

马三一听这话，浑身一哆嗦，啪地就跪了下来，连声说：“没，没有的事，老爷……小的不敢。”

“马三，大清例律你也应该知道的吧，这盗墓一事可是要掉脑袋的呀。”冯贺慢条斯理地说道。

被冯家主仆这么一诈唬，马三吓得七魂丢了三魄，胳膊一软，屁股撅得老高，一颗光不溜秋的癞子脑袋把地面磕得砰砰响：“老爷，我说，我说。我不是那什么盗墓的主谋，周小六偷东西的事我什么都不知道啊。”

冯惟礼问道：“周小六？他是什么人？”

“他，他就是今天替小的出工的。”

“把他的底细全都说出来！”

“是，是，老爷。他，他不是我的什么师弟，他是……是，是昌福行老板周昌年家的仆人，以前他跟小的一起喝过酒，还赌过钱。今天一早，他找到我，给了我五两碎银子，说要替我出一天工，让我什么都别说。老爷，我真的不知道他是要下去偷东西啊，老爷，小的该死，小的不知道，您饶了我吧……”

深夜，冯家大院，冯惟礼屋内的油灯一直亮着。

冯惟礼和冯贺两人在桌前对坐着。丫鬟雨晴端上来浓稠的燕窝参汤，冯惟礼一勺没碰，看着热气一点点消散，终于凉了。

“没想到这么快就让周昌年那老狐狸发觉了。”冯惟礼忧心忡忡。

“老爷，那老东西肯定不会善罢甘休，咱们现在就是想退也退不出来了啊。”

“是啊，这一下可骑虎难下了。”冯惟礼道，“明摆着是咱们理亏啊，只要周昌年告到了官府，这麻烦就大了呀。周家有凭有据，卢知县跟咱们关系再好也不能明着眼判咱们赢啊。给咱们一个破坏祠堂的罪名，这可担待不起呀。”

“老爷，难不成……咱去求周昌年那老东西……手下留情？那可又得被他羞辱了，那样咱们冯家可就被他们周家踩在脚底下了！”

冯惟礼对着油灯发呆，忽然看见一只蜘蛛顺着蛛丝从屋梁上垂吊下来，正挂在油灯前。冯惟礼冲着蛛丝轻轻一吹，蛛丝晃动了几下，竟没有断，蜘蛛倒是受了惊吓，敏捷地向上爬走了。

“你看，蜘蛛。”冯惟礼对冯贺道。

“哦，是的。”冯贺漫不经心地说。

“你说说，这会儿都到秋天了，怎么还会有蜘蛛呢……莫非……天助我也？”冯惟礼心生一计。

“哼，周昌年现在肯定在等我们去向他讨饶，好重重地敲我们一笔，所以暂时不会报告官府。事到如今不如孤注一掷，绝不能让周昌年把他的如意算盘打顺溜了。我说过，这块吉地我是要定的。你过来，我有一个办法，让这墓穴明明白白地姓冯！”

冯惟礼站起了身子，灰白的胡子凑到了冯贺耳边。

周昌年等了一个下午，终于等到了仆人的报告，心中大喜，重赏了这个仆人，要他对此事不可乱传。随即让管家周全暗中监视冯家的动静，自己则坐镇昌福行等候冯家派人来赔罪讨饶。

一晃五天过去了，昌福行里没见冯家来一个人，周全也报告说，冯家的工匠仍旧每天从冯氏祠堂下墓穴干活，一切照旧。

周昌年大怒，一双小眼睛瞪得凸出了眼眶，跺着脚叫道：“冯惟礼，你挖我周家的祠堂，坏我周家的风水，我好心给你赔罪的机会你不要，你当我周昌年是病猫啊！明日，卢知县那边我看你还有什么花招！”

当天中午，周昌年一纸诉状就递到了歙县县衙。

知县卢卫胜正在徽州府议事，四天后回府见了这一诉状大为惊讶。周家和冯家是歙县城的两家大族，两虎相争必有一伤。卢卫胜实在不相信冯惟礼会做出这等行径，暗自琢磨，冯惟礼是有名的儒商，年轻时考过秀才，经商后仍常行儒教之事，崇礼尚文，处世谨慎，十不失一；而周昌年本是一介布衣，从没读过圣人之言，贷本经商才发家，花钱买了个生员，

平日里就悭吝成性，见利忘义。难不成是周昌年想给冯家动什么手脚？

卢卫胜这么一想，心里反倒稍微偏向了冯惟礼。

第二日，歙县县衙开堂审理冯惟礼私占周家祠堂一案。

冯惟礼和周昌年都有功名，免去了下跪，站在堂下。

卢卫胜道："冯惟礼，有人告你私占他人宗祠，破坏人家的风水，可有此事啊？"

冯惟礼弯腰行礼，道："回大人，小人对这事一无所知，闻所未闻。再说，我冯惟礼一生清白，怎么会做这等伤天害理之事啊？大人，一定是有人冤枉，陷害小人，卢大人明察秋毫，望大人明断。"

周昌年一听这话，急得暴跳如雷，压住火气说道："禀大人，冯惟礼满口胡言，不可轻信啊。我家宗祠建好已有三年，他冯惟礼竟然把我家祠堂的地下都给挖空了，建成了他的墓室，小人有凭有据，大人为小人做主啊。"

卢卫胜问道："周昌年，你说你有凭有据，证据现在何处啊？"

"证据就在小人的祠堂下面。"周昌年回答得斩钉截铁。

"回大人，周家祠堂的地下确实是小人家的墓穴。"冯惟礼微微一笑，不慌不忙道出。

卢卫胜一听，眨了眨眼睛，看了一眼师爷。师爷也一愣，没想到冯惟礼竟承认了事实。大堂上一片哗然，周昌年冷笑了一声：你冯惟礼终究胆怯了，不过现在，哼，晚了啊。

"不过，大人，那一处墓穴是小人家的祖穴，雍正年间就建好了，那时候周家还没建祠堂呢。是小人的先祖建墓穴在先，周昌年修祠堂在后，怎么成了小人私占他家的风水宝地了呢？"冯惟礼缓缓说道。

"大人，冯惟礼在骗您啊！大人您不信，可去察看。冯惟礼的墓室建好还没几天，里面都是新土，干干净净，没有一点陈年墓穴的痕迹！大人，到了现场，我看他冯惟礼还有什么话可说！"周昌年怒不可遏。

"好，眼见为实！我冯惟礼身正不怕影子歪，任凭天下人察看！"

卢卫胜道："这事听起来还真蹊跷，既如此……来呀，随我去冯家墓室一趟，我倒要仔细看看这墓穴到底是新穴还是老穴。”

一拨人随着卢卫胜和衙役来到了桂村冯氏宗祠旁，只见一座坟墓赫然耸立在一棵老柏树边上，墓碑上刻着“冯家祖穴”四个字，旁边一丛丛野草衰败地在风中摇晃着，看上去很是有些年月了。

冯惟礼接过冯贺递上的高香，点燃，跪下，道：“冯家祖先在上，晚辈冯惟礼不孝，今日因公事开墓，打扰诸位先祖，望先祖包涵。”说完，将高香插上，磕了三个头。

冯惟礼起身，带着众人绕到坟冢背部，打开了墓室大门。卢卫胜弯腰上前，刚一靠近，一股刺鼻的酸腐味扑鼻而来，卢卫胜不由得一缩脑袋，扯过袖子捂住了鼻子。

冯惟礼道：“墓室年代久远，难免有腐朽之气，大人莫怪。”

卢卫胜深吸一口新鲜空气，一挥手：“下！”一名衙役手持火把钻了进去，卢卫胜和师爷紧随其后，冯惟礼、周昌年、管家冯贺及众差役也跟着下了墓室。

墓室内，阴冷而潮湿，地上黏稠的泥土中散发着一股难闻的臭气。

“大人，这是小人家墓穴的外室。”冯惟礼毕恭毕敬地说。

周昌年早已急不可耐，按照仆人报告的情况说道：“大人，沿着这条通道过去，那边有一间墓穴，正建在小人祠堂下边，那一处正是冯家新挖的！”

“哦，大人，那里面的正是小人祖穴的主墓室。不过，这可不是新挖的。大人，请。”冯惟礼拿过火把，亲自在前面带路。

冯惟礼领着众人一路兜兜转转走了半晌，果真一座十二尺见方的墓室赫然出现在眼前，七八个火把将不大的墓室照得犹如白昼。

卢卫胜和众人定睛一看，整个墓室里蛛网密布，角落里的蛛网一层套着一层，好几张蛛网连在一起，粘满了厚厚的尘土，长长的蛛丝被尘土裹着吊在半空，像一个笨重的蜂窝。众人从旁边经过时蛛网笨拙地晃动了几下，卢卫胜对着蛛网轻吹一口气，一阵细密的灰尘扬起，呛得一旁的周昌年连声咳嗽。

卢卫胜环视了一圈，又看了看师爷，师爷摇了摇头。

卢卫胜道："周昌年，你说的冯家新修的墓室就是这个吗？"

周昌年早已吃惊得说不出话："大人，这……这……"

"哼，周昌年，这分明是一座年代久远的老墓穴了，哪里有新造的痕迹啊？你竟敢谎报案情，欺骗本县，该当何罪啊？"

"大人，我……"周昌年没想到竟出现了这样的结果，脑子里一片空白，眨着眼睛竟无言以对了。

冯惟礼在一旁道："大人，您息怒。小人以为，这一定是个误会，周掌柜肯定是不知小人家中的实情，误会了，还请大人谅解。不过这样也好，所有的事情都一清二白了，周冯两家定会重归于好。"

冯惟礼一席话让卢卫胜听了连连称赞。

"大人若不嫌弃，带众兄弟到寒舍一聚，冯惟礼今日劳烦诸位实在歉疚。不知大人可肯赏光哪？"冯惟礼笑着道。

卢卫胜这么一番忙碌，倒有几分劳累了，便就点头同意。

冯惟礼对周昌年道："说到底原来只不过是一场小误会，哈哈。周掌柜也一同到寒舍一坐吧，喝一杯酒，不提旧事。周掌柜意下如何？"

周昌年当着众人的面不好推辞，硬着头皮同意了。众人来到了冯家府上，冯惟礼自是精心准备了酒宴款待。

周昌年碰了一鼻子灰，心中闷闷不乐，席间一言不发，喝了几杯闷酒，不等散席就借口砖木店里有事离开了冯家。

## 三

夜晚，冯家大院，冯惟礼卧房。

"老爷真是诸葛再世，这一回让周昌年吃了一次黄连，也算是对他的一点教训。跟我们冯家斗，他还嫩着呢！"管家冯贺无不佩服地说。

冯惟礼摆摆手："此事千万不可传出去，不能让周昌年知道底细。要不是那晚上突然见到一只蜘蛛，我也想不出把蜘蛛放到墓室里造假的计策。不过，一个大洋买一只蜘蛛，这个计策代价不小啊。”

原来，冯惟礼机关算尽，以每只蜘蛛一个银元的高价在邻县大量收购蜘蛛，几天内就买得蜘蛛五百余只，把蜘蛛放入墓穴中，不到几日墓室里就蛛网遍布，又命令可靠的仆人往尘土上洒水，用扇子扬起，让潮湿的灰尘粘到蛛网上，看上去如同陈年老灰一般。冯惟礼再从冯家其他的老墓穴内挖土上百方，拌上腐臭之物填入新建的墓穴内，弄得墓室里空气混浊，难闻无比。

被这浊气一熏，卢卫胜哪有工夫细看，匆匆就断了案。冯惟礼不仅得到了周昌年的吉地，还让周昌年挨了卢卫胜一顿白眼，有苦说不出，吃了个哑巴亏。

周昌年颜面尽失，铁青着脸回到昌福行，不待太阳偏西就早早关了门，回到后院卧房闷头睡觉。管家周全知道事情不妙，远远地躲着，也早早回房了。

周昌年的老婆见丈夫早上兴冲冲地出门，下午回来时拉着个长脸，心里十分奇怪。晚上推开卧房叫周昌年吃饭，叫了几声，周昌年就是不应。

老婆子火了：“你个死鬼，大白天的就往床上一缩，屁声不吭一下，装王八呀你！”

周昌年做泥瓦匠的时候，他老婆就给他做小工，风里来雨里去，为讨工钱、算工分吵架使这女人有一张好嘴，一通咒骂逼得人一个子儿不敢少给。周昌年后来发了家，老婆也从小工变成了老板娘，可农家妇女终究粗鄙，没两句粗话就蹦了出来。

周昌年正憋了一肚子气没处撒，听老婆这么一吼，腾地跳了起来：“死婆娘，王八婆子，我他妈今天就当孙子了！我让你乌鸦嘴叫唤！”

周昌年说着，顺手一巴掌就扇了过去。他那老婆子也不是好惹的，眼疾手快，闪身让过，口里骂着：“死老东西，你敢打老娘！老娘哪儿惹你啦，你在外面吃了屎往家里吐，有种你就咽下去……”

伙计们一听老板和老板娘在屋里又打又闹，乒乒乓乓乱成一团，都纷纷从房里探出了脑袋，相互挤眉弄眼偷着乐。

几天过去，周昌年越想越气，竟白了半边头发。

这天，周昌年披着长褂在柜台上算账，边打着算盘边唉声叹气。

管家周全在一旁说道："老爷，这明明是冯惟礼搞的鬼。这口气咱不能就这么咽下去呀，非得跟冯家讨个理不可！"

"哼，卢知县都那么判下来了，我们还怎么叫屈啊？"

"老爷，这祠堂一案是定下来了，但咱们有别的路可走啊。"周全凑了上去，小眼睛骨碌碌转着。

"你说来听听。"

"老爷，冯家欠着咱们钱呢。虽是抵给了我们两处酒楼，但去年他们扩建崇节堂、给二太太建牌坊的钱不还赊着吗？那可不是一笔小数目啊，天底下哪有那么好的事，让他们冯家就这样赊着呀，哼，我们周家又不是施舍盆！老爷，我料想，这一次冯惟礼在墓穴里做手脚定是花了血本，冯家现在手头上肯定没什么钱，咱们现在去要债，让他连本带利必须全部还了，正是打蛇打在了七寸上。欠债还钱，天经地义，他冯惟礼要是拿不出钱来，老爷，拿什么来抵押就全都是您的一句话了，嘿嘿嘿。"

周昌年顿时眉开眼笑，伸出发黄的尖指甲指着周全："嘿嘿，妙，实在妙！你冯惟礼不仁，别怪我周昌年不义。你冯家在这歙县城里有三处酒楼，现在两处已经归我了，剩下的桃源阁也甭想逃得掉！"

周昌年接过周全递上的茶水，咕嘟喝了一大口，摇头晃脑地盘算道："本来再要你一个桃源阁就行了，可惜你非要在太岁头上动土，哼，莫怪我周昌年无情，你冯家在柳山上的上好的林地这回怕是也保不住了。哈哈哈！"

一不做二不休，周昌年早早吃了午饭，带着周全并一拨身强力壮的伙计雄赳赳气昂昂地直往桂村冯家奔去。

周昌年叫开门，冲着管家冯贺道："你家老爷呢？叫他出来，今天咱把所有的账都摊开来算清喽！不能再拖了，一天也不能拖！"身后的一拨伙计也纷纷吆喝起哄。

冯贺知道来者不善，赶快让仆人报告冯惟礼。

冯惟礼快步走到门前，老远就拱起了手："噢，是周掌柜啊，远道而来，失礼失礼。周掌柜，屋里请，刚收下了上等绿茶，正好请周掌柜一同品尝。"

"冯老爷，喝茶就免了吧。对不住您，这几日我昌福行资金运转不开，一批货正等着进，要是误了期这损失可大了啊。我寻思着冯老爷欠着我的钱快一年了，是不是也该还了呀？"

说着，周昌年从袖子里掏出了一张欠条，抖了抖："冯老爷，您说呢……"

"哦，哈哈，原来周掌柜是为这事。先里边坐，我们慢慢说。"

"不！"周昌年一口拒绝，"冯老爷，我时间不多，拖不得，这债你可今天非得给我连本带利还了！一共三千三百银圆，少一个咱现在就衙门里见！"

冯贺愣了一下，小声对冯惟礼道："老爷，咱现在哪有这么多银圆啊，苏州那边的茶叶汇票还没有到，买蜘蛛……还欠着休宁农户的钱呢。"

周昌年见冯惟礼不吱声，把手中的欠条抖得哗哗响，道："都说你冯老爷是守信之人，不会连这么一点钱都想赖吧。这可是白纸黑字，清清楚楚、明明白白地签着你冯老爷的大名呢！"

"周掌柜，我冯惟礼几时赖过账？只是近日手头上确实不宽裕……醉云楼和香雾茶楼刚抵出去，如果宽限几日……"

"宽限个屁！今儿的债我是要定了！"周昌年把几天内的怨气全撒了出来，"你冯惟礼没钱，不还有田地、林地吗？歙县城里不还有一个桃源阁吗？你拿来抵呀！"

冯惟礼是极要面子的人，见门口已经围了一圈看热闹的乡民，气得脸上青一块紫一块的，但又不好发作。徽商以诚待人，以信接物，欠债还钱，讲究的就是信用，如今人家上门要债，这面子上就已经挂不止了。

冯惟礼道："既然周掌柜如此不肯通融，我冯惟礼无话可说。"说完，叫冯贺拿出各店堂、田地的地契、房契，说道："周掌柜，我冯家的家产都在这里，你就定价而沽吧。"

"哈哈，冯老爷果真豪爽，不愧是歙县有名的儒商，周某实在佩服。"

"得罪！"周昌年走上前，装模作样地选了片刻，道："这桃源阁凑合着可以抵去二太太的牌坊，崇节堂的嘛……柳山的林地……还差点儿，再加西山的茶场吧。其实这远不如现钱方便，我就不计较了。冯老爷您看……”

冯贺和仆人们听了气得一个个瞪圆了眼睛，恨不得把周昌年痛打一顿。

冯惟礼倒是一脸坦然，微微点了点头，不紧不慢地说道：“劳烦周掌柜了，只是这茶场正好在我冯家的族田上，是冯家祖宗的恩赐，不能随便给丢了，冯惟礼不敢做这不孝之人。还望周掌柜另挑一处好的。”

周昌年还想再选，一看冯家仆人们的脸色，心中发虚，忙顺水推舟做了个人情：“哈哈，既如此，我周昌年也就将就一下，算了吧，不选了，就当是免了利息，哈哈。”

冯惟礼令冯贺把柳山林地的地契和桃源阁的房契、账簿给了周昌年，周昌年也将两张欠条当场撕毁。从此周冯两家的梁子是结深了。

桃源阁地处歙县城闹市，隔着县衙没多远。周昌年占了这处酒店甚是欣喜，把酒店重新装修了一番，还在酒店门前竖起了一根高高的旗杆，一面绣着“周”字的丝绸大旗在风中摇晃着。周昌年想改了酒店的名字，仿佛这酒店来路不正似的，有挂羊头卖狗肉之嫌。只可惜这桃源阁在歙县名气太响，寻思了许久，还是没舍得改掉桃源阁的招牌，这让周昌年心里一直觉着不快，周昌年将酒店交给了管家周全打理，由周全负责酒店的经营。

冯家二少爷冯涞远去婺源谈杉木生意，对家中这几天发生的事情一无所知。正是中秋之日，冯涞远便回家与家人团圆，到歙县时正是中午，便带着仆人径直去了桃源阁吃饭，并未注意到酒店门前的“周”字大旗。

冯涞远进了桃源阁，挑了一间楼上的雅室，点了冷盘热菜一桌，另要了一盘腌鲜鳜鱼、荷包红鲤鱼、花椒醉蟹、毛峰鸡丝羹，并陈年糯米酒一坛。主仆一行酒足饭饱，出门正要走，被伙计拦下，要算酒钱。

冯涞远慢条斯理地打量着这伙计，一见是个生面孔，心里估摸是新来的，不认识自己。一转身，抽了一条长凳靠着桌子坐下，笑着道：“叫你们掌柜的过来。”

周全闻声，走上前道：“请问这位公子是……”

冯涞远摇着折扇，眼皮都没抬一下：“怎么，才隔了几天不来，吴大掌柜就连本少爷也不认识了？”

“嗯……吴掌柜？”周全没见过冯涞远，仔细端详了片刻，摇摇头，“实在对不住，这位少爷，本酒店没有什么吴掌柜。这位公子爷也面生得很，还真不认识，敢问公子尊姓大名啊？”

冯涞远啪地一拍桌子，站了起来，刚要发怒，却发现面前的掌柜竟从不曾见过。寻思片刻，道：“原来的吴掌柜呢？”

“吴……哈哈，这位公子说的是原来冯家的吴掌柜吧。实不相瞒，我家老爷已经把原来的掌柜和伙计都给换掉了。现在，我是这里的掌柜。”

“哦，哼，难怪都不认识。跟你们说吧，你的这酒店就是我冯家的，我就是冯家的二少爷，冯涞远。这里，就是我的家，我在家里吃饭还要付钱吗？”

“啊，哈哈，原来是冯家的二少爷啊。有失远迎，失礼失礼。”周全唱了个喏，皮笑肉不笑地说，“不过，现在可不一样了，冯家的人，甭管是老爷还是少爷，在我这儿吃饭一分钱也不能少！”

“什么！你敢在我的地盘上撒野！”冯涞远从没受过这等气，一时间火冒三丈，顺手抓过周全，猛地搡了出去。周全一个趔趄没站稳，重重地摔倒在地。店里的伙计连忙上前把他扶起。

周家为了祠堂的事早想找机会报复一下，没想到今天冯家二少爷自个儿送上门来了。周全刚站稳，高声叫道：“大家看好了，冯家的人吃了饭不给钱，光天化日的还打人！简直就没有王法了！来呀，给我把冯家的人统统抓住，一个都别让跑了！”

周家的伙计一拥而上，要抓冯涞远。冯涞远的两个仆人想上前拦住，早被揪到了一边，摁在桌子上一阵乱拳。

“打，狠狠打！冯家的人见一个打一个！”

周家众伙计关上店门，把冯涞远绑在了桌腿上，围住了就是拳打脚踢，打了近一个时辰才住手。再看冯涞远，浑身是血，脑袋歪在一边，口中还不住地吐出血来。周全令伙计把冯涞远和仆人甩出门外，趴在柜台上朝外面吐了一口唾沫，叫道："冯家的狗听着，夹着尾巴滚回去，以后少来我周家的地盘上撒野!"

冯涞远双目紧闭，不住地吐着鲜血。两个仆人一瘸一拐把冯涞远抬回家中，冯家上下顿时乱成一团。

冯贺赶忙去请医生，丫鬟们来回端上清水为冯涞远清理血污。二少奶奶林丽瑶早已吓呆了，扶着桌子两腿不停地发抖，抓着手帕的手捂着胸口一起一伏。

冯惟礼眉头紧锁，站在床边，重重地喘着气。

不到一个时辰，冯贺领着歙县城安之堂的老名医王翰明回来了。王翰明给冯涞远把了脉，又拨开眼皮仔细看了眼球，道："二少爷的内伤不轻啊，好几处都伤在了肝和心上。而且内火旺盛，血气攻心，这内伤难愈啊。"

"大夫，那……还有救吗?"冯惟礼问。

"哦，也算是二少爷命中有福，伤虽然重，但救还是应该有救的，只是要多费些时日和心血了。"王翰明说罢，提起笔开了一个药方，递给冯惟礼道，"冯老爷，就按这个方子配好药，早晚各服一次，一月之后病状稳定了即可停药。停药后须好生调理，用人参、枸杞作茶，银耳睡前作羹，精细调养数月，可无大碍。不过，这服药期间见不得荤腥，更不得悲伤、动气，否则病情很容易恶化。冯老爷切切记住，老朽开的这方子里有一剂名叫'七毒草'的药，便是这瓶药丸，此药乃老朽祖传秘方配制，待汤药熬好后将药丸放入汤中一齐服下。这药是以毒攻毒，切切不可大意，每日晚上睡前服送一粒即可，用多了会适得其反，甚至损伤性命。千万小心，切莫有什么不测。"

王翰明又再三强调和嘱咐了一番，还留下了药引子一包，然后告辞离去。冯惟礼自是重金感谢。

冯贺把大夫送出了大门，跟着冯惟礼来到书房，自留下一帮丫鬟、老妈子在冯涞远的屋里忙碌伺候着。

冯惟礼捏着王翰明开的药方，口里念念有词："以毒攻毒，确是一纸好方子啊……"

冯贺没有注意冯惟礼自言自语，在一边愤愤不平地说道："老爷，周家欺人太甚，我们要是不反击一下，就太让他们看扁了！"

"哼，反击？周家现在的势力大得很。再说了，你来我往这么下去，怎么着才能停啊。我不能因为涞远的事再跟周昌年耗一次，这么耗下去对我冯家没半点好处。"

"老爷，那……就这么算了？"

"以后，不准提这事！我冯家和周家的恩怨就此罢休！"

"是，全听老爷的。"

冯惟礼仔细端详着药方，递给冯贺道："你去派人抓药吧，跟仆人关照好了，一定按时服用。"

冯贺小心接过，揣在怀里收好。

冯惟礼又道："我记得两年前沈先生给我算了一下年限，卦象说明年春夏我有大难，看来这难是要提前来了啊。"

"老爷，您宽心。这人每天过日子，吃的是五谷，平时谁没有个小灾小难的。想年轻的时候，我跟着老爷闯江浙，那风险才叫大啊，不也过来了吗？那年冬天长江上翻船……老爷，小的……该死。"冯贺突然不说了，吸了一口气，谢罪似的把脑袋垂了下去。

"算了，不提那事了，好几十年过去了……唉……"冯惟礼扶起冯贺，"是我冯惟礼对不起祖宗啊。"

冯惟礼沉默了片刻，脸上露出了悲哀的神色，缓缓说道："这些日子我冯家接二连三出事，你说，会不会是祖宗们嫌我事情做得太慢了，要惩罚我了？还差三座贞节牌坊就可以完成我冯家祖先的遗训了。给我们冯家的女人建九十九座贞节牌坊，这是冯家先祖在先朝崇祯年间就定下的规矩了，祖宗定的礼法不能改。多少代下来了，从来都没含糊过，眼见得传到我冯惟礼手上的时候这数目就要完成了呀。现在世事动荡，朝不保夕，满人、洋人、太平军的长毛子，谁知道明天一觉醒来会是谁的天下？若是我冯惟礼就这么走了，我的心里牵挂不下，我合不上这双昏花老眼啊……

“九十九座牌坊，要在我冯惟礼闭上眼睛之前建好，我才有脸去见列祖列宗啊。我还要建冯家的第一座女祠！棠樾的鲍家有女祠，我冯家也要有！我要让祖先们在九泉之下脸上也有光。等建好第九十九座牌坊，我就开工建祠堂，把我冯家列代女性先辈的牌位供在堂里，流芳百世，让千秋万代瞻仰！”

“老爷，祖先的遗训您肯定能完成。”冯贺道。

“难哪，难。程远、涞远、洄远，这三座牌坊可都指望着他们的女人了。程远和涞远都已成婚，只有洄远还在外边上学，等到洄远成了婚，我不知道自己还能不能看到牌坊竖起来的那一天呀。除非……”

“除非什么，老爷？”冯贺小心地问。

“除非……白发人送黑发人。”冯惟礼的一双眼睛盯紧了冯贺。

“老爷，这……是什么意思啊？”

冯惟礼压低了声音：“让涞远和洄远先走一步，他们的女人成了寡妇，入了我冯家的崇节堂，这牌坊不是就可以竖起来了吗？”

“啊，老爷，您是说……老爷，使不得，使不得呀！”冯贺吃惊得张大了嘴，嘴角灰白的胡须不住地颤动。

“我说冯贺，你想想，老爷我这一辈子图的是个啥，不就是祖宗定下来的九十九座牌坊吗？要是没能看到这牌坊竖起来，我，唉……”冯惟礼叹了口气，“你跟了我也快有四十年了，刚才你也说到了那回长江里翻船的事，那事儿以后……这涞远和洄远……不都是因为牌坊的事才到我们冯家的吗？一来一回，来来回回，来了终究还是要回的，也算是命中注定的缘分一场吧。多少年了啊，我冯惟礼遮人耳目、殚精竭虑，你说容易吗？不把牌坊建完了，我这几十年的风风雨雨都是白搭……”

冯惟礼说着，混浊的眼泪沿着眼角枯瘦的皱纹淌了出来，好似一颗暗黄色的琥珀。

书案边上，冯贺也流下了眼泪，撩起袖口擦着。

冯惟礼长叹了一口气，道："是啊，话又说回来，涞远和洄远是我的儿子，他们终究在我冯家生活了二十多年了，他们就是我的亲儿子啊！说句实在话，我，我这做父亲的，还真下不了手。"

"老爷，这事儿，您可得三思啊。"

"是啊，三思，毕竟虎毒不食子啊，谁心里能舍得呢？可是，我再一想，当初我在寒山寺收下涞远和洄远，不就是为了牌坊吗？寒山寺，没准就是菩萨给我冯家的造化啊。其实这么多年好吃好喝也算对得住他们了，在我冯家他们要什么有什么，要不是我冯惟礼，当初那两个小娃娃还不知道能不能活下去呢，算他们报我冯家一次恩，算是知恩图报，难道不行吗？我在祖宗的牌位前磕的头，许的诺，立的誓，祖宗们可都记得呢，我难道不怕祖宗们怪罪？有句话说出来不好听，人常说，舍不得孩子套不着狼，更何况这涞远和洄远终究是哪里来的回哪里去，让他们的女人入我冯家的崇节堂，给他们的女人建贞节牌坊，是他们几世修来的福分！"冯惟礼的话语有点坚定了。

"老爷，您真的决定这么做吗？可二少爷才……才二十四岁啊。"冯贺张大了嘴巴，不相信自己的耳朵。

"是的，决定了。冯贺，我信得过你，所以只跟你说。"

"不行啊，老爷，这可是人命关天的大事啊！"

"是人命关天！可是，冯贺你想想，这人命是谁一手造成的！是他周昌年，真要追究起来，他周家脱不了干系！哼，真是天助我也，建牌坊、对付周家，这真是一箭双雕啊。等涞远去了，就到官府告他周家出手伤人，出了人命，周昌年占去的酒楼、林场我正好一并给夺回来。在这歙县的地盘上，谁也别想与我冯惟礼作对！"老头子冷笑了两声，继续道，"我说的话你可全都明白了？"

"明白了。我，全听老爷的。"冯贺恭恭敬敬地说。

"嗯。不过……要神不知鬼不觉，不露痕迹……就难了啊。"冯惟礼背着手，沉思着，忽然道："刚刚王大夫讲，那瓶药丸服用不可过量，这个嘛，大有文章可做啊……配药的时候，如果不小心多放了几粒，也是保不齐的呀。冯贺，从今天起，涞远的药全部由你负责，每次稍稍多放一点。我的意思，你明白了吗?"

"是，老爷您放心，我明白。"冯贺对冯惟礼向来唯命是从。

冯贺回到自己房里，将怀中的药方子掏了出来，放在桌子上皱眉看着。老管家心事重重，实在不忍心把自己亲手带大的二少爷冯涞远给害死。虽说这样神不知鬼不觉地让冯涞远在睡梦中离世，也没什么痛苦，冯家老爷可以完成祖上的遗训，还能把罪名加到周家头上，周昌年以后也不敢再跟找什么碴儿了，但是老管家一心为善，还是连连叹气。

冯贺从小就在冯家做下人，几十年来都没有娶媳妇，没有儿女，冯家的小姐少爷们都是冯贺看着长大的，他把冯家的子女就看作自己的孩子，冯涞远兄弟对老管家也很是尊敬与亲近。

"老管家，二少爷要喝药了。"冯贺正憋在心里犯着愁，二少爷的贴身丫鬟晓绫在屋外轻声叫道。

冯贺一阵清醒，从回忆里转了回来。他又看了一眼手中的药方，道："知道了，你先去照顾少爷。老爷关照了，这药的事非同小可，我得亲自去抓取。等我回来了就给少爷煎药，要少奶奶放宽心，一切都会没事的。"

冯贺派人去了县城药房，抓足了方子上的各类药物。晚上，冯贺去了厨房，架起药炉，每一味药都对着药方细细过秤。冯贺想起了冯惟礼的关照，一双长满皱纹的手捏着药粉犹豫不定。

不到半个时辰，煎药的仆人指着药锅道："管家，药煎好了，那药丸可以放了。"

冯贺看了看锅里边煎好的药，将右手捏着的两颗药丸放到左手的手心里。尽管两位少爷是冯惟礼的养子，但自小就是冯贺看着长大的，对冯贺也是尊敬有加。现在冯涞远气息奄奄，冯惟礼见死不救，还要把他往黄泉路上再推一把，冯贺还真有些下不了手。

仆人又催了："管家，药锅子小，刚加了点凉水又开了。"

"好了好了。"冯贺说着，一跺脚，偷偷抹了一把眼泪，把手心里的药丸倒进了锅里。

就这样，冯涞远每天早晚两剂药，都是由冯贺亲自称取和煎熬。冯贺不忍心加药太多，每次只多放一粒。冯涞远服了药，冯贺都要去看一下，见冯涞远只是昏睡，并没有痛苦的神情，心里也稍微有点安慰。

这药虽加得慢，但是冯涞远的病情还是一日一日加重了。这样半个月过去了，冯涞远还是一直卧床不起，呼吸也是越发缓慢了。开始的几日，还能让丫鬟扶着喂点汤药，几日后渐渐地就昏迷不醒，牙关紧闭，嘴唇的颜色越发变深了，只能撬开牙齿把汤药往下灌了。二少奶奶林丽瑶几次找冯惟礼要另请名医诊治，冯惟礼都道“耐心等待，着急不得”，继续让冯贺按照老药方子抓取服用。

再过了几日，正是冯惟礼父亲的忌日，冯家上下去祖坟祭拜，晚上一起吃了饭后，冯惟礼去了冯涞远的住处。冯涞远面色乌黑，已经三天滴水不进了，躺在床上几乎听不到呼吸的声音。冯惟礼看着，抓起冯涞远的手，硬而冰凉。冯惟礼转身对丫鬟道：“好生照顾少爷。”说罢，看了一眼身后的儿媳妇林丽瑶，转身出了屋。

屋外，明亮的月光正照在天井正中央，将地上圆形的“福”字浮雕烘托出一圈乳白色的光晕。南边门楼重檐飞角的投影刻在地上，像一张精细的剪影。听得到远处的乌鸦的夜啼，裹在清凉的夜风中在寂静的山野里回荡着。

月光如玉，弯弯的弧度让冯惟礼想起了那半块玉璧——也是这样的淡淡的白色，泛着阵阵凉意的白色。

冯惟礼忽然地感到了凉意，从心底泛起，整个人哆嗦了一下。

第二天早上，冯惟礼起床时已经快到正午了。叫丫鬟雨晴伺候洗漱，喊了几声竟不见人来，心中很是奇怪。

冯惟礼在卧房里歇了片刻，来到书房，见管家冯贺正往书房赶来。

“老爷，二少爷昨天夜里……去了。”冯贺一见冯惟礼就报告了这个消息。

冯惟礼吃了一惊，虽然他早已知道是这个结局，但依然有些不相信自己的耳朵。

“二少奶奶……正哭得伤心呢。”

“唉……”冯惟礼长叹了一口气，望着窗外道：“涞远啊，毕竟也跟了我们二十多年了啊……是我冯惟礼对不住你，你是为我冯家的事才死的啊，冯家已故的祖宗们会在那边关照你的，你就安心地去吧。”

冯惟礼沉默了一会儿，对冯贺说：“涞远的后事一定要办理好，不能马虎了，记住，不可以出任何差错。”

“那是一定的，老爷。”冯贺赶紧答道，“只是，老爷，那祠堂里……二少爷的牌位……您看怎么着好？”

冯惟礼一愣：“涞远的牌位，就先放家里吧，祠堂的牌位是大事，这规矩终究不能随便改。有人问起，就说……那么早就把牌位摆进宗祠里，白发人送黑发人，祖宗知道了不好，会怪罪的。你明白了吗？”

“是，老爷，我……明白了。”

冯贺依旧赶紧应声，又忽然张开嘴，像是想要说什么，但嘴角的灰色胡须微微抖动了几下，但什么话也没说出来。

冯惟礼继续吩咐道：“你即刻派人到县衙击鼓鸣冤，那天周家打人街上可是有好多人看见的，现在出了人命，我们理应讨个说法。

“还有一件事，你必须替我办妥了。涞远这会儿去了，洄远是应该要回来的，毕竟是亲兄弟啊。你赶快派人去一下上海，尽快把三少爷接回来，要快，不要耽误。这些个月好多地方都已经不太平了，听说湖北已经反了，现在上海那边好像也快不太平了，还是赶快回家里的好。”冯惟礼谨慎地说。

“是，我这就派人去苏州。”

冯贺说完，对着冯惟礼一欠身，刚要退出卧房，冯惟礼像是突然想起了什么：“慢着！”随即，冯惟礼快步走到床边，小心翼翼地从枕头下边拿出一只锦绣的袋子，取出半块玉璧，还有一张泛黄的纸，长出了一口气，把玉璧压在纸上，递给冯贺道：“你给我把这个收好，藏得严实点，谁也不能看到，记住，尤其是洄远。这纸上有关于他和他哥哥涞远的身世，千万不能够让他知道。这个孩子不像他的哥哥，他向来最不老实，这个东西绝对不能让他发现了。”

冯贺双手接过玉璧，恭恭敬敬地托着。玉璧上，赫然雕刻着半幅《百子图》。

## 四

从咸丰初年开始，冯家的生意就开始走下坡路了，其实，整个徽州的商人从那个时候起都觉得日子越来越难过了。不少曾经的富商大贾在动荡中一贫如洗，一些家底子不算厚实的干脆变卖了生意铺子，换了银圆过自己柴米油盐的普通日子了。

冯家的底子是厚实的，尽管常常有整车整车的茶叶或者木材在运送出山的时候被太平军劫走，但是一直到冯惟礼继承家业，冯家依然是歙县赫赫有名的大户。冯家的地多，养活百八十人是不成问题的，所以冯氏家族的骨架子一直就这样看似牢靠地撑着。

自从徽州商人的生意越发难做，冯惟礼就开始不断寻找新的出路与方法了。他和江浙财阀、洋人打过交道，冯惟礼知道，不开辟出新的销路，靠着那些老本在折腾，迟早要坐吃山空的。为了让出产的茶叶能在英国商人那里开辟一条出路，他决定把儿子送到上海，学习制茶技术和外语。冯程远是自己的长子，终究舍不得让他出远门，便留在了家中。冯涞远有了家室，也不便长期在外，只有三子冯洄远年纪小，尚未成家，而且从小喜欢新鲜事，冯惟礼就把他送了出去。

冯涞远死后，冯家派了仆人冯源去上海寻找三少爷冯洄远回来。徽州地区四面群山围绕，群山之间难得有官道穿越，多数是蜿蜒起伏的羊肠小道，交通极为不便，出了徽州的山地丘陵，再往北到芜湖，才有沿长江东下的客船，一路上耗费的时间很是可观。

冯源离家不到半个月，湖北武昌的兵营里就爆发了起义，起义的新军成立了湖北军政府，宣布废除宣统年号。冯源来到江苏，江苏巡抚程德全已用竹竿挑去了府衙大堂的几片檐瓦，建立中华民国江苏都督府，宣告江苏独立。

冯源到达上海时，见街上的男人都没了辫子，有的遗老遗少舍不得把辫子剪去，于是盘起来用帽子遮住。冯源奇怪，问是怎么回事，旁人道："大清国快完了，听说新皇帝是汉人，不让留辫子了，不然要杀头的，早早剪去了好。"冯源半信半疑，终究不敢擅自剪去辫子，要回家禀过老爷才能定夺，于是也把辫子藏在帽子里。

冯源再询问时日，路人道是"公元一九一一年十二月"，说是报上说以后都这么算时间了，和洋鬼子的算法一样。冯源费了好大劲才算明白是宣统三年，辛亥年十一月。

冯源照着冯惟礼给的地址总算打听到了三少爷冯洄远的住处，敲了一会儿门，没有人应。冯源就在门口台阶上蹲着，看街上穿长衫的男人从面前路过。冯源盯着过路人的脑后，一个一个都光不溜秋，没有辫子了，冯源怎么看怎么觉得别扭，好像没有了辫子这人就成了怪物似的。

到傍晚太阳西去，冯源见一个二十岁上下的年轻男人快步走来，穿的不是长衫，灰色的衣服只到腰间，一样没有辫子，年轻人脚步轻快，一边跑还带着跳。

年轻人走到冯源跟前，道："先生，你坐在我们门前有事吗？"

冯源定睛一看，正是三少爷冯洄远，忙站起来，弯腰作揖道："不知道是三少爷，小的该死……该死。"一边说一边用眼角瞟着冯洄远的脑后，想看明白冯洄远的辫子是剪了还是藏在了哪里。

"源哥别多礼，以后就没有老爷、少爷了，咱们都平等了！"

"少爷，小的不懂。"冯源听了丈二和尚摸不着头脑。

冯洄远笑了，年轻的脸上很是灿烂。冯洄远从小就喜欢往外面跑，有什么新鲜的东西都要亲自去琢磨，在上海读了两年书，还认识了一些同盟会的朋友，偶尔还帮着他们抄写和翻译报纸。

"少爷，您的辫子……"冯源忍不住问道。

"剪了呀。"冯洄远侧过身子，把后脑勺对着冯源道，"你过来看，怎么样，这样看起来多精神。"

“可是，老爷不知道，会不会怪罪啊。”

“我爹？马上全中国都要剪辫子了，我爹也要剪了。”

冯源嗯了一声就不吱声了，他是个仆人，老爷少爷的事由老爷少爷们说了算，老爷少爷总是对的，他只要照着办就是了。也就是三少爷冯洄远脾气好，别的少爷小姐说话的时候他是从来不敢插嘴的。

“少爷，您……是不是缺钱花啊？”冯源忽然小心地问。

“没有啊，爹给我的钱不少呢，而且我有的时候还做点工作，不缺钱。”

“那……您的衣服……这么短，都不穿长衫……”

冯洄远一听大笑，捂着肚子道：“原来你怕我没钱买长衫啊，哈哈……跟你说，冯源，这叫洋装，以后，洋装是最有身份的人穿的。喏，就像我这样的。”冯洄远对着自己的衣服比画着，“我听说孙中山先生马上要从国外回上海，就穿的这样的衣服呢！”

“孙……中山？谁啊？”

“听报馆里的朋友说，他要当总统了。”

“总……那是什么呀?”

“总统，就是……全国老百姓都听他的。”冯洄远知道解释了也没用，简单打了个比方好让冯源听得明白。

“哦，就是皇帝啊。”冯源心想，怕是路上人们告诉他的新的汉人皇帝就是那个叫孙什么的人了。

“差不多吧，也不完全一样……”冯洄远知道跟冯源说不出什么里表来了，也就不再说了。

冯洄远把冯源带进屋，开了电灯，问道：“冯源，你这么大老远到上海来有事情吧？是我爹让你来的?”

“回少爷，是老爷叫小的来找少爷的。老爷要小的把少爷接回去。”冯源一边回答着一边用吃惊的眼神看着发光的灯泡。

“我不回去，我还要念书，还要看看孙文先生的模样呢!”冯洄远一脸倔强。

“三少爷，您是非得回去一下才行……二、二少爷，他……他走了。少爷，你们兄弟一场，您怎么着也得回去送他一程啊……”冯源结结巴巴地说着，眼泪淌了出来。

“啊，我二哥！他……他出什么事了?”冯洄远大吃一惊，“不会的，二哥年纪轻轻，怎么就去了呢？我不信!”

“少爷，是真的……”冯源哭哭啼啼，把周昌年霸占桃源阁，冯涞远误入酒店吃饭，继而被打，重伤而死的事前前后后地讲了一遍。

冯洄远放声大哭，将周昌年咒骂了一通。当即找了酒，和冯源就在屋内跪拜，告慰哥哥的在天之灵。

冯洄远单身一人，行李物件也不多，简单收拾了一下，把衣服和书籍扎了一捆，就没什么其他重要的东西了。

第二天一早，冯源雇了一辆马车，带着冯洄远动身了。

马车一路西行，刚到徐家汇，只见前方混乱一片，骑着高头大马的洋人巡捕和包着红头巾的印度阿三正挥舞着警棍和枪械殴打、驱散着游行的人群。游行队伍最前方高举着一面横幅，上写“反压迫，反列强”的口号，在军警的威吓下依然高高竖着。

冯洄远对冯源道：“外国列强干涉革命军的起义，想阻挠中华民国成立，进步的战士们到处都在进行顽强的斗争！”

冯源见场面混乱，说道：“少爷，咱们绕一条路走吧，这边走不过了。”说罢，一拉缰绳，向右边转去。

突然前方有警察放了枪，马匹受惊了，嘶叫了一声，撒开蹄子向前奔去，冯源一慌，竟忘了勒住缰绳，路人避之不及。

一名身着深色呢子风衣的年轻姑娘怀中抱着一摞书，刚好走在马路中间，听到身后有人叫“快让开”，刚一回头，只见一辆马车飞奔而来。姑娘连忙向路边闪躲，马车呼啸着疾驰而过，掠过的风将风衣的下摆掀起，正缠在了转动的车轱辘上，姑娘来不及叫喊就被带倒了，重重地摔倒在地。

冯源回过神来，拼命死拽缰绳，马往前又跑了十多米，终于停了下来。

没等马车停稳，冯洄远就跳下了车，直往车后跑去。冯源惊魂未定，见三少爷下车了，也跳下了车，跟了过去。

冯洄远跑到姑娘跟前，见姑娘仍躺在地上昏迷不醒，忙将姑娘扶起，将姑娘的头枕在自己的手臂上。姑娘双目紧闭，白皙的脸上蹭着了路面，粘着些许灰尘，嘴唇微微开着，隐约感受得到从嘴里吐出的热气。

冯洄远将姑娘横着抱起，姑娘柔软的身体紧贴在他的胸口，他能感觉到自己的心跳，他觉得自己仿佛抱着一只乖巧的小猫。

他把姑娘抱上马车，轻轻摇了摇，姑娘依然没有醒。冯洄远仔细打量着，年轻的姑娘身材修长，风衣由于受到拉扯滑落到了腰间，一件白色旗袍缓缓散发出淡雅纯净的色泽；合身的旗袍勾勒出姑娘起伏的曲线，一条小腿正从旗袍的分衩处露出，像是不经意的，却把冯洄远的目光牢牢吸引住了。

冯源道：“少爷，我们还要急着赶路呢。这位小姐……”

冯洄远道：“你看这兵荒马乱的，总不能把人家就这么丢在这里吧。再说，这事情是我们造成的，我不能坐视不管。”

“可是，咱又不知道她是谁，家在什么地方，总不能就这样干等着吧。少爷……您说怎么办啊？”

“反正我们不能把人家就这么扔下。这么着，就让她先跟着我们，什么时候醒来了，我们向她赔礼道歉，再雇车送她回去。就这样，走吧。”

说着，冯洄远又走回去，把姑娘掉在地上的书捡了起来，用袖子擦了擦，全部带到了车上。

冯洄远主仆二人带着陌生的姑娘一路远去。冯洄远拿出自己的毛毯给姑娘盖上，看着躺在身边的姑娘，他忽然希望姑娘晚点醒来才好，甚至希望姑娘能陪着自己一直到家。冯洄远翻了翻姑娘的书，一本手抄的邹容的《革命军》，一本线装的《本草纲目》，一本日本印刷的《西医学》。冯洄远对医学一窍不通，随便翻了几页就丢下了，倒是那本《革命军》，冯洄远在报馆替朋友把中国书籍翻译成英语时断断续续读过，也听同盟会的朋友介绍过邹容，知道他是个年轻的新思想的传播者，可惜英年早逝，于是便靠着窗口饶有兴趣地读了起来。冯洄远读了几章，又端详了一会儿身边漂亮的姑娘，凑上去仔细听着姑娘均匀的呼吸，他突然感觉自己很幸福。

冯源赶车很急，第二天晚上，马车已经快行到芜湖了。夜里，主仆二人正要在车厢里休息，姑娘忽然醒来了。见身边突然出现了两个陌生男人，姑娘一阵紧张，想挣扎着站起来，却怎么也直不了腿，只疼痛得一阵呻吟。

冯洄远见姑娘醒了，忙说道：“小姐，实在对不起，昨天在上海我的马车把小姐撞倒了，还让你昏迷了这么长时间，我冯洄远向你赔罪了。”

经冯洄远一提醒，姑娘想起了昨天发生的事情。再看冯洄远和自己一般年纪，眉清目秀，举止谈吐温文尔雅，毫不俗气，也就不那么紧张了。

姑娘问道：“请问这位先生，我现在是在哪里啊？”

“实在不好意思，因为我急着赶路，又怕把小姐只身一人丢在路边会有意外，就让小姐和我的马车同行了，打算等小姐醒来再雇车送你回去。现在正是晚上，多有不便，不如明日天亮找车也不迟。”

“谢谢先生好意。只是……我的腿，好像是摔倒的时候崴着了，我琢磨着要两三天才能站起来。”

“真是对不起，昨天是我的不是。请小姐再忍一忍，小姐若不介意，明日我一定请医生给你诊治。”冯洄远一脸歉意。

“不用了，休息一下就好了。”姑娘笑了笑，“我学过医，我可以自己给自己诊治。”

姑娘笑的时候眼角微微向上翘着，嘴唇间露出洁白而整齐的牙齿，冯洄远的眼睛有点不知所措了。

“小姐，我叫冯洄远，徽州歙县人，在上海读书。不知姑娘尊姓……”

“我叫殷子钰，家在苏州，我也是在上海读书的。”

“是吗？女孩子出门读书，真的不多见哦。”

“我愿意，我才不想老待在家里呢，我就要出来，我爹也没什么说的了。我爹都听我的。”殷子钰调皮地说，话语里透露着几分倔强。

两人热闹地谈了一夜，十分投机。冯源感觉甚是无聊，出了车厢，靠着大红马打了一宿瞌睡。

第二日天明，殷子钰的腿还是不能行动，冯洄远道：“殷小姐，你的腿终究行动不便，这里离城里还远，不如再和我们走一段，看看合适的时候再走。”殷子钰试了试，还是不能站起来，只好点头同意。

一行人加紧赶路，不觉已进入安徽境内，冯洄远见殷子钰还是不能行走，道歉说：“殷小姐，实在对不起，你的腿伤是我冯洄远的不慎造成的。殷小姐若不介意，可随我一同回家，家父在歙县一带颇有名望，定请来名医替小姐医治。若现在就让小姐回去，一则我实在放心不下；二则也心存愧疚。不知小姐意下如何？”

殷子钰本来就有男子性格，喜欢走南闯北，见见世面，听冯洄远这么一说，倒也想去徽州看看，便点头同意。

冯洄远本来还怕殷子钰执意要走以后再难见面，听殷子钰答应同行，欣喜万分，忙令冯源赶路。一路上不停地跟殷子钰讲着徽州的风俗和民风，古老的民间传说从他的嘴里讲出来显得极为俏皮，把殷子钰逗得笑个不停。一路笑声不断，几日后，不知不觉已到歙县了。冯洄远不想停留，直往桂村冯府而去。

冯惟礼听说三子到家了，忙来到前厅，大少爷冯程远和妻子于冬雪，二少奶奶林丽瑶、四老爷冯惟智的女儿冯悦媛都已来到前厅迎接了。

冯洄远走进家门，只见屋檐下挂着白幔，天井的地面上撒着零星的纸钱，树干上也缠上了白绸缎。前厅厅堂内，一具雕花阴沉木棺材竖躺在正中，旁边一对烫花红烛，烛火烧得正旺。冯洄远走进前厅，向父亲问了安，和家人行了礼，道了好，然后在哥哥冯涞远灵前跪下，燃了香，磕了头。

仆人冯源把殷子钰扶着走进天井，冯惟礼看见了，问冯洄远那是什么人。冯洄远把遇上殷子钰，不慎把她撞伤，于是邀请她来家中歇息一事详细讲了一遍。

“爹，她想来我们这边走走，我就把她领来了。”

冯惟礼的脸色沉了下去，摇了摇头，道：“不像话。若是你的不是，撞伤了人家，寻个医馆好生医治便是。一个女人，就这么领回家来，不像话。”

仆人们见冯洄远带回来一个陌生的女人，也吃惊不已，纷纷偷偷扭头看着，有的交头接耳小声议论着。

冯洄远不敢多言，在一旁低头站着。

冯惟礼对管家冯贺道：“人家来了我们家，得招待好了，不能让别人笑话我冯家待客不礼貌。你去安排吧。”

说罢，冯惟礼突然瞅着了冯洄远脑后，道：“你的辫子呢？”

冯洄远抬头一看，冯惟礼依然拖着长长的花白的辫子，大哥冯程远、老管家冯贺，还有厅里站着的仆人们也都拖着辫子。

冯惟礼这么一问，众人这才发现冯洄远辫子没有了，都用惊讶的目光看着他。

冯程远道：“三弟，是不是回来的路上出什么事了？”

“爹，大哥，外面已经革命了，皇帝快退位了，以后就不用梳辫子了……”

厅上众人听了一片哗然。

“混账！反了……你，你……我把你送出去上学，你竟然学会造反了，造皇帝的反，造你爹的反，造我冯家的反！看你这头发，你这身衣服，成了什么样子！我冯家竟然作孽有了你这个逆子！”冯惟礼大怒，一根镶了铜掌的拐棍把地面敲得砰砰响。

“爹，儿子说的全都是实话，外边真的是这样了……不信，您问冯源。”冯洄远把冯源叫进了屋。

冯源道：“回老爷，少爷说的是实话，外边，外边的人真的……没辫子了。外边说新皇帝是汉人，不让留辫子，留辫子要……要掉脑袋，少爷一个人在外边也没办法，只能把辫子剪了。老爷，您原谅少爷吧……”

冯惟礼冷冷地哼了一声，道：“还是在家里安稳，一出去，全学坏了。”说罢，转身往里屋去了。

冯贺带了几个丫鬟去了西院厢房，给殷子钰整理房间去了。

冯洄远把殷子钰拉进屋，与哥嫂、堂妹在厅中小叙。

四小姐冯悦媛见到殷子钰就特别高兴，跳着拉住了殷子钰的手，摇晃着说：“子钰姐姐，你从外边回来的，肯定知道很多有趣的事，以后我要听你讲有趣的故事。”

“小妹，一见面就叫人给你讲故事，真不懂礼貌。”冯洄远笑着说。

随即，冯洄远拉过冯悦媛，对殷子钰道：“子钰，这是我的堂妹，冯悦媛，你在我们家住几天，正好你们可以做个伴。”

随后，冯洄远又带殷子钰见了大哥冯程远，冯程远干笑了两声，礼节性地打了个喏，没有多说话。

冯洄远对殷子钰道：“子钰，真是不巧，家里正好有事。你先回房歇息，我过会儿去看你，实在是照顾不周。”

说罢，冯洄远让丫鬟带殷子钰往西院去了。

送走殷子钰，冯洄远一转身在二嫂林丽瑶跟前跪下。

“二嫂，二哥去得太突然了，我都没能见他最后一面，心中很是懊悔，小弟向哥哥赔罪了。嫂嫂您也别太伤心了，人死不能复生，以后给二哥多烧几炷香……”冯泂远说着，眼泪簌簌地落了下来。

林丽瑶眼圈也红了，拿起手帕擦了擦，道：“三弟在外读书也不容易，不怪三弟。只怨你二哥命苦，这么快就把我一个人丢下了……”

“嫂嫂您还年轻，会有办法的。”冯泂远道。

林丽瑶听了，看了冯泂远一眼，不明白他的话是什么意思。

冯泂远问冯程远道：“大哥，二哥是周家的人打死的，杀人要偿命，这账咱们是怎么跟他们周家算的啊？”

“三弟，周昌年硬说是涞远跑去闹事，先动手，周家的伙计是不得已才还了手，那天酒店里好多人都见到了。涞远和周家的人争执的事情我们也不是十分在理，所以，卢知县只抓去了周家的几个伙计，发配了，又罚了几千块大洋，周家把林地和茶场也还给我们了，两座酒楼还是他们的，这事就这么了结了。”

“可是，我们家的人都死了，一命抵一命，他们总得有个说法吧！”

“周家来过人了，该赔偿的钱一文不差……”

“滚他的臭钱！”冯泂远骂道，“爹就没再去找什么说法？再说我们冯家也是歙县的大户，就这样被人欺负吗？”

“三弟，爹说了，冯家和周家这些日子一直有过节，不能老这么互相算计下去，和气了才算个事儿，退一步海阔天空……爹说，算了，只要咱们在理。三弟你也知道，爹是最看重我们冯家的名声的。”

冯泂远跪倒在地，扶着冯涞远的棺材，哭着道：“二哥，小弟回来晚了，小弟对不住你……二哥，我可没想到再也见不到你了……”

大少爷冯程远道：“三弟，人死终究不能复生，让涞远安心去吧。不过，三弟，你今天带回来的那个女人……这样……不好吧。随便带一个不认识的女人回来，成什么样子，不让仆人、老妈子他们笑话吗？要是传出去了，我们冯家……不像话了……难怪爹当时就生气，你看爹的脸色。”

林丽瑶却笑着道：“我看那个姑娘模样挺标致，还别说，跟三弟倒挺般配呢。三弟，那姑娘多大年岁啊?”

“她，二十岁。嫂嫂，我们只是朋友，您别乱说。”

“我也觉得那个姐姐挺好，哥，你还真行，这么快我又有了一个堂嫂。”冯悦媛也在一边调侃着。

冯洄远脸一红，道:“小孩子懂什么，尽瞎说。”

冯程远走上前，拍了拍弟弟的肩膀，语重心长地说道:“三弟，玩笑归玩笑，可这个陌生女子的事你得赶快去跟爹解释清楚了，三弟呀，这个玩笑还真开不得。带个女人回来实在不合规矩，就是正式娶亲，如果不经过说媒、行聘、请期、搬行嫁、开脸、迎亲这一大堆程序都是带不回媳妇的，这些规矩你又不是不懂。你听哥一句话，赶快去找爹爹认个错，爹的脾气你是知道的。”

冯程远比冯洄远大了近二十岁，显得老成了许多。

书房内，冯惟礼正发着脾气，将书案上的瓷质笔架扔到门槛边，摔碎了。冯贺在一边小心地伺候着。

“这个逆子，做的都是什么事！坏我冯家的名声！一个刚认识的女人，随随便便就带到家里来了，成何体统!”

“老爷，嘿嘿，少爷年纪轻，不懂事……您说了他，他也知错了。”冯贺赔着笑。

“他知道个屁！在外边读了几本书，立马就反了，祖宗的礼法全都忘了！辫子剪了，好，我承认他在外身不由己，可带个女人回来，作孽！我冯惟礼上辈子积德不够，捡了这么一个逆子，我怎么对得起冯家的先祖啊!”

“老爷，您，您……息怒，别气坏了身子……”

冯惟礼气急败坏地在书房团团转圈，下巴上的一缕白须哆哆嗦嗦地颤抖着，一双暴着青筋的手紧紧攥着。

“这个逆子……我，我要用家法处置他！野种，不让他吃点苦头，他不知道什么是规矩，不知道怎么做我冯家的人，不知道什么是祖宗定下的礼法！”

冯惟礼所说的家法是冯家祖先定下的规矩，对于违背冯家礼法的后人，都要站在天井里面壁思过三天，不让进一滴水一粒米，还要挨上二十板子。冯惟礼对祖先的礼法向来推崇有加，不按礼法办事就是极大的不孝。

冯贺是看着冯洄远长大的，不忍心让他刚一到家就受罚，但又见冯惟礼正在气头上，不敢再求情了，灵机一动，笑着说：“老爷，小的倒有一个主意。嗯，家法嘛，老爷您就别……别动家法了，让三少爷认个错就算了。其实，老爷，您不是早就想让三少爷成家了吗，这不是现成的媳妇儿吗？”

冯惟礼忽然不发火了，静静地站着，一双眼睛直直地看着冯贺。

冯贺道：“跟外人，咱就说是早就订下的亲。等二少爷入土了，找个好日子给三少爷办了。这样，坏事不就成喜事了吗？”

冯惟礼思考了一阵，道：“你这主意倒也不错，有了这女人，我冯家的女人的数目就够了。天意啊，我为祖宗做事，祖宗是不会怪罪的。好，就照你说的做，安排去吧。你去把洄远叫来。”

冯贺出了门，刚走过天井来到外厅，见冯洄远已经在那里等候了。

冯洄远见冯贺出来，忙走上去拉住冯贺的袖子，道：“冯叔，我爹气坏了吧。我……我怎么去跟他说啊？”

冯贺抓住冯洄远的手，说道：“少爷，老爷还在气头上，正要我找你去呢。一会儿进去见着老爷千万别顶嘴，好好认个错。老爷不准备罚你，但是老爷一会儿跟你说的事情你可都得答应了，不然老爷又得生气了。”

“爹要跟我说什么事啊？”

“你的婚事，少爷。”

“您说什么啊，冯叔？这……”

“少爷，你就别问太多了，快去吧，老爷会跟你说的。快进去啊，别让老爷等久了。”冯贺催促着。

冯洄远战战兢兢地走到冯惟礼的书房前，轻轻敲了两下门：“爹，我是洄远。”

“进来。”书房内传来简短的话语，夹杂着几分怒气。

冯洄远挪动着脚步，来到冯惟礼面前，一弯腰，道：“爹，儿子不孝，惹您生气了，儿子知错，给您赔罪了。”一双眼睛盯着地面，不敢看冯惟礼一眼。

“嗯。”冯惟礼没说话，继续翻着《冯氏宗法》，故意把软毛边纸翻得哗哗响，听得冯洄远心惊肉跳。

冯洄远虽说生性活泼，喜欢尝试新鲜的东西，对古老的礼法最为反感与不屑，但在冯惟礼面前一直唯唯诺诺，一句话也不敢顶。一个人在外面的时候，什么规矩也记不住，全由着自己的性子来，可在冯惟礼跟前则规规矩矩，连半个“不”字也吭不出来了。

“爹，我……”冯洄远嗫嚅着，“您，您惩罚我吧。”

“按照我们冯家的规矩，我是应该重重地惩罚你的。”冯洄远把书甩到儿子面前，“不过，念你年纪轻，又这么长时间没回来，外边兵荒马乱的，肯定早把家里的规矩忘掉了，就先算了吧。”

“谢谢……爹。”

“不过，随便带一个女人回家，这事还是太叫别人笑话，我冯家祖祖辈辈还从来没出过这种丑事，家门不幸啊。我寻思着，冯家的声誉不能在我手上毁喽，既然你把那个女人带进了我冯家的门，那她从此就是我冯家的人，就是你冯洄远的人了。等把你二哥的后事办完，你们俩就完婚吧。”

冯洄远目瞪口呆，张大了嘴巴怎么也不敢相信。

“啊？爹，您，您说什么呀？这，这怎么成？您别瞎说，爹。”

“你说什么，我瞎说？你小子闯下这么大的祸来，我冯家上上下下为你包着裹着，你还有什么不乐意的！”

“爹，我和子钰只是一般的朋友……”

“一般的朋友？一般的朋友就往家里带？你想叫别人怎么议论我冯家！你给我听好了，这亲事由不得你们！我是你爹，你的事我说了算！”

冯洄远还想争辩，管家冯贺在门外轻声道：“老爷，卢知县到了。”

冯惟礼应了一声，强压住了火气，道："哼，你听着，这婚你同意也得成，不同意也得成！"说罢整理了长衫，来到前厅迎接。冯洄远耷拉着脑袋，远远地跟着。

前厅，卢卫胜身着中装，正在喝茶。

"卢大人大驾光临，寒舍真是蓬荜生辉，冯某有失远迎，恕罪恕罪。"冯惟礼老远就边走边行礼。

"冯先生近日可好啊？"卢卫胜放下茶杯。

"哎呀，全是托卢大人的福，一切都好，一切都好。不知卢大人今日怎么有闲暇光临寒舍啊……"

"哈哈，冯先生啊，以后就不准再叫我大人了啊。"

"这……"

"你听着，以后纪年改用公历，就是洋人用的日子，比方今天，不叫辛亥年腊月，而是公元一九一二年一月，明白了吗？"

冯惟礼一脸茫然。

"这是孙文孙大总统最新颁布的法令。哈哈，冯先生啊，看来你还是不曾明白啊。现在已经改朝换代啦，满人不做皇帝了，现在是民国了，孙大总统才是中国的皇帝，不过是改叫总统了，嗯，也就是皇帝的意思。我嘛，以后也不叫什么知县了，要叫县长，哈哈。以后大家都是平等的，没有大人、老爷了。哦，还有，这辫子必须得剪了，县里的百姓全都剪去了，我这是来乡里通报大总统的法令，路过冯先生府上，也顺便传到了，冯先生务必在三日内把府上所有男人的辫子都剪了，我会派人来检查的。"

卢卫胜的一通话让冯惟礼不知道怎么回答，只一个劲点头。他这时才注意到卢卫胜果真已经没有辫子了。

"这……这祖宗规矩，就这么坏了？"冯惟礼战战兢兢地问。

"规矩？哪个规矩不是人定的？谁管了事，谁的话就是规矩。冯老兄，识时务者为俊杰啊。"卢卫胜笑笑，指了指门外，道，"昌福行的周老板，已经亲自去了安庆，拉了三大马车上等的木材，说是去援助新政府。哎呀，这个周昌年啊，鼻子比谁都机灵，一有风吹草动，马上就能折腾开，我等不如啊。”

“那他的砖木店……”冯惟礼小心试探着。

“丢给他老婆和几个伙计了。”卢卫胜漫不经心地说。

冯惟礼寻思，这周昌年抛下了家产，大老远跑去了安庆，莫不是老天助我？趁着他周家群龙无首，欠下我冯家的仇和债这回非得要你还上，不过，明人不做暗事，这事还不能坏了我冯家的脸面。

冯惟礼正在琢磨，听得一声咳嗽，只见卢卫胜理了一下棱角分明的领口，慢悠悠地站起了身。

卢卫胜让随从拿出一本书，放在桌上，指着道：“冯先生，这是孙文大总统颁布的《中华民国临时约法》，就是法令。歙县的几家名门大户每家一本，这法令先看着，至于怎么去遵守嘛，冯先生是冯家的一族之长，向来从严治家，颇有方略，卢某人自无须担忧，冯先生就自己看着办吧。”

“不敢不敢，谢，谢卢县长夸奖。”

“好了，我要走了。”卢卫胜转身要出门。

“哦，卢……噢，卢……县……县长好走。”冯惟礼结结巴巴地说。

冯惟礼回到后厅，看到了天井中站着的冯洄远。

冯洄远扯着自己的衣袖，道：“爹，您……相信了吧，外边真的革命了。”

“嗯，你的辫子倒剪的是时候。”

冯洄远见父亲这么说，忙说道：“爹，现在已经是民国了，您看……您刚刚说的我的婚事，是不是……改了啊。民国，没那么多的规矩的。”

“你，混账！”冯惟礼火冒三丈，“我不管什么民国不民国！从朱皇帝到满洲皇帝，我冯家的礼法什么时候改过！民国又怎么样，还不是又换了个皇帝！换汤不换药！这个国那个国随他换去，只要我冯家的人一天在着，祖宗定的家法就要一天守着！你什么也不要说了，我定下了，这事谁也改不了。”

说罢，冯惟礼一甩袖子，怒气冲冲地向里厅走去了。

空荡荡的天井里，冯洄远呆呆地愣在那里，半天没有动弹。

## 五

冯涞远的灵柩在冯家前厅已经放了近九十天了，只等冯洄远到家再出殡。

隔了一日，冯家出殡了。四百多斤的阴沉木棺木由八个强壮的年轻仆人抬着，向早已选好的墓穴走去。

长长的队伍由喇叭开道，笔直的一丈多高的竹竿上挂满丝绸被面。棺材里有一百多斤石灰，加上尸体共有六百多斤沉。抬棺材的仆人们每走三五里就要停下拄着撑杆休息，一到歇下，众仆人立刻跪拜，歇一路跪一路，终于到了墓地。

冯涞远的墓室早已修缮完毕，等棺木抬到，便在墓穴内焚烧了一些纸箔和麻秆、豆萁，小心地留下火种放在火篮里，意味着香火延续，然后在棺木的放置处倒上石灰，铺平了。管家冯贺命令仆人们小心地把棺木放好，扶正，接着，仆人宰杀了一只雄鸡，将鸡血淋在棺盖上。众人退出墓穴，点燃了香烛和爆竹，大家纷纷跪下，鞭炮的爆裂声阵阵传来。众人跪拜完毕，将墓穴门关闭，用土封好。

冯惟礼站在最前面，神色凝重，口中念念有词。冯洄远跟着众人，别人跪拜他也跪拜，别人站起他也站起。

冯洄远心里一直闷得慌，他不知道该怎么解决自己和殷子钰的事，他更不知道父亲为什么对二哥的死不那么在意。

“二少奶奶，您好歹吃点儿东西啊，您可别把身子折腾坏了呀。”冯涞远屋内，丫鬟晓绫红着眼睛捧着食盒隔着卧房轻声劝说着，声音里带着哭腔。房门紧锁着，卧房内只听得到年轻女人的抽泣声。

“二少奶奶，您别哭了，喝口茶歇会儿……求您了，二少奶奶。”晓绫的眼眶里泛起了泪光，不住地恳求着。

林丽瑶房门紧锁，任凭晓绫怎么叫门都不开。

冯惟礼屋内，大少爷冯程远、三少爷冯洄远垂着手站在冯惟礼的书桌前，管家冯贺弯腰站在一边，等着冯惟礼发话。

冯贺道："老爷，二少奶奶就是不肯出门，在屋里只是哭……"

"让她哭个够！哭够了就该过去了。"冯惟礼冷冷地说。

"可是，爹，哥哥嫂嫂成婚还没几年，嫂嫂还这么年轻，您真要让她在崇节堂里一个人过几十年？您不觉得那样……"冯洄远问。

"那又如何？这是我冯家的规矩。"

"可是，爹，现在是民国了，民国政府的法令说了……自由婚姻，现在不兴女人守寡了。您……这么做……"

"屁话！"冯惟礼一脚踢歪了旁边的火盆子，吓得冯贺赶紧把盆子扶正。冯惟礼高声说道："混账，以后谁也别提民国这两个字，什么也没有我冯家的规矩重要！你，你说什么，自由婚姻？满嘴胡言！成何体统！"

"爹，您不能强迫二嫂入崇节堂啊。"

"冯家的事我说了算，还轮不到你插嘴！一个寡妇，留在家里，定生事端！入我冯家崇节堂，建起贞节牌坊，方能显我冯家治家之严格！"

"可一切都得有个法度啊，《民国约法》规定，不能限制人的自由！"

冯惟礼气得浑身发抖，拍着桌子叫道："逆子，看我不用家法处置你！约法约法，我倒要看看它怎么约住我冯家的家法！"

"老爷，少爷说的是外边的事，他还小，不知道这家里的事怎么做。老爷，三少爷不懂事，您消消气，消消气啊。"冯贺见状，赶紧站出来打圆场。

冯程远在一旁也赶紧扯了扯三弟的袖子，让他别再说话。

"爹，"冯程远小声道，"三弟常年在外，对家里的规矩生疏了，是我做哥哥的错，赶明儿我把咱家的规矩给他讲讲。爹，您别气坏了身子。"

"不过，老爷，二少奶奶老是不肯出房来，不吃不喝已经一天了，别……出什么事……"冯贺小声说。

"不出来就不出来，把门给我看好喽。她要是死在里面，那就是以身殉夫，随亡夫同去，直接就可以建牌坊了。”冯惟礼冷冷地说。

冯洄远不再说话了，只在一旁低着头默默站着。

晚上，冯洄远来到二哥的住处，厅堂的门虚掩着，空荡荡的厅堂内一盏油灯孤独地亮着，丫鬟晓绫正坐在油灯旁发呆。

晓绫见三少爷到了，要去通报，冯洄远阻止了。

冯洄远走到林丽瑶卧房前，敲了敲门，没人应。

“嫂嫂，是我，我是洄远。您没事吧？开开门，嫂嫂。”

过了一会儿，卧房的门开了，露出了一个瘦削的身影。林丽瑶穿着一身孝衣，虚弱地依靠在门框上。头发散乱地披在肩上，眼皮虚肿着，眼睛里能看得见血丝，苍白的脸上沾满了泪痕，嘴唇上几乎没了血色。

“嫂嫂，您，还好吧？”冯洄远关切地问。

林丽瑶叹了一口气，缓缓摇了摇头。冯洄远连忙要晓绫把林丽瑶扶到了床上，倒了一杯水，递了过去。

“三弟，你今天跟爹顶撞的事，我都知道了，晓绫都告诉我了。”林丽瑶接过水，眼泪又流了出来，“谢谢你，三弟，嫂嫂谢谢你。”

“嫂嫂，我没用，我说不过爹。”

“没有，三弟，嫂嫂谢谢你。整个冯家只有你一个人替嫂嫂说话，嫂嫂已经心满意足了。怪只怪你哥，走得太早了。三弟，我害怕，我真的害怕去那个鬼地方，我害怕在那里待一辈子。我，我恨不得跟你哥一起走了算了……”

“嫂嫂，嫂嫂别这么说！嫂嫂您别做傻事啊。这么着，嫂嫂，我明天再去跟爹说，我去劝爹让你留在家里，跟我们在一起。”

“别，三弟，别去说了。”林丽瑶拉住了冯洄远，“爹的脾气你是知道的，他说这是冯家的规矩，多少代了都是这样的。我是冯家的人，我认了。”

“可是嫂嫂……”

“洄远你听着，”林丽瑶打断了冯洄远的话，“你自己的事还是个麻烦呢，爹为你的事还在气头上，你就别去惹事了，没用的……明天，我自己去和爹说，我去。”

“嫂嫂……”

“我去，我去了冯家就安心了。洄远，嫂嫂还是谢谢你，你以后要多保重，多守着规矩，别和爹顶撞，啊。”

“嗯，我知道了，嫂嫂也保重。”冯洄远强忍着眼泪。

三天后，管家冯贺带着老石匠顾大山师徒来见冯惟礼。

自从冯家和周家矛盾激化后，冯惟礼大大小小的土木之事再也不找周昌年了。这次给林丽瑶建贞节牌坊是大事，不能随便找几个工匠了事，冯惟礼特地派人去绩溪请到了远近闻名的老石匠顾大山。

顾大山不仅瓦工、木工技艺娴熟，还会得一手好砖雕，绩溪县县长胡保仁建新宅，厅前建了一座照壁，上面就是由顾大山雕刻的浮雕“苏武牧羊”。那石壁上的苏武，头戴斗笠，身着交领宽衣，手持旄节，面向南方，盘坐前视，眉间刚毅不屈；身旁的羊群疏密得当，远处的山峦连绵起伏。这座浮雕活灵活现，生动传神，让胡县长得意了好一阵。

冯惟礼听说顾大山来了，十分高兴，亲自出门迎接他们师徒。

顾大山已年近五十，但是面色红润，膀大腰圆，说出话来声如洪钟，干净利索。他带着一个徒弟，名叫罗海川，二十出头，相貌英俊、老实，规规矩矩地跟在师父身后，很少说话。冯惟礼不住地称赞罗海川“中规中矩”，对他很是喜欢。

冯惟礼和顾大山商量了工程方案，让冯贺领着顾家师徒去看了冯家牌坊的样式，决定等买好砖木等材料就开工。

冯贺派人出去购买砖木，因为冯家资金有限，大部分只能先赊欠，所以每日买回的材料很是有限。

一连几日，顾家师徒就住在冯家。冯惟礼没事时就和顾大山谈些砖雕和木雕，想让顾大山给自家祠堂年久的照壁上补雕一些“松石”、“竹梅”

之类的纹样。顾大山为人豪爽，满口答应，而且说好分文不收，冯惟礼感激不已。

殷子钰在西院房中一住就是七日，不见冯洄远过来，心中甚是无聊，想出去走走，门口的仆人也不让出去。殷子钰当是在别人家里不能由着性子来，加上冯洄远家中正事忙，于是只好耐心等待。可是越等得久越是心慌，叫门外边的仆人去喊冯洄远来问问，仆人只是答应着，并没有去问过。

傍晚，两个丫鬟照例来西院给殷子钰送来晚饭，饭菜倒是丰盛，摆了满满一桌子。摆好饭菜后两人便退出了屋。

殷子钰哪有心思吃饭，只等两个丫鬟出了门，便悄悄躲在窗边听两人说话。只听其中一个丫鬟道："咱们现在可得把这新来的小姐伺候好了，听说老爷要让她和三少爷成婚了，以后可就是三少奶奶了。"

另一个道："听说老爷下午跟三少爷发火了，少爷也是，随便带个姑娘家就回家来，羞死人了呀。"

"可不是嘛，少爷也太不懂规矩了。老爷这么作决定还不是给我们冯家补面子啊，要不然这事传了出去可就丑死了。"

"哼，那姑娘也够随便的，别是个狐狸精唉。"

"嘘，小点声……"

殷子钰是个聪明人，顿时心中明白了大半。想起中午老太爷冯惟礼在厅堂训斥冯洄远的情形，殷子钰开始不安起来，她一时弄不清楚这一切到底是冯惟礼的主意还是冯洄远设计的圈套，故意以此逼自己成婚。

正当殷子钰焦躁不安时，响起了敲门声："子钰，你在吗？我是冯洄远。"

"哦，是冯少爷啊，进来吧。"殷子钰镇定地说，捋了一下额前的刘海儿，打开了门，一双眼睛直盯着冯洄远。

冯洄远看了一眼殷子钰，又赶忙将目光投向别处，说："殷小姐，我，你，在这里住得还习惯吧。"

“你们冯家的规矩怕也只有你们冯家人能习惯吧。大户人家就是大户人家，哪儿都不让人去，连出个门都不让。我寻思，小女子该不会是叫三少爷给软禁起来了吧。”

“殷小姐哪里的话，我，我哪敢……”冯洄远吞吞吐吐地说。

“那三少爷什么时候带我出去走走，不过这些日子也谢谢三少爷的照顾，过几日我就得走了，我还要回上海的。”殷子钰说完，一双眼睛紧紧盯着冯洄远。

冯洄远低下头：“殷小姐，你，你多住几日，不急嘛……”

“冯洄远，”殷子钰直接叫了名字，“你要是真把我当朋友，你就跟我说实话，这么多天过去了，你们冯家是想叫我坐牢不成！难不成你们家都是这么招待客人的？你说，你们到底安的什么心，你这个冯家的三少爷到底想把我怎么样！”

二少奶奶林丽瑶还住在冯府，只等牌坊开工那天磕过头、祭拜过天地祖宗就踏入崇节堂的大门了。

下午，林丽瑶一个人去了丈夫的墓地，烧了纸钱，带去了丈夫生前爱吃的油煎毛豆腐。回来时已是傍晚，冬天的太阳显得很大，阳光却柔软得几乎感觉不到热量；路边的树上有麻雀在跳，叽叽喳喳地唱着，不时有各种鸟儿赶着夕阳回巢。

林丽瑶忽然感到了一阵伤感，远处的冯府门前挂着的大灯笼已经亮起来了，可她却拐了弯信步走上了柳山。

“是……二少奶奶？”旁边传来了响亮的男人的声音。

林丽瑶一惊，循声望去，只见一个高大的男人站在一棵水杉旁，夕阳的光从他的身后照过来，把他结实的身体映成了剪影。

男人走近了，恭敬地一弯腰：“二少奶奶好。”

林丽瑶看清了男人的相貌，浓眉大眼，方方正正的脸庞，宽阔的额头，皮肤微微有些古铜色。男人的目光热情而纯洁，看得林丽瑶低下了头，年轻女人迎着夕阳的脸颊被彤红的阳光照得红而热。

林丽瑶问道："你是……冯家的人？我，怎么不认识你？"

"回少奶奶，我是石匠顾大山的徒弟，我叫罗海川，是来给冯家的二少奶奶建牌坊的。"罗海川笑了，露出一排整齐的牙齿，"那天他们说，您就是二少奶奶，所以刚刚就认出您了。二少奶奶您放心，您的牌坊我和师傅一定建得又高又好。"

"哼，牌坊，我巴不得倒了才好。"

"我说二少奶奶，这可倒不得，只有出了……出了那种事的女人的牌坊才会倒的。"罗海川一本正经地说。

"出什么事？"

"就是，那个……和……和别的男人有过那种事……"罗海川吞吞吐吐地回答，"二少奶奶，您真好福气，那牌坊建起来了多风光啊！"

"风光？"

"是啊，女人一辈子不就是盼来这么个牌坊嘛。你瞧我娘，就想能立一座牌坊，可哪来的钱呢？娘老叨咕着有钱人家的夫人太太可以建牌坊。唉，她的儿子专门给别人建牌坊，可就是没本事给自己老娘建。"

"少奶奶，这么晚了您怎么不回家啊？"罗海川突然问。

"家？我没有家。"林丽瑶冷冷地说。

"那，那里不就是您的家吗？"罗海川指着不远处的冯家的灯笼。

"那里？那高墙大院里没有一点家的感觉。那里只有恐惧，只有枷锁。"林丽瑶木然地望着前面恍惚的灯火。

"少奶奶，我不懂您说的。"

"你没必要懂。可你想想，把你几十年关在一间房子里，再也没有人说话，再也听不到外面的事，再也看不到外面的世界。春夏秋冬，一年又一年就这么轮回着，整天坐在窗前，看着院子四角的天空，慢慢老去，一颗心早就死了，可你依然活着，像行尸走肉一般。你知道吗，建起了贞节牌坊，等待我的就是这样的生活……"林丽瑶哭了出来。

"少奶奶，我……"罗海川一时不知道该说什么好。

罗海川扯下了自己的衣服的下摆，递给林丽瑶擦眼泪，林丽瑶没接。

突然罗海川感觉自己的手触摸到了一个柔软的不断战栗着的肉体。

林丽瑶伏在了罗海川的胸口，将身边的男人紧紧抱住了。罗海川看到了林丽瑶正将哭泣的脸靠在了自己的手上，眼泪沿着厚实的手臂淌下，流出了一道明亮的溪流。

罗海川只觉得浑身一阵燥热，一把横抱住了颤抖的女人的躯体，一口一口的热气喷在了林丽瑶的耳边。

月光下照耀着树下的一对蠕动着的肉体，伴随着阵阵喘息声。

“小石匠，以后我还能再看到你吗？”林丽瑶枕在罗海川的肩膀上，看着渐渐亮起来的天空，轻声问着。

“少奶奶，以后，我会去看你的。”

“真的吗？”

“真的，我一定会去看你的，二少奶奶。”罗海川伸出手想要发誓。

“好了，我相信你。今天晚上是我这几个月里最高兴的一个晚上，是你让我高兴的，知道吗，小石匠？”

“我，我……二少奶奶，你，你刚才的样子，真好看。”

“不准瞎说。”女人的脸红了。

林丽瑶缓缓地说：“你要真喜欢我，就常去看看我，悄悄地去，崇节堂里没有男人，小心了。以后啊，你别叫我什么少奶奶了，我也不叫你小石匠了，都叫名字吧。哪天你要是嫌我烦了，就不要去找我了，不碍事的，反正我就是这命。”

“我，我会去看你的，一定会的。”小石匠认真地说着。

林丽瑶淌出了眼泪，趴在罗海川的背上轻声唱起了徽州古老的歌子：

徽州徽州梦徽州，多少牵挂在心头；
举头望月数星斗，句句乡音阵阵愁。
徽州徽州好徽州，做个女人空房守；

举头望月怜星斗，夜思夫君泪沾袖。
前世不修来世修，转世还要嫁徽州；
书香门第也富贵，忠烈孝节美名留。
前世不修来世修，转世还要嫁徽州；
多少辛酸多少泪，悲欢荣辱也轮流……

## 六

不久，冯家二少奶奶林丽瑶的贞节牌坊破土动工了，不到一个月的时间，高大的六柱五间牌坊在冯家的牌坊大道上竖了起来。这是冯家女人的第九十七座贞节牌坊了，比先前建造的牌坊高了许多，也恢宏气派了不少。

牌坊群中年代最老的那一座早已全然没有了颜色，老态龙钟地匍匐在遍地荒草中，远远望去更像是一座坟茔。原先朱红色的抱柱，如今漆已经几乎脱落完全了，不仔细看已经认不出上面的字了；四周长了不少野草，还有一些认不出来是什么动物搭起的巢穴，柱子上也粘了不少泥，零星的草叶子就缠在这泥巴上在半空中晃荡着；老牌坊的重檐处很多瓦片已经脱落了，覆满了厚厚的尘土，杂草恣意生长着，因为太高不好清理，这些杂草就这么一年一年长着，远远地看去已经跟小树似的了。

一只灰尾巴的鸟扑棱棱落在了瓦檐上，自顾自地叫着。

林丽瑶的牌坊立在这一片牌坊的最外边，鹤立鸡群一般竖着。檐上盖的是琉璃瓦，金光闪闪，乡人都道那瓦里是混上了金水烧制的。

这牌坊共有四层，最上为叠出重檐，有压顶枋、牙角，顶部正中是镶有“贞”字的宝石瓶，阳光下闪着碧绿的光芒，仿佛镶嵌着一颗大水晶石，直耀着正对着的人的眼。六根粗大的石柱稳稳地托着厚重的重檐，石柱从下到上通体雕花，有百草花卉、古楼百戏、群鹿奔驰、鸟雀飞逐。最底下是固基石鼓和石枋，各六个，每个都有三尺来高，上面也一律雕刻了花鸟瑞兽、龙狮马鹿。牌坊正中间的一对石柱上刻有一副柱联，左曰“励志成家清操夙禀烟霞志”，右曰“冰心扶节千秋名誉天地晖”，都是书院老先生孙崇熹的手笔，苍劲有力、浑厚圆润。最让人称道的是牌坊正中处镶嵌的汉白玉凤头石雕，尖尖的凤喙向着天空仰起，仿佛就要腾空而起似的。

这凤头石雕是冯惟礼特别关照顾大山师徒雕刻的，过去这龙凤只能有皇室才能拿来做装饰，现在民国了，没有皇帝了，冯惟礼便把这凤头装到自家牌坊上面去了。冯家人得意地称这是歙县的第一座凤头牌坊。

人们不知道的是，在这牌坊下面的土里边，刚刚埋下了一颗黄豆。这是小石匠罗海川在夜里偷偷埋下的，传说给不守贞节的女子竖的牌坊会倒塌，只有在牌坊下面埋上一颗黄豆表示悔过，神灵才有可能原谅。

罗海川信这个，二少奶奶也信。

冯家众人恭敬地立在牌坊前，冯惟礼也亲自来了。

时辰一到，冯贺一声令下，牌坊四周鞭炮齐鸣，震耳欲聋。漫天飞散的红纸屑间，林丽瑶走上前，缓缓跪下，行三叩九拜之礼。灰蓝色的烟雾里，袅娜的身影显得弱小而无助，围观的乡人中不知谁发出了一串可惜的叹气声。

拜完牌坊和祖宗们的灵位，冯惟礼敬了儿媳妇一杯酒，两个丫鬟便扶着林丽瑶踏进了大轿，直往冯家崇节堂而去。

冯家的族人在后面跟随，看着少奶奶一步一步走上台阶，迈过高高的门槛。

崇节堂大门沉重地合上了，世界从此分割了开来。

冯惟礼开始加紧操办冯洄远和殷子钰的婚事了。

老管家冯贺开始派下人们去歙县城里购置缎子和上等的珍珠翡翠，冯家娶亲向来注重排场，这是面子上的事，马虎不得。

冯洄远早已把父亲的想法告诉了殷子钰。冯洄远在心里是喜欢殷子钰的，她善良、开朗，懂得新知识，冯洄远把她当作知己一般。一贯主张自由的冯洄远坚决反对父亲的专制做法，只是苦于父亲的权威，从来不敢当面顶撞。

过了几日，天又渐渐冷了下来。正是中午，天上下起了雪，一片一片稀稀落落地飘着，落到屋顶上稍不留神就化开了。雪水缓缓地渗进青灰色的瓦片中，洇出淡淡的模糊的轮廓，仿佛一幅水墨的山村小景。

老管家冯贺带着两名仆人来到了西院。

在殷子钰的房厅中，冯贺道："贺喜殷小姐，老爷已经决定让殷小姐和三少爷成婚，半个月之后便是大年，老爷把婚事定在了年初一，可谓是天地人和，喜上添喜。"说罢，一挥手，两名仆人将手中的托盘呈了上前。

"这一只盘中是装的绣衣六套，一只装的是珍珠首饰四盒，算作我冯家的聘礼。殷小姐看看可还缺些什么？"冯贺笑着说。

"我听说，你们徽州人娶亲的习俗复杂得很，不经过六道规矩新娘子是进不得门的。怎么，堂堂名门大户冯家老爷倒对这些规矩不在乎？难得冯老爷这么进步，外面刚一革命，就把老规矩摒弃了。"

"这……呃……我们老爷……"冯贺竟然一下子无言以对。

按照徽州的习俗，娶亲要经过"四段九序"。一场婚姻的促成，要分为媒合、订亲、成礼、合亲四个阶段；一共有九道程序：说媒、行聘、请期、搬行嫁、开脸、迎亲、拜堂、闹洞房、回门。经过以上阶段和程序的，才能称为"明媒正娶"。

殷子钰一说冯惟礼思想进步了，冯贺竟慌了神，他知道这样子娶亲确实不合礼法，但要说进步思想，冯贺更是连想都不敢想。一时间，冯贺不知道该回答"是"还是"不是"。

殷子钰接着道："你们冯先生这么尊崇新思维，真让小女子佩服。相信冯先生一定也崇尚婚姻自由吧。实在抱歉，我不爱冯少爷，这婚事我不同意。"

冯贺恍然大悟，自己被这小丫头绕进去了，连忙说："我们老爷注重的是礼法，不过，呃，新思维了嘛，那些繁文缛节倒可简化一些……简化……但是，殷小姐，这婚事是老爷吩咐下来的，必须得成的。"

殷子钰顿时明白了冯惟礼的真实意图，听冯贺这么解释不由得一声冷笑。

“告诉你们老爷，这些东西我不要，婚我也不想成。我明天就走，谢谢你们老爷这十多天的招待，改日我定当登门重谢。”殷子钰侧过脸，对两个托盘看也不看一眼。

冯贺赶紧赔笑：“殷小姐何必说出这样的话呢，我们家少爷对小姐一片深情，老爷也是非常喜欢小姐……”

“冯管家，婚姻讲的是你情我愿，不是逼出来的。你说你们老爷注重礼法，那六道规矩就一样也少不得，若说你家老爷真的遵守大总统的法令，就赶快把大门敞开了。实话讲，你们冯家这高墙深宅，我住不惯。”

“殷小姐，你……何必，何必较这个真儿呢……”冯贺仍然赔着笑道。

“较真儿？哼，怕是你家老爷守着早已作了古的礼法啃着真儿吧。”

冯贺一脸为难，让仆人把托盘放在了桌上，转身出了房。

冯贺前脚离开，四小姐冯悦媛便来到了西院。

冯小姐自小在冯家大院里长大，十几年来就没怎么见过外人，最多就是逢年过节时坐着轿子在歙县城转一圈。自从三少爷冯洄远出去上学，冯悦媛就天天盼着这个堂哥回来，而冯洄远每次回家都总能给她讲不少外面的事情，常常听得冯悦媛瞪着眼睛回不过神来。这次堂哥回家，居然带了个外面的姑娘回来了，听说还是将来的堂嫂，冯悦媛按捺不住心中的好奇，等了几日后就偷偷来到了殷子钰的住处。

哼，又是冯家的人。殷子钰隔着窗户一见冯悦媛远远走来，心里一阵厌恶，不待冯悦媛敲门，便一伸手把门拉开了，然后一扭头坐在客厅中间顺手端起了桌上的茶杯。

冯悦媛倒是什么都没留意，小跑着走过天井，在门口调皮地张望了一眼，毫不客气地进了屋。

“子钰姐姐！”冯悦媛的声音里还带着童音的稚嫩。

“嗯。”殷子钰依然端坐着，竟不扭头看一眼来人。

“姐姐，我听说你马上要做我嫂子了，是不是这样的啊？”冯悦媛开门见山，一下子就问起了这婚事。

殷子钰一听浑身是气，手猛地一沉，茶杯重重地敲在了桌上，杯盖竟震得掉落了下来，在地上摔得粉碎。

冯悦媛着实吓了一跳，她实在不知道这个未来的嫂子怎么会这么大火气。再仔细一看，殷子钰手中的杯子里竟没有茶水。原来殷子钰不过是顺手拿了个杯子做做样子，还没来得及倒茶。

冯悦媛见状，伸手提起茶壶给殷子钰倒上茶水，道："姐姐……怎么生这么大的气啊？是不是有谁欺负你了啊？还是……我刚刚的话……说错了？"

冯悦媛从小跟着四老爷冯惟智长大，冯惟智待人宽厚，在兄弟四人中又排行最小，向来与世无争，四太太也是个和气的人，在冯家从不和人争执。冯悦媛便也天生乖巧，虽是冯家四小姐，倒很少耍小姐脾气，还常常和要好的丫鬟姐妹相称。

一看冯悦媛手足无措地靠在桌边，一双眼睛里竟吓出了泪珠，殷子钰也意识到了自己的失态，顿时心生歉意，连忙拉住冯悦媛的手邀她坐下。

殷子钰推说刚来徽州水土不习惯，心情不好。边聊着边试探这位冯家小姐的口气。

几句闲话聊下来，殷子钰看出来这位四小姐倒是个胸无城府的人，对冯惟礼的逼婚之事确实一无所知。

殷子钰微微叹了一口气，把和冯洄远认识的经过原原本本地讲给了冯悦媛。

冯悦媛入神地听着，竟张大了嘴巴，半晌没说出话来。

"怎么了啊？想什么呢？"子钰拉了拉悦媛的手。

"子钰姐姐，你真了不起，你敢一个人走在外面，你真胆大。"冯悦媛的脸上充满佩服的神情。

殷子钰笑了："悦媛妹妹，赶明儿我带你一起出去看看。嗯……带你去看大上海，看黄浦江上大轮船，那可有好几层楼高呢，都是从很远很远的外国开来的呢。"

“可我……连这院子都没怎么出去过，连去祠堂祭祀都不可以，我爹还有三伯不让，说是女人去了祠堂不吉利。他们还说，老是出门的女儿家不好，会丢了脸面……”冯悦媛嗫嚅着，低下了头。

“傻丫头，你就真这么愿意一直在这深宅大院里待着？然后过些年嫁个男人，再到另一个华丽的牢房里关一辈子？”殷子钰关切地问。

“我……不知道。”冯悦媛不说话了，只在一旁抠着袖口脱出的一根丝线。

冯悦媛的天真与淳朴让殷子钰放松了许多，两人就这么聊着。殷子钰将在上海读书时见过的事情讲给冯悦媛听，从未见过外面世界的冯家小姐一脸欣喜地听着，不住地问这问那，到后来，直央求殷子钰以后一定带自己出去看看。

殷子钰也向冯悦媛打探了冯家的一些事情，知道了冯家老爷向来治家严厉，而且脾气很是固执，冯洄远从小惧怕父亲，对父亲说的话几乎从来不敢顶撞。听冯悦媛这么一讲，殷子钰心里倒对这个三少爷同情了起来。

到了傍晚分别时，两人已都以姐妹相称了。

一连几天，冯悦媛都频频往西院去，常常一去就是一整天，有一天晚上还住在了西院。冯家四小姐打心眼儿里喜欢这个外面来的姐姐。

这让冯惟礼越发觉得不快了。

冯惟礼是不喜欢小儿子带回来的这个女人的，尽管冯洄远一再强调只是路上遇到的朋友，但是在冯惟礼看来，男人女人之间若不是沾亲带故，这么没有尊卑地在一起，那简直是天理不容的。冯家向来唯礼法是从，这等事简直让冯惟礼感觉颜面尽失。

冯惟礼明白，如今要想挽回自己这张老脸，就要让人家知道，这姑娘是我冯家专程接回来的儿媳妇。现在不是革命了么，不是维新了么，不是有了个什么孙皇帝闹了个约法么，那好啊，我冯惟礼也维新了，不用什么“四段九序”了，你今天跨进了我冯家的门，你一辈子就是我冯家的人，死了也要入我冯家的坟，进我冯家的崇节堂。不，你得在我这个老骨头作古之前进我冯家的崇节堂。今天，你不知天高地厚的野丫头败了我冯家的脸，你不还我一座牌坊我冯惟礼决不罢休。

想到这里，冯惟礼皱巴巴的额角上绽出了满意的笑。

不过，冯悦媛常常出入殷子钰的住处，这让冯惟礼很是忧心。殷子钰不守规矩，冯悦媛还小，老这么下去那可不得了，对不起过世的四弟，也没法跟四弟妹交代。想到这里，冯惟礼一抬腿，直奔冯悦媛的住处去了。

冯悦媛不在，丫鬟说："四小姐去西院了。"

冯惟礼一甩袖子，气呼呼直往西院而去。

冯悦媛果真就在西院，两个姑娘谈得正欢，冯惟礼还未跨进院门就听到了里面叽叽喳喳的笑闹声。

"不成体统！"老头子沉下了脸。

冯惟礼没有进院子，他示意门口的仆人不要出声，自己悄悄绕到了后墙，靠着窗子仔细听着屋里的谈话。

"姐姐，"冯悦媛道，"你在上海读书的时候，跟男人一起上课啊？"

"对啊。"殷子钰故意神秘地提高了音调。

"那……多羞人啊。我，我以后不去……"

"看你，心里明明想去，嘴上还说不去。不去怎么刚刚还又一个劲儿地要我带你去上海啊？"殷子钰故意嗔笑着，"悦媛妹妹，你呀就是太胆小了，其实外面的世界比这高墙大院里面要好得多，根本没有你想的那么可怕。"

"可是，我是怕三伯……"

在这个高墙里边，没有人不怕冯惟礼的。天下的事冯惟礼说了不算，但这冯家宅院里的事，冯惟礼说出的话就是金口玉言，连少爷们都不敢还口的。

殷子钰一下子不高兴了，轻蔑地哼了一下，道："说来说去还是冯家的老爷。妹妹，你三伯能管你们一辈子？从小到现在，你就从来没觉得他是那么不讲理？他霸道、陈腐，满脑子只知道伦理纲常，难道你也愿意以后变成他那样子？"

窗户外的冯惟礼面色铁青。

殷子钰又道："悦媛妹妹，你那天告诉了我你娘的事，你说说，哪个女人愿意在那样的地方过完后半生？没有亲人，没有儿女，没有家的感觉。就是为了做一个贞节烈妇，为了这么一个空虚的头衔，为了给冯家多竖起一座牌坊。妹妹，你想想，想想你娘，这么些天了，这些个日日夜夜她是怎么熬过来的，她想看一眼亲生的女儿都见不到啊。这冯家，说起来是高墙大院，是名门望族，可在我看来，是一座活牢笼……"

冯惟礼回到书房时已经打定主意了，他不能容忍一个女人这么对他冯家说三道四。女人，只不过是我冯家牌坊上的一块砖，一块破泥巴，让你上了檐是你的福气，叫你入了土，你也甭想放个屁。今天你这个小丫头是过足了嘴瘾，今后，冯家的家法有你受的。

晚饭后，冯惟礼的书房亮起了幽幽的烛光，光线从窗户纸的缝隙处露了出来，在青砖台阶上洒了一地的絮絮叨叨，像是满脑子稀奇古怪的念头，却又不便说出。地上一只不知名的雀儿孤独地蹦跳着，跳两步又低下头缓缓踱几步，淡淡的影子从爪子底下笔直地延伸出去，渐渐地不见了形状。

冯惟礼叫来了管家冯贺，道："我差你办的三少爷的婚事，如今准备得怎么样了啊？该备的都备差不多了吗？"

冯贺一拍胸脯，笑道："回老爷，日子、人手都不在话下，老爷今天吩咐了，小的明天就能操办起来。"

"嗯，好。冯管家此话当真？"

"当……当真。可是……只是……"冯贺欲言又止。

"说下去。"

"是，老爷。"冯贺欠下了身子，翻起眼角瞟了一眼坐在烛光后面的老爷，顿了顿，"老爷，您知道的，三少爷的婚事得三少爷和那个殷小姐点个头，可是现在，少爷不吱声，殷小姐，呃……更是见了小人就骂。这……老奴心里也急，可是干着急还真没办法……还请老爷……体谅……"

"冯管家啊，老朽知道你是尽了心的，这么些年下来了，你跟着我鞍前马后奔波劳碌，吃了不少苦了。唉，到头来你却还是孤身一人，膝下连个一儿半女都没有。我冯惟礼一想到这些就觉得有愧于你啊。"

冯贺一听，赶紧道："老爷，老爷您言重了。冯贺跟着老爷是福分，这么多年了，老爷待冯贺不薄，少爷小姐们也都看得起小人，这都是多亏了老爷的提携啊……"

冯惟礼摆了摆手，打断了冯贺的话。他站了起来，靠近冯贺，压低了嗓子说道："前年秋天，沈先生说的话你还记得吧？"

冯贺默默地点点头。

这些年冯家发生的事大大小小冯贺都记得。前年中秋过后，冯惟礼请来了风水先生沈九文商讨祭拜先祠的事，顺便也让沈九文算了一下自己的大限。

冯惟礼虽已过了古稀之年，但身子倒是非常硬朗，冯家的全部事情都由他一手打理，事无巨细，请沈九文来给自己算日子也是他图个顺便，本也并不在意，没想到沈九文问了生辰八字，又细细观了冯惟礼的面庞，突然叹了一口气，道："冯老爷一生坎坷经营，如今可谓是门庭兴旺，家业昌盛，可喜可贺。不过冯老爷，人生一切自有定数，所谓生死富贵皆有天命。冯老爷，休怪沈某直言，依沈某看来，您的吉地须得早作定夺，壬子年春夏之交乃是冯老爷命中一大关口啊。"

沈九文话一出口，旁边的冯贺吃了一惊，他一下子张大了嘴巴，下意识地看了一眼坐在桌前的老爷。冯惟礼倒是显得镇定自若，从容淡定地向沈九文问了几句，又闲扯了一些风水阴阳之事，似乎根本没有放在心上。

但是冯贺心里是清楚的，自从沈九文给老爷算了日子，老爷做什么事都比以往急了许多，尤其是那本《冯氏祖训》，更是时常放在书案上面，闲时就捧在手上，就那么心事重重地捧着，并不打开来看。老爷还不时会去看看冯家的牌坊地，一去总是站在那里一个多时辰。这些，冯贺都看在眼里，这么多年跟着冯惟礼，老爷心里琢磨的是什么，他都清楚。所以，今天冯惟礼一提到两年前的事，冯贺马上明白了老爷的意思。

冯贺道："小人明白，老爷其实就是那么一桩子心事。"

冯惟礼走到窗前，将窗户合拢了，插上了窗栓，旋又走到外屋看了看，这才再退回了书房，关上了门。

冯惟礼的书房内有一个隔间，是他的临时卧室，有时候读书晚了就在书房睡了。卧室和书房之间用一座六扇红木嵌玉屏风隔开，陈年的和田玉微微泛着翡色，上面雕刻着"鬼谷子出山"图，刀工精湛细腻，栩栩如生，这是冯惟礼专程从扬州请来的玉匠雕制而成，很是心爱。丫鬟每日都仔细拂尘，这屏风一直洁净如新，不沾一丝灰尘。

橘色的灯光中，玉雕表面氤氲着玛瑙一般的色泽，几近透明。灯光忽闪着，雕刻着的人物、车马、飞鸟似乎都活了过来，在画面上缓缓晃动着。

冯惟礼踱步绕到屏风后面，瘦长弯曲的身影映在屏风上，像是饱含水渍的淡墨在宣纸上铺展开来，渐渐地模糊了轮廓。

不多时，冯惟礼走了出来，小心地捧着一本旧书。书的封面用蓝色绫子裱了边，绫子的丝线有些脱落，发丝一般在空中悬浮着，冯惟礼伸出手指想把这几根丝掐断，可试了几次，怎么也捏不住。

冯贺知道，这本书就是《冯氏族谱》。自从三十年前老爷从苏州谈了红木生意回来，原本就放在案头的族谱便被老爷小心地收了起来。一过就是三十多年了，整个冯家大院，除了老管家冯贺，其他人再也没有见过这本族谱。

冯惟礼用袖子拂了拂书角，将书递到冯贺面前，低声道："我冯惟礼做事向来光明磊落，为了先祖的遗训如今只能委曲求全了。这族谱的分量，你也是懂的，我这一辈子什么都没有瞒过你，列祖列宗的担子也只能你我主仆二人担得起啊。"

飘忽的烛光中，冯贺的脸上显出了一阵惶恐。

冯惟礼打开书，就着烛光翻了几页，不紧不慢地说道："你去好生准备洄远的婚事，这不是我冯惟礼的事，是我冯氏祖上的大事。洄远那边交由我来办，你把洄远成婚当天要做的事情打理好就行了。"

# 七

随着新军工程兵第八营内的一声枪响，武昌起义的革命军迅速占领了楚望台军械所，缴获了清军数万枪炮，各标营的革命党人也纷纷率众起义，奔赴楚望台集结。随后起义新军兵分三路进攻总督署和清军第八镇司令部。夜幕中，武昌城上空硝烟四起，枪炮雷鸣。湖广总督瑞澂带了家小，慌张中砸破了总督署后墙，乘着夜色从长江坐船逃走了，只有第八镇统制张彪仍在率部顽抗。

陈耀麒所在的清军火铳骑兵营被张彪拉到了最前线。陈耀麒当兵有不少年头了，因为学过武艺，标营副官便让他管了十来个新兵。陈耀麒知道，这一仗肯定是赢不了的，出发前就召集了手下的兵勇商量逃跑的事情。打仗胜负对于陈耀麒来说是不放在心上的，他当兵，只在乎能不能拿足军饷，是不是能顿顿都吃上酒肉，要丢性命的买卖，陈耀麒是不干的。所以，炮声一响，陈耀麒便一拽马头，赶紧逃了去，手下的士兵一见也纷纷跟着他逃出了阵地，后头十来个不想卖命的兵勇也一溜烟地跟去了。就这样，陈耀麒带着二三十个兵勇只顾逃，一拨人乱军之中抢了五七匹马和十几支火铳，直往城东逃去。出城前，陈耀麒还不忘去了醉迷楼，接走了女儿翠萍。

翠萍今年十六岁，是陈耀麒跟醉迷楼的一个妓女所生的，出生以后一直就跟母亲生活在醉迷楼，平时学得一些教坊间唱的艳歌小曲、弹点琴瑟丝竹，也常常陪客人唱上几支曲子，赚几个小钱。偶尔营中无事，陈耀麒也会来看看女儿，教她骑马或是打几路拳脚。两年前那妓女死了，翠萍就顶了她娘的班，虽说算不上国色天香，倒也乖巧俊秀，加上身段出落得玲珑，还会舞上几招刀剑，客人面前总是一身戎装打扮，被醉迷楼唤作“红妆小桂英”，常有风流书生、富家公子慕名前来。

陈耀麒杀进醉迷楼，带走了女儿，一拨人马一路向东飞奔，一边躲着前来镇压起义的清军，一边寻找栖身之所。

他们只想活命，如今做了逃兵，抢了战马、军刀、军粮，还带走了十几根火铳，奔哪个州府逮着了都是死罪。他们更不想去投新政府的军队，那还不是一样要去卖命？现在，既然手上有刀，有枪，有马，只要能寻到一处天高皇帝远的地方，就能做得了草头王。

陈耀麒的人马是在腊月初闯进徽州的大山里的。

这一片属于黄山山脉的余脉，偶有奇峰突起，陈耀麒没有在山中生活过，层峦叠嶂的群山让他感觉进了迷宫一般，回旋起伏的山路更让他们乱了方向。正所谓“七山一水一分田，一分道路与田园”，徽南山区山多田少，想找一处可以打劫的村落怎么也寻不到。不过，他们在山道上撞着了一个叫金彪的汉子。

金彪是在劫了一车酒酿之后碰着了陈耀麒的人马的。金彪是江西人氏，家住三清山脚下，学得武艺在身，曾经在知府大堂上打死了南昌知府陆道群，抢得短枪一支逃到了徽州的大山深处，在大山里劫道已经有半年之久了。金彪一直单枪匹马行事，只劫过往的客商，并不惊扰村落，他从小在三清山的道观里长大，多少有些信善，来往商人若给了金银货物，他都放了性命。

这天，金彪抢了过往酒商的一车酒酿，撒开口痛吃了一顿，不觉便有了几分醉意，赶着马，晃晃悠悠地坐在酒车上，冬日的阳光散淡而充沛，山间阵阵凉风，甚是舒爽。金彪一口烈酒下肚直感到胸中痛快万分，拔出腰间的短枪朝着空中的浮云放了一枪，枪声惊起了茂林里的一群飞鸟。他哈哈大笑，放声唱了起来：“肩挑饭，手端茶，背脊背个小囡囡；标标致致好姑娘，可惜嫁给个种田郎。当初嫁个种田郎，好花插在牛粪上；风吹雨打季季苦，一身黄泥滚上床……”

山坳中的歌声震荡了浮在半空中的云朵，化作了一阵凉凉的风。

歌声引来了陈耀麒的人马。

陈耀麒看着赶着车的醉醺醺的汉子，对众人道：“想必是个贩酒的，今日倒被我等撞上了，且就拿他祭刀!”说罢，抽出腰刀，两腿一夹马肚子直奔上前。

金彪也瞧见了陈耀麒一帮人，原以为是过往的客人，正寻思怎么去劫点财物，没想到为首的壮汉竟先行一步提了刀来到跟前，挥刀便砍。金彪一个鲤鱼打挺翻身站起，将手中的酒坛砸向陈耀麒，躲过了一刀，随即也抽出了背上的马刀，摆好了架势。

陈耀麒道："好身手！不过，我骑马，你步战，占了你便宜，算不得好汉。"说着，翻下马来，与金彪斗在一起。

二人战了十余个回合，竟未分胜负，金彪虚晃一刀，退出三步开外，道："这位好汉，看身手不像是个生意人吧，可敢报上姓名？"

陈耀麒也非常爱惜金彪的武艺，便把这一路上的经历讲了一遍，又引了手下兄弟相互认识。

陈耀麒道："金彪兄弟，不知你可愿意与我等兄弟同干一场事业，一起快活去？"金彪很爽快地同意了。二人各拿了车上的一坛酒，歃血为盟，对天而拜，结为了兄弟。金彪抽出插在腰间的短铳，送给了陈耀麒。这短铳乃是俄国制造的，小巧玲珑，木质手柄上雕刻了一只展翅飞翔的老鹰，陈耀麒爱不释手地把玩了一阵，小心地别在了腰带上。

收下了金彪的短铳，陈耀麒觉得过意不去，寻思着也送一样东西给金彪。他把手伸进怀中摸索了一阵，手指触摸到了一件光滑的温润的物件，犹豫了几许，终究没舍得掏出来。陈耀麒笑笑，翻身下马，走到身后的队伍里，亲自挑了一匹大青马送给金彪当坐骑。

陈翠萍拍马走到陈耀麒身边，一弯腰，抢过了父亲手中的短铳。她把那枪在手上掂了两下，笑道："真是好枪，爹，送我了！"扭过头对金彪道："谢你了，黑汉子。"说罢将枪往怀里一插，留给金彪一个风情的笑，策马往前去了。

金彪豪爽地一笑，对着陈耀麒一抱拳，翻身跃上大青马。

一拨人马在金彪的带领下沿着山路逶迤前行。

北风连着紧刮了几天，骤然冷了许多，不久，一场大雪纷纷扬扬下到了腊月廿九才停了下来。雪一停，厚厚的云层也顿时散去，露出了一片明朗。阳光斜射下来，整座山原白皑皑的一片，仿佛一张铺天盖地的巨大整张的宣纸，悬挂在苍茫的天地间。山涧处有嶙峋的石头突兀出来，点点墨迹一般零星地散落在群山中，远远望去，绵绵的覆雪表面蒸腾着阳光的光环，模糊了群山的轮廓，真不知是谁有如此豪迈的手笔，在这巨幅画卷上挥就出了一幅写意的长卷。

再看那柳山，坐落在群山的怀抱中，在无垠苍穹的豪放里装点了秀气的一笔。柳山上，大片的竹林从厚厚的雪层中拔节而起，一支支碧绿的洞箫在满山遍野的银装素裹中吹奏着空灵之音。山脚下，一条溪水蜿蜒流过，正是柳水。在阳光的照射下，结了冰的柳水更加显得晶莹剔透，俏丽动人，站在高处俯视柳水，仿佛一根随手丢弃在山间的银手链，静静地匍匐在柳山旁。柳水悄悄地开始解冻了，融化了的雪水汇聚在了一起，缓缓向着低处流淌，在光洁的冰面上闪烁成了无数颗细碎的珍珠。

柳山附近，一座村庄尽显勃勃的生机，阵阵鸡鸣犬吠在幽静的山谷间回荡，袅袅升起的炊烟被阳光笼罩着，云蒸霞蔚一般，仿佛宁谧的世外桃源。这村庄正是桂村。桂村正中，一座方方正正的灰瓦白墙的大宅稳稳地端坐着，高墙内屋宇层叠，大大小小的院落如棋子一样散落在这四方的棋盘上。这大宅便是冯府。

新春将至，三少爷冯洄远也要结婚了，正好天降大雪，冯惟礼道这雪是瑞雪，瑞雪迎春，必有吉庆之气。冯府上下喜气洋洋地忙碌着，仆人们一拨接一拨地去歙县城购置绸缎、上等的新丝、各种金银器皿。冯家图的是一个新字，家里的东西再多，也是旧了的，新年新婚，双喜临门，冯惟礼嘱咐了，婚礼上用的东西必须全是新的。

冯洄远成婚的日子就定在两天后，壬子年正月初一。

这日子是冯惟礼自己定的，只想在日子上图个吉利。冯家并没有向沈九文讨教，他不想让太多人知道这件婚事的内幕。

冯洄远心里是喜欢殷子钰的，一个月的相处让他对这个漂亮又知书达理、个性坚强的姑娘产生了爱慕之情，更因为殷子钰见多识广，两人在思想上都有共同之处，这个从小在父亲严厉管教下的少爷太渴望身边能有一个听得懂他的想法、理解他的理想、能够让他吐露心声的人了。

他爱殷子钰，但他反对这门婚事。其实他倒不是不想和殷子钰结婚，而是对父亲的逼婚非常不满，他知道，父亲这样做完全是为了冯家的脸面，为了冯家的牌坊，为了多建一座牌坊就能牺牲别人一生的幸福，可他却又无可奈何。冯洄远的心里对殷子钰是又爱又愧。他明白，殷子钰肯定很恨他，肯定认为他欺骗了她，他几次想找殷子钰解释，可冯惟礼吩咐好了不让儿子去西院，院门口的仆人们也就说什么都不敢让他进去。冯洄远惧怕父亲，也不敢争辩，就这么郁郁寡欢地失落了好一阵。

冯洄远是靠了冯悦媛的帮助才终于见到了殷子钰的。

冯悦媛常常往西院跑，冯惟礼虽说心中不乐意，可也因为冯悦媛毕竟是自己的侄女儿，不便过多责备，又看在四太太一座牌坊的情面上也就只好睁一只眼闭一只眼了。毕竟殷子钰终究是要成为冯家的人的，日后太见外了也说不过去。

那日，冯洄远去了冯悦媛的住处，请求堂妹帮他想办法见到殷子钰。冯悦媛当是二人两情相悦、难耐相思之苦，便红着脸答应了冯洄远的要求。

等到天黑，冯洄远装扮成了一个丫鬟，跟在冯悦媛的身后往西院走去。门口的仆人见又是四小姐来了，也就什么都没有多问，打开门就让二人进去了。

冯洄远向殷子钰说明了来意，道："家父思想陈旧，尊崇陈年的习俗礼法，确实不可理喻。家中的事情又一直全由家父做主，虽然我知道这些天让殷姑娘受苦了，可也不敢跟父亲讲。殷姑娘有所不知，我家中的法度……"

殷子钰道："冯少爷也是在外面读过书的人，也喝过不少洋墨水。在外面的时候谈到当今时政你头头是道，可为什么一进了这冯府，就跟换了一个人似的？洄远，这冯家的高墙就真能把你压抑成这样？"

"殷姑娘，我……"冯洄远羞愧得满脸通红。

"以前你可一直叫我子钰。"殷子钰打断了冯洄远的话。

“噢，是的。”冯洄远的声音低了下去。

冯悦媛在一旁听着，也渐渐明白了其中的原委。她心疼堂哥被伯父责骂受罚，也不忍心看着殷子钰整天被这么囚徒似的软禁在此，灵机一动，想出了一个主意。

冯悦媛道：“既然伯父非逼着你们成婚，你们何不将计就计做一场假夫妻呢？硬的不行，你们就软一下，瞒天过海，先把这婚事办了，子钰姐姐以后不愁没有离开这院子的机会。洄远哥哥，你说呢？”

冯洄远不置可否，只看着殷子钰。殷子钰想了片刻，点头同意了。

两人约好，明日冯洄远就去告诉父亲愿意结婚。

后墙的窗户外边，一个黑瘦的影子悄悄地路过，侧身贴着窗户缝，把屋里的对话全部听了个真真切切，又杳无声息地离开了。

三少爷和殷子钰同意成婚的消息传到了冯惟礼的耳中，老头子晃着脑袋捋着胡须得意地笑了。他知道，所谓的同意也只是迫于他的压力，两个人心里肯定还有疙瘩，不过这些他已经不在意了，只要结了婚，便了却了他的一桩心事。

冯贺也感觉心里头一块石头落了地。虽然他跟殷子钰接触不多，但是精明的老管家看得出来，这个见过世面的姑娘性格是很刚烈的，他不敢照老爷的吩咐逼得太紧，怕真弄了个鱼死网破。现在冯贺终于松了一口气。

年初一清早，初升的太阳照得雪地上一片通红，整个桂村回荡着暖洋洋的笑声。

冯家专门从县城请来的三十多个吹鼓手提前了好几天就住进了冯府，一早就吃过早饭身穿鲜红的马褂在门前吹奏了起来，鞭炮声阵阵不断。所有的丫鬟仆人都早早起了床，梳洗一新，虽说早已提前做了准备，还是不敢有丝毫大意。

娶亲，对于徽州人来说，是一生中的大事，冯家更是看得很重。冯洄远居住的楠阁被修饰一新，做了新房，卧室正中是一张新制的满顶床，床柱用花果同树而生的榧木制作，寓意四世同堂、五代昌盛。这床雕工极为讲究，左右两侧雕“丹凤朝阳”，上牙板雕“双龙戏珠”，刀工细腻，龙与凤的一双眼睛活灵活现、炯炯有神。仆人们抬了一只杉木雕花的盒子到了殷子钰的西院，盒子里面盛着一百八十八枚新铸的银圆，是冯家专门用白银去徽州的钱庄特别浇铸的，叫作“喜银”，每枚银圆在正反两面都画上了双喜，作为定聘。

冯惟礼口口声声说要简化仪式，可真到了小儿子成婚的时候，他还是决定要一切按照规矩办事。

冯惟礼专程派人去了黟县，接了堂姐姚冯氏过来，按照徽州的娶亲习俗，迎亲当天，新娘子要由姑妈用两根丝线绞掉额前的汗毛，谓之“拉面”，然后才能迎亲、拜堂。至于说媒、请期，冯惟礼只是走了个形式，连亲家的面都没见过，这媒能说给谁去？连冯洄远和殷子钰的生辰八字也没有请沈九文来瞧过。其实冯惟礼最信的就是生辰八字，但是他只想把这婚事做成了，不想再算出什么事端出来坏了自己的计划。

冯洄远穿上了朱红嵌金丝长袍，坐在屋里，等到了时刻就去西院迎娶新娘。丫鬟们则在院里忙碌着，中午的酒宴要一桌一桌提前摆好，花炮也要放好位置，仆人们一担一担从地窖里抬上陈年的米酒。冯家大院的空气中飘荡着诱人的香气。

有道是“万事俱备，只欠东风”，这东风不仅不来，反而硬是刮来了一阵乱风。

陈耀麒的人马暂时住在金彪的山洞里。连着几天大雪，二三十人出不了山，只好在山洞里头窝着，不出几日，随身带着的干粮也吃得差不多了，看着天气渐好，陈耀麒便让女儿留在洞中，和金彪带领一帮匪徒直奔山间村落而去。

冯家大宅经几世修缮，规模是越来越宏大，在这柳山一带甚是显眼。若是站在附近的山头上俯看，这山坳里的一幢幢宅子仿佛排开了阵势一般，大院后面是起伏的林地和良田，尽显望族之家的富庶和繁华。

冯家门前吹鼓手喜乐不断，鞭炮齐鸣，回声在山峦之间穿梭着，越过了不知道几座大山。绵绵不绝的回声让陈耀麒一伙人心里直痒痒。这几日，陈耀麒带领人马在周边山路上逡巡了一圈，只见到孤零零的几个小村落，寻思也只有这冯家大宅能抢得些财物。一不做二不休，陈耀麒勒住马，命令众人撕下衣服一角，蒙住脸部，随后，左手从鞍下提起火铳，背在了肩上，右手“噌”的一声拔出了腰刀，刀锋往前一指，一道寒光如闪电一般直扑向桂村冯府。众匪纷纷拔刀出鞘，跟着陈耀麒策马冲下山去，身后腾起了滚滚积雪，如烟如雾。

陈耀麒杀进桂村如入无人之境。村人从未见得土匪作乱，乱作一团，有几个胆大的反应快，赶忙抄了小路去冯家报告。

金彪一路叮嘱众匪，此行的目标就在冯府，不可贪眼前的小利。众匪“莫哈”应答，夹紧马肚子，几声呐喊便冲到了冯府门前。

门前的几个吹鼓手正摇头晃脑地吹打着，猛然听到一阵人喊马嘶，定睛一看，一群恶煞凶星从天而降。众人惊慌不已，猝不及防，没等抬腿逃避，只见得几道寒光掠过，纷纷人头滚落在地。旁边站着冯家一个胖大护院武师，发现事态不妙，怎奈何手中没有兵器，情急之下拾起地上的木棒，一个弹跳挥棒朝着陈耀麒胯下坐骑的前腿扫去。陈耀麒眼疾手快，双腿夹紧，一拉缰绳，枣红马长嘶一声，后蹄直立，前蹄高高抬起，避开了武师的攻击。未等枣红马前蹄落地，陈耀麒右手已拔出火铳，斜过身体，单手握枪，用肩部抵住枪托，只一枪，正中对方眉心，那胖大武师扑地倒了。

两个门子见状，大惊失色，连滚带爬撞到大门边去拔门闩，粗大的门闩插在门槽中，两人慌乱之中竟没了力气，怎么也拔不出来。见众匪逼近，二人慌不择路，丢下门闩踉踉跄跄直往院内跑去。

陈耀麒策马杀至冯府门前，将滴着血的腰刀在一对石狮子身上蹭了几下，温热的鲜血浸在石缝中，露出了赭色的斑斑痕迹。

陈耀麒拉住缰绳，示意手下停止前进。他掸了掸身上的尘土，横刀立马，叫道：“门里老爷们儿听着，我陈耀麒带着众兄弟只为过冬的吃穿，贵府若送出来，我等即刻退回，不然，血洗你们的庄园！”

众匪手持刀棒相互撞击，口中发出“嗷嗷”叫声。

冯府院内乱作一团，老管家冯贺连忙指挥紧闭了内院大门，又赶紧叫来住在偏房的十几个护院武师，带领众仆人手持枪棒堵在内院门前。

冯惟礼倒是沉稳不乱，命仆人端来太师椅，手持茶盏稳坐院内，背靠一座巨幅石雕照壁，照壁高一丈，宽二丈，顶部两端各一麒麟兽首，正面雕有五百里黄山四季全景图。

见老爷如此运筹帷幄，冯家的仆人们胆子也壮了些，围在冯惟礼旁边。冯惟礼早些年经常往山外运送货物，没少见过山贼盗匪，他知道，这岁末年关的，大雪封山，这帮土匪来劫村寨，为的不过是几口粮食，几件细软财物，破了财即可消灾。但是这一回他心中很是恼怒，一来今天正是旧历新年，新春之日竟迎来了一群丧门恶神，实在是晦气。二来今日又巧是小儿子的新婚之日，本料是新年新婚双喜临门，却没想到遭遇了血光之灾。三来这帮匪徒太不守盗匪的规矩，竟然上门不先搭话就提刀杀人，门前已经鲜血飞溅了，再来要挟财物，实在是没有天理。常言道“盗亦有道”，这群魔头简直是连盗寇都不如。

陈耀麒打家劫舍也是初出茅庐，并不懂匪盗的规矩，只想给这大户财主一个下马威，好乖乖送些财物出来，所以一路杀将至门前，血染钢刀，只为了杀鸡儆猴。

冯惟礼忍受不了家门受欺，吩咐十来个护院武师带着器械沿墙梯登上院墙，堆好了石块和弩箭，准备反击。

这冯家的大宅不像普通人家的大院，除了最外面的正门，里面还有一道内门，只有进了内门才算真正进了冯府。而这正门和内门之间，修了一圈高墙，两丈来高，三尺来厚，如同城墙一般，整个建筑模仿的是瓮城的构造，不费点气力是难以攻到里面去的。而且贸然进了正门，那正好是“瓮中捉鳖”。

冯惟礼等的就是众匪们进入外院。

见冯府院内没有动静，陈耀麒恼火了，挥起钢刀照着正门檐下刻着“冯府”二字的镏金匾额砍去。只听“咔”的一声，匾额被劈成了两半，摔到了台阶上，陈耀麒的枣红马受了惊吓，四蹄一阵乱踏，竟将匾额踩裂成了数片。

众匪见状，爆发出一阵狂笑，纷纷跟着陈耀麒扑入院中。

大院内已空无一人，内门紧闭，地上只留下杂乱的锦带、花簇、衣袍无数。陈耀麒正要命令众匪撞门，只听得高墙上空一声呐喊，石块纷飞，几个会射箭的武师已射死了靠在边上的两个小匪。众匪没有料到突然中了埋伏，一下子慌了神，惊慌四顾，乱了阵脚，有的干脆翻身下马，躲到了马肚子下面，撑着马鞍护着自己的脑袋。

陈耀麒大声喝道："他娘的！有火铳的全点上火，对着墙上打……"话音未落，只听得身后一声巨响，一道火舌直喷向雕花的马头廊檐，檐上一个武师正搭弓瞄准陈耀麒，被这突如其来的一枪结果了性命，一摊血迹将雪白的墙面染得鲜红。陈耀麒一回头，身后一个大汉稳稳地端着火铳，枪口一缕黑烟缓缓升起，定睛一看，正是金彪。

金彪对这一带的情况很是熟悉，知道像这种大户豪门平时都有家丁护院，也必有会一些武艺的保镖，见陈耀麒径自冲了进去，他叫苦不迭，却又未能拦得住，便早早端了火铳装上了火药紧跟着，静观其变，果然救了陈耀麒的性命。

其余的武师见有人中枪，纷纷不敢再抬头，只缩着脖子躲在墙后往下面扔石块。虽然偶有小匪被乱石打伤，但攻击的精确性是大大减弱了。

陈耀麒命令众匪下马，摘下马鞍护住头部，集中火力射击大门。这内院大门是用双层的整块实木压成，上面前前后后涂了四层松油，钉了数枚碗口大的铜钉，大门的边缘和合缝处还嵌上了厚厚的铜板，很是坚固。火药在门板上炸开，爆出火星无数，硝烟散后，留下大大小小的弹坑。

几阵枪声过后，坚实的大门开始晃动了，几枚铜钉也被打落。冯惟礼有些慌了神，一双颤抖的手再也握不住茶盏了，哆哆嗦嗦地递到了冯贺手中。冯家内院大门虽说坚固，可终究算不上铜墙铁壁，现在这帮土匪狗急跳墙，拼命放枪，武师们手中又没有好使的枪械，这么耗下去定是要吃亏的。

冯惟礼就这么哆嗦着看着晃动的大门，竟然没有了主意。旁边的冯贺也是急得团团转，命令仆人从后门出去赶到县里请救兵。几个胆小的丫鬟失声哭了出来，仆人们也绕过照壁跑到偏院，抢进各自的屋里包裹一些值钱东西打算赶紧逃命去了。

冯贺见状，气得叫道："臭猢狲，生死攸关的时候，只知道各自逃命……"

"冯老爷，小女子自有退匪之策。"混乱之中，一个温婉的声音忽然响起。冯惟礼回头一看，正是殷子钰。

殷子钰淡扫蛾眉，轻点朱唇，面露镇定，身着红装，头上戴着百珠琉璃帽，金银坠饰稳稳悬在脖颈之处，竟丝毫不见晃动。冯惟礼仔细端详了片刻，见殷子钰一脸沉着，俊秀之中透着几分英武之气，没有闺中小姐的娇羞之态，倒像是一个久经沙场的女将军。不过，冯惟礼只是冷笑了一声，他不相信一个女人能想得出什么退敌之策。

老管家冯贺倒像是捡着了救命稻草一般，连忙道："殷小姐有什么妙计，快快说来，老奴定然照办。"

"妇人之言，有什么可听的！"冯惟礼冷冷地说。

殷子钰缓缓说道："冯老爷，这帮贼寇此次打劫其实不是为了杀人，不过是为了些许钱财，他们也指望着早点抢些东西退走。我听说他们一到门前就提刀杀人，看来他们是不懂道上的规矩的，估计是一帮新匪。所谓'吃软不吃硬'，来硬的，已经让他们吃了我们的苦头，现在也该哄他们去了。这样红脸白脸我们都唱了，叫他们领教了我们的厉害，只要我们多加防范，料他们下回也不敢随便来了。"

冯贺点点头，道："老爷，您意下如何……"

冯惟礼沉思了片刻，也想不出再好的方法，只得同意。

冯贺立刻按照殷子钰的吩咐，命令武师们停止还击，叫几个丫鬟仆人收拾了一个包袱的细软绸缎，还装了几袋肉饼果蔬，一并带到门前，又叫仆人们隔着门喊话。终于，陈耀麒停止了进攻。

不一会儿，两袋食物、一包金银、两卷绸缎从高墙上抛了下来，几个小匪赶紧上前搬到马上。陈耀麒看看手下，已躺下了三具尸体，还有几个被砖头或者流矢击中受了伤。陈耀麒心中很是恼火，还想继续进攻，却被金彪拦住了。金彪提醒陈耀麒火药已经所剩无几了，强攻下去定有损失。金彪道："留得青山在，不怕没柴烧，与其赶尽杀绝，不如留着慢慢享用，这样的豪门大户可是能供我们一辈子吃穿的。”

陈耀麒一听在理，也决定趁着对方软下来了见好就收，于是命令手下的小匪把死了的弟兄抬上了马，驮着几大包粮食细软扬长而去了。

等了许久，冯家几个胆大的仆人翻过墙来，确信这伙强盗已经走远了，冯惟礼才命令开门收拾这满地的狼藉。

外院、大门前，处处横着尸体，青砖白墙上溅满了血污，石块刀枪扔了一地，原先张灯结彩的冯家大院转眼之间竟是满目疮痍了。

冯惟礼闭目不语。冯贺指挥着仆人们打扫收拾院落。殷子钰见到这凄惨的一幕也不禁潸然泪下。

三少爷冯洄远一直待在屋里坐立不安，踌躇了好久没敢出来，听仆人说强盗已经退走了，这才壮了胆子走到外院。见到这满地的血迹，还有一具具缺胳膊断腿的尸体，冯洄远禁不住两腿一软，一个踉跄差点儿摔倒。亏了旁边的仆人搀住，才勉强站立着，却再也不敢往前走了，只远远地看着。

冯贺走到殷子钰身边，欠了欠身子，道：“今日能退匪贼，多亏了殷小姐的计策。老奴替我家老爷谢谢殷小姐。”

殷子钰道：“冯管家不必客气，子钰此番实是看在冯家上下仆人丫鬟的份儿上才出此下策，为的是保住每一个无辜者的性命。匪徒们若真是恼羞成怒，冲杀进来，刀枪不长眼，谁知道到时候被杀掉的是不是该杀的。”

冯惟礼本就心中凄凉，一听殷子钰话里有话，顿时火冒三丈，一通火气全冲着殷子钰发了出来：“你这个丧门的灾星，自从进了我冯家的门，我冯家的风水就叫你给败了，连这大喜的日子都见了血！看来我冯家日后定然血光之灾不断！”

殷子钰毫不示弱，道：“冯老爷您这明明是搬石头砸自己的脚嘛，我问你，当初是谁把我软禁在你们冯府，又是谁非逼着我和三少爷成亲？是谁几次三番送来所谓的聘礼？这门亲事我殷子钰从头到尾就没有点过头！冯老爷，是你急着要成这门亲事！要说丧门星，哼，那也怕是老天爷惩罚你的吧！”

冯惟礼气得浑身发抖，冯贺见状赶紧打了圆场。因为丫鬟仆人们都在，考虑到冯家的脸面，冯惟礼心里火气再大也不好发作，忍气吞声被冯贺搀扶着回房去了。

殷子钰也径自转身回去，见到内院门前面色苍白的冯洄远，殷子钰笑道："冯少爷啊，今天受惊吓了？怎么，站都站不稳了？"

冯洄远嘴唇动了几下，却什么也没有说出来。

## 八

冯洄远和殷子钰第二天便草草拜了天地，这本欢天喜地的婚事就这样冷冷地办结了。殷子钰也从西院搬到了楠阁。

歙县县长卢卫胜闻讯赶来冯府看望，安慰了冯家众人，表示痛心疾首，定要拿得盗匪，很是掉下了几滴眼泪。县营管带了一二十个军警在山路上搜寻了两天，除了寻到了几个马蹄印，并无陈耀麒人马的线索，也就草草收了兵。

冯家遭此大劫，元气大伤。接连几天，整座冯府一片沉寂，仆人住的偏房门前挂着的白绫在风中飘荡着，台阶上几盏油灯忽明忽暗地闪着，针尖般的火光孤零零地在风中冒着淡淡的青烟；地上稀稀落落铺着纸钱和用锡箔纸叠的元宝，一些纸钱已经被风刮卷了边，有的被化开的雪水浸湿了，紧紧贴着地面，失去了最后一点纸的质感。房间里不时传出阵阵哭泣声；箔纸钱烧成的灰在空中回旋飘荡，仿佛一团团乌云笼罩着，引得山间的老鸹也在院子周围飞来飞去，嘶哑的叫声更添了几许悲凉和凄切。

冯惟礼看着冯家发生的劫难，不禁老泪纵横。

"家门不幸，家门不幸啊……"冯惟礼抚摸着内院的大照壁，潸然泪下。老管家冯贺也啜泣不已。

冯家撤下了红绸锦缎，冯惟礼带头披上了白纱。冯家是讲究声望的，即使死了人也要让外人看到冯家的仁德。冯惟礼派人给死去的仆人、乡邻的家里送去了不少银子，桂村村民的损失全部由冯家如数包赔；又给受伤的仆人请了大夫好生医治，光是各种药材就购了好几箱子；县城里请来的几个吹鼓手也是有死有伤，冯惟礼更是重金赔礼，所有死去的人冯家一律购置了杉木“十二斗”雕花棺。冯家还请来了沈九文设了道场，诵经宣咒，焚符洒水，念“罗天打醮”，超度亡魂。

道场搭起的当晚，冯惟礼独自一人去了冯家的祠堂里。他在祖先的牌位前跪了一宿，老管家冯贺带着仆人也在祠堂大门外跪了一个晚上。

一夜之间，冯惟礼已经满头白发，老态龙钟了。

正月初九正是徽州的上元庙会，冯家设的道场刚开始第三天，冯府上下都在忙着道场上的事情。冯洄远请示了父亲，说想带妻子去城中拜拜三清，烧几炷高香，求个平安吉利。冯惟礼应允了。

冯家的马倌李老幺赶了一辆马车，车厢里坐的便是冯洄远和殷子钰，丫鬟晓绫在车沿上坐着，四个人出了桂村，沿着山路往城中去了。

李老幺甩着鞭子坐在晓绫边上，一只手伸在了晓绫的腿上。

晓绫今年不足二十，以前是二少奶奶林丽瑶的贴身丫鬟，二少爷死后，林丽瑶入了崇节堂，她不忍心让晓绫跟着自己一起进去受苦，便把晓绫托付给了冯洄远，如今晓绫就成了三少奶奶殷子钰的丫鬟。

冯惟礼父亲曾经有一位好友叫刘毓仁，是徽州的书法家，写得一手好字，连知府大人也经常去求墨宝。冯刘两家一直往来很是密切，刘毓仁的两个儿子娶亲之后，刘家就和冯家商定了一门亲事，约定以后孙子辈若各有儿女，则两家结为亲家。然而不多久，刘家的二少爷因为参加了革命党被两江总督府查知，徽州知府虽说有心宽恕，却奈何总督府的压力，只得把刘家少爷抓了去判了死罪，刘家也被抄了家。

刘毓仁被总督府抓去南京盘问，受不了屈辱，在牢中自尽。刘家大儿子、大儿媳带着不满周岁的女儿离开了徽州，从此下落不明。二儿媳洪氏已有身孕，坚决陪着丈夫的坟墓不肯离去，不久生下一个女儿，唤名刘晓绫。洪氏自知无力抚养，便将女儿托付给了冯家，自己在梁上悬了一条白绫，随丈夫去了。当时冯惟礼已经做了冯家的主，念到两家先人在往日里的情分，便收留了刘家的孩子。至于冯刘两家曾经约下的婚事，如今已经物是人非，门不当户不对了，冯惟礼便再也闭口不提了。

晓绫便从此在冯家做了丫鬟，因为生得清秀，又十分乖巧，一直跟着冯惟礼的夫人，后来便伺候二少奶奶了。冯老夫人在世时也把这段身世讲给了晓绫，所以晓绫心里一直有一个愿望，她想成为冯家的少奶奶，名正言顺的少奶奶。

她不敢跟冯老太太提两家婚约的事，老太太过世以后，她更是把这事情埋在了心里。她知道，冯家家规素来严格，尤其注重礼义仁德，冯家的男人若正房尚在或已有儿子，是不准纳妾的，除非正室妻子无子，才能另娶。大少爷冯程远的妻子已经有了身孕，今后肯定能生出儿子，二少爷冯涞远已经过世，晓绫能指望的就只有三少爷冯洄远了。

晓绫自从跟了三少爷，那几日对冯洄远是服侍有加，她一心希望三少爷和殷子钰都坚决反对婚事，只要冯洄远一天不成婚，她就多了一天的希望。如今三少爷冯洄远也成了亲，晓绫心中自是有苦有怨却说不出来。

晓绫心中的想法，冯家的马倌李老幺全部看在了眼里。

李老幺是邻村人，三十出头了还没娶上媳妇。他好酒、好赌，说话油嘴滑舌，常把年轻的小媳妇哄得脸通红。平日里李老幺在冯府放马、赶车，到了夜里就跑去村里和男人外出赶生意的小媳妇或是死了男人的年轻寡妇搂着睡一觉。李老幺跟别人打趣说："老子娶媳妇一分钱彩礼不用花，夜夜换着老婆进洞房。"

李老幺早就想睡晓绫了。

冯府里的丫鬟，就数晓绫出落得最水灵，因为从小跟着冯老太太，举手投足都比旁的丫鬟看着规矩，少奶奶们穿剩下的衣服、用过了的首饰，老太太也都给了她，所以晓绫看上去总是那么光鲜，不像个小丫鬟，倒像是个大户人家的闺中小姐。

李老幺就住在冯家的马厩内，离冯府的后院只隔着一扇门。他和后院的门子熟识，便时常偷偷溜到后院去，故意跟晓绫搭话，然后说上几句调笑的话。看到晓绫的脸羞得红了，李老幺就感觉身上一阵冲动。

他知道，晓绫是想做冯家的少奶奶的，他要在晓绫成了少奶奶之前先跟她睡一觉。他太想了。而且，李老幺更知道，冯家三少爷和三少奶奶其实成婚是假，设计逃跑是真——那日晚上，在西院后窗户底下听到了冯悦媛、冯洄远和殷子钰谈话的黑影就是他。老幺听了个真真切切，他忽然想到了睡上晓绫的机会。

隔了两日，李老幺按捺不住，天黑了不到一个时辰，他就悄悄翻进了冯府，鬼鬼祟祟直往三少爷的楠阁而去。

李老幺早已熟知冯府的情况，绕过夜巡的家丁，从边上的墙角翻进了院内。晓绫是楠阁的领班丫鬟，独自住在院东角的楼阁里。李老幺爬上了楼边的大槐树，悄悄跳上了晓绫卧室的屋顶——那里有一片可以揭开的瓦，从那里可以把屋里看个清清楚楚——他已经好多次这样偷看过了。

李老幺小心翼翼地把瓦片揭开，凑在了缝隙处向里面张望着。屋里飘着阵阵清香，屏风前放着一只大澡桶，白色的热气缓缓蒸腾着。晓绫插了门闩，脱下了衣裤，露出了玲珑的身段，又卸下了身上头上的饰物，盘在额上的长发垂到了腰间，丝丝缕缕遮在胸前，越发显得娇艳动人了。李老幺的呼吸沉重了，鼻翼上冒出了几颗汗珠，他伸出舌头舔了舔燥热的嘴唇，费劲地咽了一口吐沫，喉部发出低沉的咕嘟声，凸出的喉结上下滚动着。

当李老幺用匕首悄悄挑开晓绫的房门时，晓绫刚刚披上衣服在床边坐下。

看到一个男人突然出现在自己的房间，晓绫吓坏了，连忙把披在肩上的衣服团在胸前遮住自己的身体，张开嘴就要叫人。

李老幺一个箭步上前，一只手捂住了晓绫的嘴，另一只手抓住晓绫的肩膀，顺势就把她压在了身下。一阵清香扑入李老幺的鼻中，他忍不住张开嘴在身下晓绫雪白的肩膀上咬了一口。晓绫拼命挣扎着，眼睛里充满了惊恐的泪水。

李老幺兴奋了，喘着气道：“我知道，你……想做冯家的三少奶奶……你听着，我，我能让你当上少奶奶。只要……你，听我的……”

李老幺把在西院偷听到的事情一五一十地告诉了晓绫：“只要让那个抢了你少奶奶位置的女人走了，你就能做三少爷的夫人了。晓绫，我知道他们的计划，我有办法让那个女人离开，不过……嘿嘿，你今天晚上得听我的……”

晓绫不作声了，她太想做冯家的少奶奶了。她从了李老幺。

约莫一炷香的工夫后，李老幺从床上下来，系着裤腰带，咂咂嘴道：“嘿嘿，还是个黄花大闺女，够劲。哎呀，我的三少爷啊，放着这么个大美人在身边却不知道享用，着实可惜了哟……”

又对晓绫道：“我的美人啊，等我的消息，我李老幺说过的话绝不会反悔。”

李老幺说罢，心满意足地哼着小曲，掀开窗户，翻上屋顶，跳墙离开了。

一行人行进在大山中，李老幺瞟着坐在旁边的晓绫，闲着的左手一直在晓绫的腰上游动着，不时掐上一下。

因为冯洄远在车里，晓绫也不好发作，只得一肚子气忍着。

李老幺赶着马车进了城里。县城的道路被前来赶庙会的人挤了个水泄不通，街道两边都是各地商贩摆起的摊点，各种吃食玩具摆了个琳琅满目。

冯洄远道：“城里如此拥挤，坐车倒还没有走路快哩，不如我们下车步行吧，也能看看街边的热闹。”

于是冯洄远命令停了车，让晓绫在车里等候，吩咐李老幺找了点草料喂饱马。冯洄远和殷子钰两人便往街市那边的三清观进香去了。

看二人渐渐走远，李老幺往地上啐了一口唾沫，撣撣手坐到了车沿上，掀开车帘，一猫腰钻了进去。

晓绫乜斜了一眼，扭过头去没有理他。

李老幺涎笑道：“怎么了，这些天没陪我的大美人睡觉，让我的大美人生气了？”说着，凑上前去，从背后抱住了晓绫的胸口，沿着脖颈亲了起来。

晓绫厌恶地把他推开，瞪着眼睛道：“李老幺，你这个二流子，当初你怎么答应我的，你说啊！”

李老幺松开了胳膊，笑嘻嘻地说道：“这个我自有主张，今天我就能让那个女人离开。你看，这不是出了冯家大院了吗？出了冯家的门，我就能让那个女人离开。”

“你……说话当真？”晓绫半信半疑。

李老幺拍着胸脯：“事成就在今天！”

见晓绫脸上露出了一丝欣喜，李老幺又凑上前去在晓绫的腿上捏了一把，道：“我的美人哟，做梦都想再跟你睡一觉，要不以后就只能眼巴巴地看着咯。”一边说着，一边手忙脚乱地解开了晓绫的衣扣。

冯洄远和殷子钰从三清观回来的时候，李老幺已经站在马车前等候了。两人把在集市上买来的东西放在车上，冯洄远见街边有一家新开的铅印书店，走过去看，殷子钰便坐在了车上等着。

李老幺寻思着，踱到车帘边上，装作若无其事的样子道：“少奶奶，嗯……冯府的日子，您还过得习惯吧？”

“哼，出来转转还好，进了冯家的大门我就憋得慌。”殷子钰没好气地说。

“小的斗胆，少奶奶能不能借一步说话？小的有要紧的事说。”

殷子钰撩起车帘，下了马车，随李老幺走到了三五步外。

“其实，像少奶奶这样在外面读过书，又有主见，整日关在那个老宅子里确实委屈了。少奶奶，小的说句该死的话，冯家……其实不适合您的，您应该更加自在一些更好。”李老幺试探地说着，一边用眼角偷偷观察殷子钰的神情。

见殷子钰不语，李老幺接着道：“少奶奶，今天时机难得，以后一旦老爷看得紧了可就难出来了。小的愿意帮少奶奶离开歙县。”

殷子钰问：“谢谢李大哥的好意。不过，我们素昧平生，李大哥怎么突然想得起来要这么帮我？”

“小的虽是冯府的下人，但是向来敬重少奶奶的为人，也佩服少奶奶明白事理，绝非一般的妇人，连冯家的小姐太太也没有您见识得多。那一回您智退强匪，救了冯府上下，小的们那是一个敬佩！只怪我们家老爷有眼不识泰山，眼里总看您不顺，处处跟少奶奶为难，我们做下人的也很为您抱不平，只可惜我们也是敢怒不敢言。”李老幺话语一转，倒还真像模像样说出了几句。

李老幺继续说道：“少奶奶，您若信得过小的，小的今日就助您离开这地方。少奶奶以后还能记得小的，我李老幺从此也心满意足了。”

殷子钰本就想快些离开冯府，听李老幺义正词严地讲了这么一番话，也就同意了。两人约好，出了城后寻找机会逃走。

等到冯洄远从书店回来，殷子钰在车上把出逃的计划原原本本告诉了他。冯洄远虽说心中是万分的舍不得，但也非常无奈，毕竟当初成婚也是两人约好的缓兵之计，如今终于有了机会，不舍也得舍了。

车子不紧不慢地驶出了县城，沿着山路前行。忽然，马车拐了几个岔道，变了方向直向休宁县而去。

就在这时，忽然车子后面响起了一阵马蹄声，冯洄远微微探出头向后一看，只见三匹马一溜烟地紧跟了上来。冯洄远认得，来人都是冯府的家丁。

原来，冯洄远和殷子钰出了冯府不久，冯惟礼突然担心起来，他左思右想，终究放心不下，他害怕殷子钰心里还是不安分，想要借机逃跑，小儿子又生性懦弱，只怕是看不住自己的老婆，要是真让刚过门的媳妇跑了，这丢的就不是冯洄远的脸，丢的可就是整个冯府的大脸了。外患刚结，再来内忧，冯家吃不消这个。

其实冯惟礼对两人的婚事一直都是放心不下的，这两人只隔了一夜便突然同意成婚了，刚开始他只顾高兴，后来细细一回味，觉得着实叫人捉摸不透。儿子成亲后的几日，冯惟礼又曾经派了心腹人晚上去了楠阁探访，心腹人回来报告，接连几日，两人从来没有行过房事的迹象，两人总是早早熄灯上床睡了，屋里什么动静都没有，连亲热的声音都不曾听见。这让冯惟礼更加心生疑窦了。所以，待两人前脚走，他便连忙派了家丁远远地跟着，明里叮嘱家丁们暗中保护少爷的安全，实则让他们好生监视这两人的行踪。

冯洄远见状，知道定是父亲派来监视的，料到再这样走下去定然会让事情败露，于是命令李老幺寻一条风景秀丽的山道走去。

李老幺会意，他经常赶车出山，对这一带山中很是熟悉，于是一甩缰绳，拨过马头，车子拐上了一条小道，不多久就走上了另一条山道。这条山道正位于大山的西侧山腰，此时正是黄昏，夕阳已经落到了对面的山头上，仿佛一团萤火闪耀，红得非常可爱，光芒染得群山一片火红。等到家丁们慌慌张张策马飞奔而来，见到的却是冯洄远和殷子钰坐在山道旁的大石头上观赏风景。

家丁们赶紧下马，说是害怕山中有盗匪，一直暗中跟随保护。

冯洄远笑道："子钰没见过山中的景致，我特意带她绕道而行，欣赏一下这日落的美景。"家丁们连连称是。

殷子钰也不理睬旁人，只看着夕阳缓缓落下。天边的云彩慢慢由金色变成了朱红、赤红、橙黄、淡紫，太阳渐渐地藏到了对面大山的后头，无数道斑斓的光芒从天边喷薄开来，群山的轮廓上笼罩了一圈五彩的光环。霞光中，殷子钰的身影显得越发俏丽了。

李老幺出神地看着殷子钰的侧影，一时间竟恍惚了。

不多久，天色渐渐地暗了，众人点上了火把，沿着山道往桂村而去。到了冯府，冯洄远向父亲解释了晚归的缘由，冯惟礼问了家丁，家丁们如实禀报了。老爷子点点头，对此深信不疑，倒也没有责备。

冯家的道场共设了七天，道场结束之后，冯惟礼把沈九文请进家中，重金酬谢了一番。午饭后，冯惟礼请来沈九文去书房喝茶，顺便就把冯洄远和殷子钰成婚的事告诉了沈九文："沈先生，也怪老朽一时疏忽，成亲之前竟忘了请先生看八字，是老朽大意了啊……"说罢，递给了沈九文一张写着冯洄远和殷子钰生辰八字的纸，道："先生可否帮老朽一看？"

沈九文寻思，冯家老爷素来讲究这些，这么大的事不可能会疏忽的，肯定另有原委不便透露，便不多问，接过了纸。

沈九文掐了掐手指，沉吟片刻，叹了口气，道：“这八字……相克呀……”

冯惟礼端着茶盏，半晌没有出声，他寻思着，定是这殷子钰给冯家带来了横祸，坏了祖上的风水，才引来了这血光之灾。

冯惟礼认定了殷子钰是冯家的灾星，牢牢记住了沈九文的话，欲除之而后快。

这天夜里，李老幺又偷偷去了晓绫的住处，他发现，晓绫现在在床上对他主动多了，今天还偷偷用腿钩住了他的腰。“哼，平日里摆出一副大家闺秀的样子，脱了衣服还不一样是骚的。”李老幺乐滋滋地想。

想过了晓绫，李老幺忽然开始想三少奶奶了。少奶奶可比那个小丫鬟好看多了，李老幺觉得，就是整个徽州也找不到比三少奶奶再好看的女人了。李老幺决定了，要帮殷子钰离开冯府，不，他要和殷子钰一起离开冯府。他相信，如果自己真的帮着离开了，殷子钰一定会感激自己。李老幺油然而生一股英雄之气。

李老幺偷偷找到了殷子钰，约好了两日后元宵节的晚上逃出冯府。

这一次出逃的计划殷子钰没有告诉冯洄远，倒不是她不相信冯洄远，而是她不想让冯洄远有所牵连。殷子钰知道，她可以离开冯家，但是冯洄远不会走，如果拖累了冯洄远，老太爷那一关是不好过的，弄不好又会受到责罚。

殷子钰不动声色地收拾好了行囊。正月十五那天，冯府上下摆了酒宴，并邀来了众乡邻齐聚府中畅饮。冯惟礼说这是用喜酒来冲一冲晦气。

酒席开始不多久，殷子钰便推说身体不适，离开了前厅，冯洄远和冯家的宾客们依然在席间吃酒谈笑着。殷子钰回到房内，不一会儿，门外传来了两长两短四声咳嗽，这是李老幺定好的暗号。随即，殷子钰提着包袱打开了门。冯家的仆人丫鬟们都去了前厅招呼宾客，李老幺熟悉冯府的地形，借着夜色七拐八绕躲过了来往的巡夜家丁，不多时便到了后院门边。

出了门就是李老幺的马厩，他掏出钥匙开了锁，推开门张望了一下，将殷子钰扶过门，再小心翼翼地把门合上。

李老幺带着几分得意，指着马厩中的马说道：“少奶奶，这里就是我的地盘了。冯家的好马您随便挑。”

李老幺说着，牵出了一匹黄棕色的马，套上了鞍子辔头，扶着殷子钰上马。李老幺终究心术不正，右手一扶到殷子钰的腰，心里就开始乱了念头，竟一下子将殷子钰抱了起来。殷子钰欲推开，李老幺双臂已经紧紧箍在了腰间，一时间动弹不得。

殷子钰不敢高声叫喊，压低声音道：“放肆！快松手！”

李老幺见殷子钰不敢发出声响，大了胆子，道：“三少奶奶，小的该死。不过，小的冒死帮少奶奶逃离冯家，只求少奶奶今晚能成全小的，做得一夜夫妻……”一边说着，一边就亲了上去。

殷子钰用力抽出右手，死死抵住李老幺的脖子，但是人被抱着，双脚腾空使不上劲，被李老幺压倒在了马厩旁的草堆上。

李老幺只觉得胸口压着了一团软绵绵的东西，伴随着身下女人的挣扎与呼吸急促地起伏着。他兴奋了：“少奶奶，今晚你从了我，我李老幺拼了性命也能让你出得冯家。要不然，你休想跨出冯家大门，冯家的人，除了我没有人肯帮你的。”说着，腾出手来就要撕扯殷子钰的衣服。

殷子钰心中又羞又恼，用足了力气一甩手，一个巴掌重重地砸在了李老幺的腮帮子上，响亮的声音把边上的大黄马惊得连退了几步，李老幺的左半边脸忽地肿了起来。殷子钰又一屈腿，膝盖猛地磕在李老幺的裆部，一阵剧痛让李老幺滚在了一边，脸憋得发紫，张大了嘴巴愣是没敢叫出声音。

李老幺还贼心不改，道：“少奶奶够狠！我李老幺再问你一次，你今晚是依不依我？少奶奶若依了我，我还是能助你，这大山里的路弯弯绕绕，没有我李老幺带路，少奶奶你出得了冯府，出不了这大山……”

殷子钰站起身，整理了衣服，镇定地说道：“反了你这个奴才，在冯府里面伺候马的，狗一样的贱人，你就不怕冯家老爷要了你的命！”

李老幺恼羞成怒，蹲在地上咬着牙道："说得好！你敢去告诉老爷子，你跟我一样没有好果子吃！"

殷子钰不再理睬，提起包袱推开后院的大门走回了院子。

李老幺哆嗦着站了起来，捂着下身，咬牙切齿地说："又想做婊子，又想立牌坊，装什么清白！注定你一辈子出不了冯家的门，守你的贞节牌坊去吧。"

殷子钰小心翼翼按着原路回到楠阁，将包袱重新打理藏好，她决定自己寻找办法离开这里。过了不到半个时辰，冯洄远回来了，面颊泛着红光，微微有了些醉意。殷子钰并没有把今天的事情告诉他，只倒了茶水让冯洄远喝了，然后扶着他躺在床上睡去了。

冯洄远闭上了眼睛，却一直抓着殷子钰的手。殷子钰看着他紧闭的双眼，忽然感觉到，冯洄远的手心里沁出了汗珠，她轻轻地把手抽回，吹灭了桌上的蜡烛，放下了床头的挂帐，解开自己的衣扣，躺在了冯洄远的身边。

殷子钰知道，身边的这个男人是爱自己的，他是真的顾及自己的感受。从她被软禁在了冯府，冯洄远就一直在努力护卫着她。冯洄远畏惧父亲，是天性使然，他已经为自己牺牲了许多。

成婚以来，殷子钰从未和丈夫同床而眠，冯洄远也总是尊重着她的选择。她忽然觉得，自己让这个男人受了太多的委屈。

他是我的丈夫。殷子钰在心里默默地说。她靠在冯洄远身边，小心翼翼解开了丈夫的衣衫，轻轻吻着丈夫的胸口。

冯洄远翻过身，抱住了自己的妻子。

窗外，冯府大院里无数花灯闪着忽明忽暗的光亮，不时有年少的仆人提着自己扎的花灯嬉笑着走过。圆圆的月亮倒映在院内宁静的水池中，如同一颗明亮的夜明珠，安静地伏在水底，衍射着温婉的光环。高大的老槐树在明亮的月光下温和地摇摆着树枝，青条石铺就的小院里，洒了一地如雪的月光和婆娑的树影。

## 九

早春时节，阳光已经比腊月里充沛了许多，一些生命力强盛的野草也勇敢地直起了腰，吮吸着泥土中冰凉的雪水渐渐饱满了面庞，一点一点换上了绿装。鸟儿在阳光下飞上几圈，晒晒湿冷的羽毛，精神抖擞地拍打着翅膀站立在光秃秃的枝头上，呼朋唤友地歌唱着。

桂村的农人们已经乘着春意赤足下田去了。荒了一个冬天的田垄上，被冰雪冻得坚硬的泥土在锄头的敲击下变得疏松而柔软，河中的细流在田野间缓缓流淌，湿润了泥土的缝隙处偷偷长出了野花。

空气中，依然夹着丝丝的料峭寒意，一阵穿堂风吹过，经过院中的人们都禁不住一缩脖子，陡然打了一个寒噤。

这天下午，冯氏书院的老先生孙崇熹拄着拐杖走进了冯府。

孙崇熹长了冯惟礼十岁之多，是咸丰年间的进士，在徽州府上做过幕僚，饱读诗书，写得一手好字，在歙县地界上颇有名望。年迈还乡以后，冯惟礼花重金请来孙崇熹掌管冯氏书院，教乡间小童识字读书。冯家上下对孙老先生很是敬重，冯家有四座牌坊的抱柱都是孙老先生所撰写。

冯惟礼连忙来到正厅迎接，命令仆人取出新采摘炒制的牙尖，盛在紫砂壶中以微火细煮。不一刻，仆人端上清茗，茶香飘逸。

冯惟礼亲自起身，为孙老先生扶盏倒茶。

两人品了一会儿新采下的春茶，寒暄了一阵。

孙崇熹放下茶盏道："老朽这些年下来，真切觉得身子骨是一日不如一日了啊。今年这个冬天能熬得过来，怕也是亏了老天的造化了啊。冯先生，勿怪老朽今日唐突造访，这书院里的事老朽确是越发觉得力不从心，惭愧惭愧啊。老朽恳请辞去书院的事，只想回家中读书习字、休养余生。望冯先生多多海涵。"

"孙老先生言重了，我冯家能请到孙先生讲学是我冯惟礼的荣幸，我冯氏书院因为孙先生而蓬荜生辉啊。"冯惟礼客气地说，"孙先生年迈，身体不适，怪我冯惟礼照顾不周。只想恳请孙先生能继续留在书院，讲学一事另请他人代劳亦可啊。”

孙崇熹笑了笑，依然要求离开。冯惟礼几次挽留不住，只得应允了。

孙崇熹道：“冯先生，我有一个年轻弟子，叫作范月荣。年轻有为，饱读诗书，仪表堂堂。虽是一个后生，不过而立之年，却曾在安庆府做过书吏，写得一纸漂亮文章，后来又去了江浙，见多识广。老朽和他一比，也感觉自愧不如啊。”

“孙先生的弟子，那定是人中的奇才嘛。”冯惟礼笑着道。

“所以，我已经给了他写了一封书信，请他代替我做贵府书院的先生。他也同意了，不日将前来贵府。冯先生，还请您原谅老朽未曾请示就先斩后奏了啊。”

“哪里哪里，孙老先生推举的定是万中挑一的难得的人才。着实让老先生费心了，冯某真是感激不尽啊。”

冯惟礼又执意留孙崇熹喝了一会儿茶，聊了聊书院的情况。见太阳渐渐地偏西了，孙崇熹便告辞离开了。

冯家这几日倒也太平。冯惟礼为了防范盗匪，专门派人去了安庆，贿赂督军府，购买了十几条洋枪和几箱弹药，交给护院武师，日夜严加巡视。陈耀麒的人马看到冯家防范严密，竟也无从下手。亏了金彪熟悉这山里的情况，时常带着盗匪在附近其他比较大的庄子里劫上一两回，勉强度日。

歙县的地界上出了匪患，县长卢卫胜很是头疼，命令县里官营带兵搜山，偶尔碰到了陈耀麒的人马，一交上火，反倒常常损兵折将。

山中的盗匪的势力在悄悄壮大着。

陈耀麒的眼睛依然盯着冯府，这一块肥肉他是决意要吞食的。

山间的迎春花开放时，孙崇熹的年轻弟子范月荣来到了桂村。

冯惟礼来到正厅迎接，只见厅前站着一个仪表堂堂的年轻男子，浓眉大眼，皮肤白皙，鼻梁上架着一副金丝圆框眼镜，一身淡灰色的中装更显出了几分清秀和儒雅。冯惟礼很是欢喜，笑道："孙老先生的弟子果真不同凡响，气质超群，卓尔不凡啊。"

随即，冯惟礼让仆人带着范月荣去房中稍事休息。当天晚上便在家中摆下了宴席，为新来的先生接风洗尘。

歇了两日，范月荣便去了书院，为乡间的孩子授课讲学了。

头几日，冯惟礼常去书院，听范月荣讲课。年轻人声音洪亮，说话吐字比孙老先生清晰多了，冯惟礼很是满意，一和别人提到新来的范先生，他就赞不绝口。

然而，范月荣给冯老太爷留下的好印象，不多久就渐渐消散了。

范月荣是在外面闯荡过的，他读过西洋的书，还给英国商人做过翻译，只因现在外面兵荒马乱，他便想寻一处安定的地方躲躲战乱。正好在安庆遇上了老师孙崇熹，就应了老师的嘱托来到了歙县冯府。

范月荣是带着一箱书来到冯氏书院的。

冯氏书院几十年来除了《三字经》就是《千字文》，年龄大一些的就读《论语》，如果是冯家的孩子，就多读一本《冯氏祖训》。这个规矩是冯惟礼开办这个书院的时候定下的，几十年过去了，从来没有变过。

村里的少年听说来了一个新的先生，都感到好奇，见到范月荣穿的不是长衫，更加觉得新鲜了。一时间，书院里来上课的人多了不少。

范月荣讲了几天《三字经》，感觉甚是乏味。一日下午，他带着一摞评述"三民主义"的报纸进了书院。书院中除了小童，还有不少十多岁的少年也在读书，范月荣便就着报纸讲起了外面的事情。学生们觉得很是新鲜，听得甚欢。

连着几日，范月荣都在从自己那一大箱子书里边挑一些在书院里讲，他讲章太炎，讲陈天华，讲南京政府新颁布的各种法令，也讲到了桂村风俗中的种种不合时宜之处。学生们在散学后都在议论着这位新来的先生，尤其是十几岁的少年们，学到了这些新鲜的东西，回家以后都卖弄似的说给大人们听。范月荣撤掉了书院里孔圣人的牌位，在墙上挂上了孙中山的画像。学生上课时也不用跪拜先生了，而是师生相互鞠躬问好。

桂村从来没有听说过这些事情，更没见过读书人不拜孔圣人的。于是桂村的老人们纷纷摇头了：“不像话，几百年的老规矩了，怎么能让这么一个外边的年轻小子随随便便说三道四呢……冯老爷怎么请来了这么一个不识规矩的先生啊……”

冯惟礼心里也清楚，外面的世道变了，先生讲课变了就变了吧。既然范月荣是孙崇熹推荐来的，他多少得给孙老先生一些面子的，尽管肚子里很是有些恼火，但也就睁一只眼闭一只眼，随他去了。

不久，范月荣做了一件更让冯惟礼恼火的事——这个年轻的先生居然收起了女弟子。

桂村的少年爱听范月荣讲书，他们不再把读书当作烦闷的事了，他们觉得范先生讲的东西新奇有趣，连一些大姑娘也按捺不住好奇，偷偷跑去听课。范月荣便收了她们做了弟子。

上课时，少年们看到几个大姑娘坐在后面，不禁议论纷纷。

范月荣笑道：“读书学习本就不该分男女，大家同在一处生活尚可，同在一间学堂内读书又有什么不可呢？天为穹庐，地为毯榻，凡是在这天地间生活的人其实都是同处一室。在外面，同在一起听课学习的就叫作同学。所以，你们之间应该以同学相称。”

桂村的老人们吓坏了，他们路过冯家的牌坊大道就指指点点，说冯家的牌坊怕是再也竖不起来了。一些话传到了冯惟礼的耳中，他终于坐不住了。如果仅仅是他范月荣的事，冯惟礼可以不管，可现在人们议论的是冯家，冯惟礼觉得脸面挂不住了。

他找到了范月荣，要范月荣辞退所有的女弟子。范月荣却取出了《临时约法》，指着男女平等的条款和冯惟礼据理力争。冯惟礼碍于孙崇熹的情面，呵斥了几句就离开了。他没有辞退范月荣，只是他不再给书院银子了，他要让这个不知天高地厚、不知祖宗礼法的小子自己乖乖地滚蛋。

范月荣倒不在乎这点银子，他自己开辟了一块菜地，闲时种了点菜，学生们也时常送来一些米面。日子过得也蛮优哉。

尽管老人们视范月荣为洪水猛兽，但桂村的少年们却都喜欢这个年轻的先生。来听课的人越来越多，甚至一些年长者也被吸引了过来。

冯惟礼没有想到的是，范月荣居然得寸进尺，把冯家的人也带坏了。

这个被范月荣带坏了的冯家的人，就是殷子钰。

其实，冯惟礼知道，这个殷子钰一直就是不安分的，她是冯府里面唯一一个蔑视礼法的人。冯惟礼一直在找机会除掉这个女人。只不过这些天殷子钰不再多说话，对冯惟礼也是尽量少见，老爷子虽说心里不喜欢倒也找不出什么碴子。但是，冯惟礼认定了，这个女人迟早是冯家的祸害。

殷子钰也听说了这个不一样的年轻先生，而且，这个先生敢和冯家的老爷争辩。她很想见见这个人。

在冯家时间久了，冯惟礼对这个儿媳妇也没有了太多的戒备，他的牌坊就只剩下最后两座了，只要这个女人在冯家，他的牌坊就有了盼头。所以，殷子钰也渐渐能走出冯家的大门了，只是这大山深处，她还真不知道怎么走出去，也就一时半会儿只能这么待着，慢慢寻找离开的机会。

殷子钰去冯氏书院的时候，范月荣正在讲解世界地理。他在讲台挂着一幅暗黄色的世界地图，向学生们讲着海洋、山川的分布。

范月荣指着一道灰色的线条道：“这就是长江，一路下去直通向海洋。”又指着长江下面的一个小点道：“你们看，这里就是徽州。我们歙县嘛，小得都看不到了……”

下面的学生都一齐笑了起来。

范月荣接着道：“所以，你们应该有志向走出去看一看，和这大山里相比，外面就是另一个世界了。中国古代有个旅行家，叫作徐霞客，他从长江下游一直走到了金沙江，他还用了三十多年的时间踏遍了全国的秀丽河山……”

范月荣故意夸张地说着，学生们听得入了神。

殷子钰站在学堂最后的窗户外，看着这个身穿白色西服的年轻的范先生。范月荣兴高采烈地讲着，不时扶一下鼻梁上的镜框，倒还真有点像西式学堂里的教师的模样。

范月荣掏出怀表，看了看，道："中午了，课就上到这里吧。"说罢，收好表，对着学生们一鞠躬。学生也一齐站起鞠躬，随后鱼贯出了课堂。

殷子钰在后面看着，觉得很好笑：这个年轻人居然能把这些山野村夫都给教化成文明人了，还真有点现代学堂的模样。

等了片刻，见学生都走完了，殷子钰便走进了学堂。

范月荣一抬头，见一个身着旗袍的年轻女子走近自己，这女子相貌端庄清秀，身上透露着一股雅致的气息，心料定是大户人家的小姐。于是，稍稍一欠身，笑着道："敢问这位小姐是……"

殷子钰并不立刻作答，装作漫不经心的样子望了望挂在墙上的地图，又盯着范月荣上下打量了一阵，道："您就是大家都在议论的范先生？"

"范某不才，斗胆在这里卖弄点学问，实在叫小姐笑话了。"范月荣道。

"我听范先生讲课，觉得先生是学贯古今，通晓中外啊。不过，范先生能在冯家的书院里讲这些科学的知识，着实不简单啊。"

"难得小姐也知道'科学'二字，范某实在佩服。如果范某没有猜错的话，您应该就是冯府的三少奶奶吧？"范月荣的话中透着几分肯定。

"范先生说对了。小女子正是殷子钰。"

"自从范某来到此地，就听说了三少奶奶的英名，桂村的乡邻对三少奶奶佩服有加啊。"

殷子钰莞尔一笑，道："范先生过奖了吧。我殷子钰在这里怕是叫不少人看不顺眼的，哪来的什么佩服有加啊，怕是范先生的溢美之词吧。"

范月荣来到冯府不久，确也听说了这么一个三少奶奶，是冯家的三少爷从外面娶回来的女人，读过外面的书。这个女人还智退了盗匪，救了冯府上下的性命。不过，不少老人都说，冯家的这个少奶奶是不守礼法的，女人应该有个女人的样子，她居然读过洋人的书，那些书里全是些不规矩的东西。老人们说："这会坏了桂村的风水的。"

范月荣放声一笑，道："少奶奶，范某跟少奶奶一样，读过外面的书，学的也尽是些'不规矩'的东西。怕是在你们冯老爷看来，范某也是不顺眼的吧。”

两人闲聊了一阵，都觉得很是投机。

从这以后，殷子钰便常常去范月荣的学堂，有时候坐在后面听他讲上一会儿，有时候便去他的书房看看书。殷子钰越来越觉得，在范月荣的学堂里，她能够找回曾经在学校里读书的感觉，而范月荣，在讲课时像一个学识渊博的老师，在书房和自己交谈时则像一个热情开朗的同学。

晚上躺在床上，看着身边熟睡的冯洄远，殷子钰忽然想，自己身边的这个男人如果是范月荣，那他会对自己动心吗？

殷子钰想离开冯家，但却不想离开徽州了。

不久，范月荣向冯惟礼提出了辞呈，离开了冯氏书院。他知道，在冯氏书院教书，终究还得听冯家人的话，现在冯家的老爷是看在自己的老师的面子上没有说什么，但是脸色总归是不好看的。所以，他决定搬出了书院。范月荣自己在桂村开办了一所学校，名叫“民主科学学校”，从此，范先生就叫作“范校长”了。原先的少年们也都离开了冯氏书院，跟着范月荣到了他的学校读书了。

范月荣也渐渐了解了一些歙县的习俗，于是他也入乡随俗地讲一些桂村人能够接受的东西，并且专门设了女子课堂，男女学生分开来授课，老人们便也不那么反感他了。

范月荣的学校成了歙县第一个收女学生的学校，殷子钰学过医药，就在课堂上教起了西医病理，成了歙县第一个女先生。

殷子钰每天都去学校授课，回家后就将自己以前学的知识做成笔记，忙得不亦乐乎。

范月荣有时候会去一趟徽州，托外面的朋友带一些医药学方面的书回来，殷子钰看到这些书更是非常欢喜。

看到妻子难得开心了许多，冯洄远也觉得轻松了不少。但是，妻子几乎把全部心思放在了学校上，每天都和范月荣在一起，这让冯洄远心中油生了几分醋意。他明白，殷子钰和自己在一起也是无奈之举，所以，纵有再多的不快他也不便说出口。

冯惟礼也感觉到儿媳妇越来越出格了，但他现在没有太多心思放在家事上，他正在盘算着怎么从周昌年手中把失掉的醉云楼给夺回来。

冯家的产业虽大，但是这兵荒马乱的年月里靠做茶叶生意赚钱是越来越难了，几十张嘴等着他冯惟礼养活，每个月的账目都让冯贺心惊肉跳。冯贺不止一次提醒老爷子，再这样下去，冯府要么裁减奴仆，要么就得靠变卖田产过活了。

冯家是注重脸面的，大规模裁减奴仆的事冯惟礼做不出来，村人一旦议论起来，他可真没脸出门了，而变卖田产则更是割他的肉，何况田产是冯家祖产，对不起祖宗的事他是万万不会做的。醉云楼是周昌年趁火打劫强抢去的，还闹出了冯家的人命，这件事情上其实可以好好做些文章的。冯惟礼开始琢磨起来了。

周昌年突然去了安庆，三四个月以来没了踪影，音讯全无了，周家的昌福行全由管家周全在打理。冯惟礼一直暗中观察周家的动向，趁着周家群龙无首的时候，他一定要把属于自己的东西全部要回来。

周昌年离开了歙县，昌福行的生意就冷清多了，周全苦心经营着，维持着一家的生活，也着实亏了从冯家夺来的醉云楼，周家里里外外的开销还能凑合维持着。周全逢人就夸周昌年的眼光独到。

冯惟礼琢磨着，要想让周家真正趴下去，还得从周家的老本行上打主意。

冯惟礼派冯贺去了徽州的大通钱庄，以“冯氏竹业”为名注册了一家公司，然后以重金贿赂了钱庄的掌柜，开具了一张署名为“冯家竹业”的汇票，欲购昌福行的上等条砖，交易总额达五万银圆。票据上均有冯惟礼的亲笔签名。

昌福行接到了大通钱庄的票据，喜出望外。五万大洋的买卖对于周家来说不是一笔小数目了，周全料是冯府又要大兴土木，连忙命令伙计到江西进货。周家忙碌了半个月，终于备齐了货物，并安排仆人送往桂村冯府。十几大车条砖沿着山路费尽了周折才到冯府，冯惟礼接到票据后道：“这开户公司并非本府，你们弄错了吧。本府的公司叫‘冯氏竹业’，这票据上明明写的是‘冯家竹业’，不是一家店嘛。”说罢，闭门不见。周家的仆人无奈，只得暂且把车子留在桂村，赶紧回去禀报周全。

周全一听，大惊失色，亲自去了大通钱庄，钱庄也承认确是票据开具的时候出了疏漏。因收了冯家的不少银子，钱庄便道：“按照惯例，均应由接票人核对票面内容。”拒不赔偿。周全只觉得五雷轰顶，失魂落魄地回到了昌福行。江西货商已经派人上门催款了，周全一下子不知所措，只能先用好话把债主稳住。

这江西的商人也收了冯家的银子，冯惟礼只要江西商人做一件事，就是天天逼债，他要的就是一鼓作气，不能给周家半点喘息的机会。

周家能做的只能变卖家产，而歙县能够出得起大价钱的也只有冯家了。

冯惟礼并不出面，只把事情交代给了冯贺去打理。冯贺也不含糊，只一个劲儿压价，最终以一万银圆的低价赎回了城中的醉云楼，并且强迫周全撕毁了冯家欠下的全部债务。周全又说服了周昌年的老婆，卖掉了郊外的房产，才勉强还上了江西商人的债务。至于那十几车条砖，冯惟礼联合了歙县附近的其他几家砖木商人一齐压价，昌福行一下子寻不到买家，三万多银圆本钱的条砖仅以两万银圆盘了出去。而冯家则以中间人的身份白得了一整车上等的砖石。

昌福行终于一蹶不振了，店铺大门紧闭，偶尔开启一两扇也是为了搬东西出去卖掉。悬挂在门头的镏金大匾也失去了往日的光亮，覆上了厚厚的尘土，显得十分落拓，灰蒙蒙地蜷缩在城里最繁华的一角。

不久，周家卖空了店中的全部家当后，把门面也盘出了手，终于还掉了债务。

周全仔细回想了事情的全部过程，终于明白了是冯惟礼设下的圈套，他又气又恼，连夜离开了歙县。

代理的掌柜走了，昌福行顿时人心大乱，不少伙计纷纷讨要工钱，另谋饭碗去了。

周昌年的老婆从来没有主持过家事，周全一走，家中的账务便乱成了一团。变卖了全部家产后，哭哭啼啼搬出了县城，回到乡下娘家去了。

歙县城里煊赫一时的昌福行就这样在半个月内垮掉了。

冯惟礼有了极大的满足感，在心中积压了半年之久的怨恨终于发了出来。他把那一车条砖运往了冯家的牌坊群，在路上修了一段平整的台阶。从此，周家的最后一车条砖将永远被冯家人踩在脚下了。

## 十

冯家的崇节堂出事了。

看守崇节堂的老妈子慌慌张张地跑来报告，崇节堂里闹鬼了，是一个身材高大的赤面鬼，身上披着一块黑色的布，从树上飘进院内，忽闪几下就不见了。

几个老妈子惊慌失措地说："怕是崇节堂里没有男人，阴气太重，引来了乡间孤魂野鬼作祟。"说罢，恳请老爷去请法术高深之人驱鬼。

站在旁边的仆人们听了一脸惊愕。

这崇节堂外面看起来是庄严气派，进了正门是一个大院子，正对着前厅，院子正中有一座高台，上面雕有凤舞九天，四周是细砖砌成的水渠，渠壁上刻着水草、游鱼，水面摇曳时显得活灵活现。前厅气势恢宏，门前的木柱是用两棵整楠木主干做成，里面供奉着已逝的冯家女人的牌位。过了前厅是一排厢房，住的是看守崇节堂的一群老妈子。再往里，走过一条甬道，有一扇生了锈的铁门，门上的大锁常年锁着。只在门上又多开了一扇小窗，用来往里面端茶递水。这扇铁门的后面，便是冯家的寡妇们生活的地方。

这扇铁门是终年不开的，除非里面有寡妇归天了，才会在入殓的时候打开来。那个时候，外面的穿堂风才会伴着灵魂的呜咽呼啸而过，卷进一丝人间的气息。

这后面的院子和外院比起来就显得非常狭小了，为了防止有歹人翻进院内坏了冯家女人的贞洁，里院四周的围墙修了有三丈之高。别说一般人了，就连阳光也难得照得进来，人在里面向上看，就好像坐在井底一样。

这最里面的院子又被高墙分隔成了十几个宅子，冯家的寡妇就只能在自己的那个小宅子里生活。因为常年照射不到太阳，墙壁上总是能渗出一颗颗水珠，墙角和石板地面上都爬满了青苔，一片浓密的墨绿色，隐隐约约散发出陈年的霉味。

女人们的脸都是一样的苍白，白得看不到一点笑容。

冯惟礼从来没有踏进过崇节堂一步，入了堂的女人也不准出门一步，就连跟着进去伺候的丫鬟也必须等到主子过世了才能出来，这是冯家的规矩：崇节堂里不能进男人，崇节堂的女人必须守一辈子的清白。这里的女人们吃的、用的，都由老妈子们负责，在这里看守的老妈子每个月都会私自扣掉一半以上冯家派发来的银子，所以，里院的女人们每天只用餐两次，饭菜也是简单而清淡的，至于家什用具，也是常年难得换一次的。哪个寡妇若是有怨言，那就饿她两日不吃饭，看谁还敢多话。老妈子们就是这样看守当初的太太们的，她们不说，外边就没有人知道里面的情形。

如果说这里还有人的脸上有一丝红润的颜色，那就只能在林丽瑶那里看得到了。

每当夜幕一点一点逼近，坐在渐渐暗下来的院落里的老妈子们就开始议论了，她们都说这个女人心里还怀着春梦，要不怎么脸上还带着艳艳的红呢？而当新来的老妈子惊恐地看到一个黑袍鬼怪从林丽瑶的门前蹿上了墙头，又飘飘悠悠乘风而去，她们更相信了，这个美丽的女人是被野鬼迷住了。

老妈子们战战兢兢地把看到的情形跟冯惟礼描述了一遍，虽说得七嘴八舌，倒也绘声绘色。她们还特别提到了林丽瑶的情形，都道二少奶奶怕是被恶鬼附了体了。

几个老妈子还想再说什么，被冯惟礼一声怒喝吓得都不敢开口了。冯贺见状，摆摆手，叫仆人们把老妈子们都带了出去。

冯惟礼疑惑了，难道祖宗不再护着自家的祠堂了？

等众仆人和老妈子们都走远了，冯惟礼对冯贺道：“不管是人是鬼，这事说出来终究是丢人的，崇节堂的清白是不能丢的。”

冯贺寻思了会儿道：“老爷，崇节堂与宗祠隔水相对，当初沈先生就说这是一处吉地，魑魅魍魉唯恐避之不及。依老奴看，闹的不是鬼，是人。”

屋子里猛然一阵长久的沉寂。

冯惟礼最担心的便是这样的猜测，冯贺这么一说，老头子坐不住了，拄着拐杖焦躁地踱着步子。过了一会儿，冯惟礼道："就算是人，也要当作鬼来捉。这几日夜里，你带可靠的家丁藏在崇节堂附近，都化装成道人的模样，若有人问，就说是我从齐云山请的道人，前来作法驱鬼，乡人定然不疑作祟的是人。若发现有'鬼'出现，小心捉住，切莫声张，赶紧带回来见我。"

冯惟礼又和冯贺仔细商讨了一切事宜，确信万无一失了，冯贺便去小心准备了。隔了两日，冯贺仔细挑选了十几个精干的家丁便带着棍棒绳索悄悄在崇节堂附近埋伏下了。

"鬼"是在第二日夜里出现的。

早春的夜晚寒意甚浓，草木的叶片还有微白的霜在缓缓出现，像是初冬的季节里，忽然下了一场不知不觉的小雪。但霜毕竟不是雪，只是若有若无地聚集，人稍微呵出一阵热气，淡淡的霜就悄悄融化了。幽幽的月光下，不知道从哪个山坳里生出的雾气正缓缓地从远处飘来，忽轻忽厚地在空中摇荡着，像一条长长的丝绸带子在风中飘动，层层叠叠的树木就都掩映在雾气中了。眼前的崇节堂露出一座座高高跃起的飞檐，琉璃瓦在月光下闪着细碎的幽暗的光，仿佛一双双怪兽的眼睛。

约莫过了酉时，远远一件黑袍驾着雾气飘忽而至，黑袍忽而快步前行，忽而又跳跃着飞起，月光在袍子上隐隐绰绰地闪耀着，散发出诡异的幽光。

一个家丁见到，吓得魂不守舍，张口结舌赶紧报告了冯贺。

冯贺定睛一看，低声喝道："混账，那袍子下面有影子，定是歹人扮的鬼唬人，要去我家祠堂偷盗钱财。你们给我看紧了！"

再看那黑袍，悄悄来到祠堂围墙下边，环顾四周后从包袱里抽出了一根绳索，绳索的一端扎着一个弯钩。反射出的银色的光芒在夜晚越发显得明亮。黑袍仰起头，看准了目标，将绳索朝着墙头抛去，连抛了几下，钩子都没有搭住瓦楞。就在这时，树丛后面一声清脆的哨响，十几个人身着道袍手持棍棒包围了上来，一棒把黑袍打翻在地，绑了手脚，堵上了嘴巴，塞进布袋里，扛着回冯府了。

冯贺悄悄来到围墙下，细细看那围墙，墙壁上竟然被凿出了一排坑洼，一溜烟直冲着墙顶上而去，定是做蹬脚用的。冯贺熟悉崇节堂的构造，一看这位置，心里头就有数了，翻过这面墙就是二少奶奶林丽瑶的住处了。他叹了一口气，回府去了。

冯惟礼已经得到了消息，早早在书房里等候了。

冯贺领着两个仆人把麻袋抬进屋里，仆人打开袋子，一个五花大绑的男人跪在地上。仆人扒去了那人身上的黑袍，露出了一张棱角分明的脸。冯惟礼定睛一看，这面庞是熟悉的，再仔细一想，原来这个男人正是当初给冯家砌牌坊、刻砖雕的小石匠罗海川。

冯贺也吃了一惊，赶紧凑到冯惟礼耳边，把刚刚在围墙上看到痕迹的情况报告给了老爷。

这等丑事居然出现在冯家的崇节堂里，冯惟礼怒不可遏，喝退了两个仆人。冯贺将里外门都关严了，摘下了罗海川嘴里的布。冯惟礼道："你这个逆贼，到底在我冯家做了什么好事！"

"回冯老爷，我罗海川做的是善事，是为我心爱的人做的善事。"罗海川镇定地回答。

"逆贼！你辱没了我冯氏崇节堂世代的清白！"冯惟礼声音颤抖了。

"清白？哈哈……"罗海川笑道，"冯老爷，您是真清白啊，崇节堂里是什么样，您知道吗？那里怨声载道，那里欲哭无泪，那里暗无天日，这就是你冯老爷的清白！你冯老爷是在拿别人的痛苦拿别人的命买你自己的清白！"

"混账！住口……"冯惟礼气得满脸通红，一屁股坐在太师椅上，跺着脚叫道。

冯贺连忙上前，拾起地上的碎布，用力塞进了罗海川的嘴里。罗海川也不反抗，任由他摆布。

安静的书房内，冯惟礼和罗海川直直地对视着。

安静。只有孤独的烛火在舞动，跃动的光芒在不大的房间里穿梭着，把人们的影子拉得忽长忽短，变幻出怪异的形状。

冯贺给冯惟礼递上了茶水，又看了看地上的罗海川，道："老爷，事不宜迟，以免被外人知晓，您说怎么处置吧。"

"告诉全府上下，就说那恶鬼已经被法术高强的大师们抓住了。就按灭鬼的习俗，砍掉埋了吧。"冯惟礼接过茶盏，冷冷地说，"至于那日晚上捉住这人的家丁，就夸奖他们捉贼有功，多赏点银子，要他们不许张扬。我们不说出去，哪个能知道谁是贼，谁是鬼。"

第二日，小石匠罗海川被蒙了头脸，戴上了面具，堵住了嘴巴，全身涂上了油彩，贴满了符条。冯家的家丁们将他当作恶鬼绑在了桃木上。冯惟礼派人装模作样地念了一通咒语，用新鲜鸡血泼遍了罗海川全身，然后一刀割断了喉咙。

在围观的众人的惊呼声中，鲜血从古铜色的脖颈处流了出来，溅在脚下了青石板上，一朵一朵绽放开来。古铜色的皮肤渐渐变成了泛灰的白色，失去了光泽。

冯惟礼远远地看着，面无表情地僵硬在那里。

桃木镇邪，罗海川的尸首就埋在了这棵大桃树下。冯惟礼还嘱咐众人，恶鬼邪气难消，不得擅自靠近此地。乡人们自然非常惊恐，深信不疑。

林丽瑶一连几日都坐卧不安。罗海川跟她约好了相见的时日，可却没有再露面过。而约好的那天晚上，她一直在等待，她听到了墙外边的动静，听到了口哨声，然后就是杂乱的打斗。她担心罗海川会出事。

二少奶奶的脸色不再那么红润了，终于变得和别的寡妇一样苍白了。少奶奶不被鬼缠了，终于像个人样了，老妈子们这才放心了，都说冯老爷请来的道人法术高，降了妖魔，救了崇节堂。

冯家捉到恶鬼的事情崇节堂里的寡妇们也都慢慢听说了，林丽瑶更担心罗海川的安全了。几天以后，一个老妈子送来午饭，林丽瑶便随口跟她聊了几句，装作好奇地问了捉鬼的事，老妈子直直地看着她，讪讪地笑着，道："少奶奶，那鬼已经被老爷请来的法师给砍了，淋了鸡血，埋在了西山的大桃树下面，怕是永世不得超生了哦……"

老妈子把饭食搁在了门洞处，颤颤巍巍地走了。

碎碎的步子一磕一绊地走远了，空荡荡的院落投映在狭小的门洞中，显得更加空旷，像是一只没了光的眼睛，失魂落魄地睁着。

幽暗的天井里，淡灰色的天光从屋檐的一端直射到另一边的角落，有风打着旋儿卷起了院中的杂草和尘土，呼呼地轻啸着腾起了。几株刚刚发了嫩芽的小草，经不住这一夜风霜的寒冷，畏畏缩缩地挤在一起，一两根已经重又枯黄了。

门洞处，一道亮的发白的光柱像一柄利剑扎在林丽瑶惨白的脸上。她靠在门框处，身体一点一点滑了下去。屋檐上的光晕映在她的眼眸中，融化成了一泓哀怨的泉水，朦朦胧胧地像是落满了尘埃。

在崇节堂里，林丽瑶一直有一个盼头，她在等着有一天罗海川能够把自己救出这牢笼。她的心里是有希望的。

罗海川跟着师父顾大山住在歙县县城里，他每个月都会来一次崇节堂，他心里是放不下林丽瑶的。曾经，他是那么羡慕大户人家的太太，他也很想让自己的老娘成为这样的女人，但自从认识了这位冯家的少奶奶，罗海川开始同情她们了。尤其，他对林丽瑶说过，他会经常来看她，他说了，就要做到。

因为有了罗海川，林丽瑶多少还能觉出活在人间的感觉。她没有带丫鬟进来，那也是她跟罗海川当初的约定，她相信这个淳朴的小石匠是喜欢自己的。林丽瑶越来越觉得自己离不开这个男人了。

罗海川带给她的不仅是做女人的感受，更让她感到了一种温情。

林丽瑶是崇节堂里唯一的有男人爱的女人。她是只身一人住进崇节堂的，没有任何人知道，她已经怀上了罗海川的孩子。

然而，当天晚上，林丽瑶疯了。疯了的林丽瑶抱着一只大枕头又唱又笑，一到晚上便又号啕大哭。崇节堂的老妈子们都说，怕是恶鬼又来了。

“疯了好……疯了好。看紧了，不要让她有任何出来的机会，疯了，我冯家的崇节堂才能有得安生。”冯惟礼捻着胡须，慢悠悠地说道。

冯惟礼心里清楚其中的原委，疯了的儿媳妇倒让他彻底放了心。

古老的崇节堂里，常常有那首古老的徽州调子从斑驳的瓦檐上飘出，越过了最高的围墙，飘到了很远很远的地方：

日如年，夜如年，披上个麻衣更苦怜。

低头化纸钱，纸钱化作飞蝴蝶，血泪染成红杜鹃……

从此，林丽瑶不再住在她原先的小宅院里了。冯惟礼命令老妈子把她关在了一半凹在地下的小房子中，只有一扇天窗露在外面，这样她的不雅的调子就不会让外面人听到了。

每天，老妈子用篮子盛了饭菜从天窗口坠下去，披头散发衣衫褴褛的林丽瑶便笑嘻嘻地接过篮子，迫不及待地吃了起来。

冯家的崇节堂终于回复了昔日的宁静。

一切暗涌的水流都在波澜不惊地翻腾着，今日的情节表面上都在重复着昨天的故事，唯有细微的震颤偶尔搅动一下这死水一样的生活。

冯惟礼不希望有任何涟漪泛起，他要的就是这样平静地过下去，永远。

杀罗海川的那一天，范月荣是在场的，他不相信这世界上有鬼。问明了捉鬼的缘由，他心里便已明白了事情的全部。借鬼除淫的把戏，遮掩乡人的耳目而已。范月荣没有对任何人说破冯家的障眼法，他在桂村只是想暂时躲避外面的战乱，因为自己的莽撞已经得罪了冯家老爷，要不是孙先生的面子，他怕是早就被逐出桂村了。现在，范月荣忽然觉得能过上安生日子就不错了，他只想自己安安稳稳地在这里活下去。

不过，杀人的场面，范月荣还是第一回见到。回到学校，范月荣只觉背后全是冷汗，一阵风吹过，嗖嗖地冒着凉气。他不禁猛然打了个哆嗦。他的心跳得厉害，扑通扑通，重重地敲击着胸腔。

不仅仅是因为罗海川被杀，他还担心自己会遭遇同样的下场。

他坐在床边，倒了一杯水，猛灌了一大口，慢慢平静了下来。这几天，殷子钰有些躲着自己，以前上完课还会到自己的书房来坐着聊一会儿，看看书，现在课一上完就回去了。他知道，那一天的事情让他和殷子钰都很尴尬。

范月荣本来对自己那一天的表现很是懊恼，一连几天都觉得自己太不中用了。但是今天，罗海川被当众处死让他不由得暗暗庆幸。范月荣心里道：亏了那一日没有做出更加出格的事情，要不然自己可能也会遭遇到这样的下场了。

他躺在床上，几日前的事情又浮现在眼前了。

李老幺一个晚上都没有睡觉，他躺在床上，使劲回忆着前几天傍晚的时候在范先生的书房里看到的景象——三少奶奶掀起的旗袍下摆、雪白的腿和饱满的不安分的乳房，还有娇媚的喘息声。

李老幺不止一次想象过三少奶奶娇媚的模样，可那一天他竟然真切地看到了。他狠狠地咬了咬皲裂的嘴唇，不能自已地兴奋了起来。

那天，他去山中放马，回来的时候正好路过范月荣的学校。一想到殷子钰在学校里教书，李老幺就控制不住自己想偷偷去张望一番。

他拴好马，翻墙进了学校的院子，见学堂里空无一人，便偷偷摸摸寻到后院，往范月荣的书房去了。

到了后院，他就听到了书房内的说话声。

李老幺听出了殷子钰的声音，心中不由得窃喜。他蹑手蹑脚绕到靠墙的角落，透过窗户的缝隙朝屋内窥望着。

李老幺看到了他怎么也不敢相信的情形。

他清楚地看到，三少奶奶居然坐在范月荣的腿上，被范月荣抱在怀里。范月荣把殷子钰的手拿在嘴边，轻轻吮吸着，殷子钰一脸绯红。

接着，范月荣把殷子钰横着抱在了床上，双手停留在女人的胸部。

李老幺下意识揉了揉眼睛，他生怕自己错过什么。

范月荣解开了殷子钰旗袍上的扣子，露出了雪白的肩部和里面山峰一样凸起的粉色的肚兜。殷子钰的滚花旗袍被缓缓褪至腰间，一双手臂好似一段刚刚洗净的藕，轻轻缠绕着范月荣的颈项。

范月荣吻着女人柔软的臂膀，轻声道：“古人诗曰：‘一弯西子臂，七窍玲珑心’……”范月荣颤抖的手指缓缓游走在殷子钰的脖颈处，慢慢握住双肩探向前去，摘下了女人的肚兜，试探着握住了那一对饱满的乳房。范月荣只感到手中一片炙热，刚刚羞涩的乳房竟突然不安分起来，一点点膨胀开，要将他的手撑开似的，像是合拢了花瓣沉睡了一个晚上的荷花，在晨曦中猛然绽放开来。

范月荣下意识地握紧了双手，像是怕这花朵从手中溜走似的。却不想这微微的用力竟让殷子钰全身一阵震颤，一声娇弱的喘息直让范月荣迷失了心窍，没等殷子钰叫出声来，范月荣便一口咬住了女人张开的唇。

女人的旗袍下摆被撩起了，一双雪白的腿夹在了范月荣的腰间。范月荣竟一下子红了脸，双手颤抖着好不容易才解开了自己的腰带。然而，突然一股喷薄而出的快感，刹那间，范月荣只觉得裆部一阵凉意，他的冲动和欲望已经喷射而出了。

范月荣停止了动作，尴尬不安地站在床边，看着床上如水蛇一般燃烧着欲望的女人，竟突然不知所措了。

女人睁开了眼睛，伸手朝着他的胸口探去。

范月荣涨红了脸，嗫嚅着：“少……少奶奶，我，我不行，不行……”说着，提着裤子，向后退去。

殷子钰一看，见范月荣裆部已经湿了一片，心里明白缘由。殷子钰不由得有些气恼，一扭头，合上衣襟，站起身推开门直往外走去。

范月荣见状，一边系着腰带，赶紧追了出去。

等范月荣离开了，李老幺偷偷摸进了书房，一眼瞧见了落在地上的粉红的肚兜。李老幺心里一阵窃喜，捡起了肚兜揣在怀里带走了。

“装什么清白，见到了漂亮的小白脸，全变成了骚的……”李老幺躺在床上，把肚兜蒙在脸上，贪婪地嗅着女人留下的香味。

姓范的，好个没用的男人。李老幺把手伸进自己的裤裆里，摸了几下，嘲笑地想。油然而生一种自豪感。

李老幺打心眼儿里看不起范月荣，他还从没见过这么孬的男人，居然摸了女人两下就泄了。不过，他也觉得自己很窝囊，殷子钰居然主动向那个文弱先生投怀送抱，可对他呢，居然又打又骂，尤其是那一脚，差点没叫自己断子绝孙了。

在李老幺看来，殷子钰就是一个忘恩负义的女人。至少他觉得，自己那么诚心地帮她逃出冯府，那可是要扔掉自己的饭碗的。这个女人居然一点不感动。什么叫感动，不就是给我亲一晚上，跟我睡一觉吗？李老幺一想起来就一肚子恼火和委屈。

“骚女人!”他一边恶狠狠地骂着，一边把那块肚兜揉成了一团，塞在了裤裆里。猛然间腹部一股燥热涌起，一摊黏稠的液体糊了一裤子。

“奶奶的……”李老幺自言自语，一翻身，睡了。

李老幺终究带着醋意，他想睡三少奶奶。梦里不知道睡过多少回了。可是白天里，他连看一眼梦里的女人都得偷偷摸摸的。可一个小白脸，来了没有几天的外头的男人，就这么得到了女人的心。李老幺越想越气愤，他瞅准了一个傍晚，待殷子钰从学校回府的时候，在路上拦下了她。

殷子钰见是李老幺，心中就没好气，道：“你拦着我，又在动什么邪门心思啊?”

“嘿嘿，三少奶奶，我做事向来直来直去，跟你说，你跟那个姓范的小白脸做出的好事，我可全都看到了。”李老幺一脸涎笑。

“你……哼，我和范先生从来没有什么事。”殷子钰说完就要走。

李老幺一个箭步跨到前面，挡住了殷子钰，道：“少奶奶就不要不承认了吧，您的这个还在我手里呢。嘿嘿，真个喷香……”说着，从怀里掏出了那只被揉得皱巴巴的肚兜，“这个东西，少奶奶不会不认得吧……”

“你！你想怎么样?”殷子钰又羞又恼。

“少奶奶，灭了灯，上了床，男人中用的还是这玩意儿。”李老幺拍了拍自己硬起来的裆部，“那姓范的长得好看，可这儿不中用，少奶奶要是真想，我随时奉陪，保管把少奶奶伺候得舒舒服服……”

“你住口!”殷子钰满脸通红，一伸手就要打李老幺的耳光。

李老幺一把抓住了女人的胳膊，捏着道：“可惜了这粉嫩的手哦，还什么‘西子臂’呢……嘿嘿……少奶奶，这件事我要是说出去，你跟那姓范的可都没有好下场，而且，我是有证物在的。”

李老幺晃了晃手里的肚兜，然后重新塞进怀里。说道：“只要少奶奶陪我睡一个晚上，这证物我马上给烧了。少奶奶，意下如何啊？”

殷子钰抽回了手，道：“流氓，我的事还轮不上你这张畜牲的嘴胡说八道！”说罢，头也不回大步走了。

又挨了一顿骂，李老幺心里很没好气。看着殷子钰远去的身影，他把手放在鼻子下面闻了闻，朝地上啐了一口唾沫，冷笑了一声，回去了。

他要报复，因为恨，也因为嫉妒。

这一次对殷子钰的要挟还是没有成功，李老幺明白了，殷子钰看来是没办法得手了。既然她对我不仁，那我也对她不义。李老幺下了决心，要让这个他得不到的女人一辈子没有好下场。

冯惟礼瞒天过海除去罗海川没几日，一个下午，李老幺雄赳赳气昂昂从正门跨进了冯府，声称有天大的大事要向冯老爷禀报。

这段时日冯家没怎么过太平日子，冯惟礼这一阵子也是风声鹤唳、草木皆兵了。听说有大事要报告，便直接叫仆人把李老幺带到了书房。

李老幺一见冯惟礼，扑通一声就跪了下来，道：“小的要说的事情是天大的机密，小的斗胆，只能说给老爷您一个人听。”

冯惟礼轻声笑了笑，摇摇手，仆人们都离开了，只留下了老管家冯贺。冯惟礼道：“冯管家不是外人，你只管说吧。”

李老幺磕了个头，直起身子，把在范月荣的书房里见到的情景全部说了一遍，还添油加醋地比画了一番。

说完后，李老幺掩饰不住心中的欣喜，嘴角挂着谄笑，眼睛不时瞟着面前的老爷子，满脸期待地等着冯惟礼的褒奖。

接二连三出现这样的事，冯惟礼已经觉得心力交瘁了。

冯惟礼大怒，在冯府里有人说起这些下流之事已经足以让他恼火了，何况这些事情居然还是他冯家的女人所为，这简直是大逆不道。

老头子怒火万丈，这等丢人的事要是说了出去冯家祖宗的脸面就要丢光了。他忍住气，狠狠一拍桌子，喝道：“混账！李老幺，你一个喂马的下人，目不识丁的东西，你怎么会去学校？我冯家对你不薄，你竟然捏造这等下贱的事来侮辱我府上的门风，简直有伤风化。你既是我冯府的下人，做出这等丑事来，我自该拿冯家的家法责罚你！”

李老幺一听，急得蹿了起来，从怀里掏出了那件肚兜：“老爷明察，这件是三少奶奶的贴身之物，小的在姓范的书房内寻到的！是两人在行不轨之事时掉在地上的……”

冯贺接过揉成一团的脏兮兮的肚兜，一抖开，一股异味扑鼻而来，冯贺忍不住连打了两个喷嚏。抚平了仔细看，上面虽已经污迹斑斑，但这苏绣的料子冯贺是认得的，这料子确是冯洄远成婚时冯贺专程派人从徽州的绸缎坊购来做聘礼的。

冯贺来到冯惟礼旁边，指着这肚兜耳语了一番，冯惟礼顿时嘴唇直哆嗦。

李老幺见状，又要张口说话。冯贺赶紧一拍桌子，道：“放肆！住口！”

随即，冯惟礼大喝一声，院里的仆人们立刻进了书房，硬生生将李老幺堵上嘴，拖出了屋。冯贺又命家丁狠打了他二十板子。

李老幺捂着红肿的屁股，一瘸一拐回自己的马厩去了。

冯惟礼不想让这件事被旁人知晓，他叫来了冯贺商量。

当天晚上，马倌李老幺就被冯贺在酒里下了药，毒死在了马厩的茅屋里。桌上有一瓶剩了不到一半的酒，冯家道李老幺是贪杯过甚，酗酒而死。李老幺在歙县无亲无故，没有人来过问，随即就草草地葬了。

第二天，殷子钰就出不了冯府的大门了。冯惟礼以山中有匪患为由，禁止家人随便外出，还命令家丁在楠阁附近严加看守，殷子钰连外院都去不了了。

看住了殷子钰，冯惟礼便决定对范月荣动手了。

李老幺死在了马厩里，这件事让殷子钰心生不安起来，向来敏感的她已经觉出了事情不大对劲，猜测冯惟礼肯定听说了什么。但是范月荣却对李老幺这个人一无所知，根本不知道自己的事情败露了。殷子钰想给范月荣报信，却出不得冯家的门，心里虽然着急，但一时也无计可施。

早先的时候乱了桂村的礼法，如今又坏了冯府的门风，冯惟礼再也无法容忍了，决定要跟范月荣新账旧账一起来算。反正孙崇熹也回了徽州，鞭长莫及，再者，自己的学生做出了这等伤风败俗之事，谅他也羞得开口了。

但是，除掉范月荣不能像对李老幺那么简单，冯惟礼需要寻找合适的机会。

不久，快到清明了，徽州的大山里到处是成片的油菜花，层层叠叠铺展开来，金灿灿地开了个满山遍野，煞是好看。

桂村人却无心欣赏这宜人的景致，因为天公不作美，已经有近两个月没有下雨了。油菜花开得照样繁茂，可水田里的稻秧却是一日憔悴于一日了，没有足够的水养着，远远看去，水田里一片奄奄一息的样子。

桂村的老人们叹气了。乡人们年年盼望的就是一个好收成，若是半大的秧苗被太阳晒焦了，冬天的日子可就不好过了。冯惟礼注重仁德和名声，收成不好的时候总会减免一些租子，但是自家的口粮也还是要的，所以乡人们很是犯愁。

冯惟礼亲自去了田间，看着有些水田已经断了水，禾苗蔫了似的耷拉着，忽然心生一计，他决定借此除掉范月荣。

## 十一

这天，冯惟礼花了不少银子，派人不辞劳苦请来了沈九文。

沈九文是冯府的常客了，冯家有什么大事都会请他到场。不过这一次，沈九文明显感到了事情不太对劲儿。

冯惟礼在书房里和沈九文闲聊了一会儿，又品了品新采摘的毛峰，突然冯惟礼话锋一转，说有要事想跟他商量，而且商量的地点是在冯惟礼的卧室。什么大事要到卧室里商量？沈九文猜测，料是绝密非常。

果真，冯惟礼道出了事情的原委，他要沈九文设法除掉范月荣。冯惟礼终究还是有些话不能实说，只随口编了个理由，说这范月荣是冯家祖上的一个宿敌的后人，自己不计前嫌地收留了他，让他混一口饭吃，谁料竟然恩将仇报，几次招惹事端，而且故意乱了礼教，坏了桂村的礼数，坏了冯府的风水。说罢，冯惟礼从屋里拿出了三锭金子，交给沈九文，又跟他耳语了一番。

沈九文掂了掂金子的分量，不轻，便也就点头同意了。

两人商议好了计策，约好一切依计行事。

三天后，正是艳阳高照。沈九文在冯府门前的空地上设了“打棍求雨”道场，两个徒弟手持木棍站在道场中，其他众徒弟围成一圈盘坐着，口中念念有词。冯惟礼作为一族之长，也一身素衣坐在沈九文的旁边。

冯惟礼召集了桂村全部百姓来道场求雨，范月荣也在其中，殷子钰却未被允许出门。乡人紧紧聚在一起，虔诚地看着法坛上的道人们，纷纷低声议论着。

日近午时，沈九文换上了道服，拔剑对天念了一通咒语，随即含了一口水喷在剑梢，一挥手臂，剑上的水滴如一根银线落在了道场正中。持棍的两个徒弟开始以棍击地，一人前进，一人后退，如此循环往复，意为“长龙戏雨”。

两人如此做了有半个时辰，沈九文突然大喝一声，点燃了三道神符。众徒弟正襟危坐，停止了念咒。

沈九文坐直了身子，沉着嗓子道：“苍天素来有好生之德，今日天降大旱于人间乃是因我等凡人作恶太多，须得真心悔改才能求得上天的保佑。神符通得天意，已显示出这作恶的人来。谁人若做了天理难容的恶事，他心知肚明。今日须以此人祭天，上天方能原谅我等众生，而对此人来说，亦是舍身为人，洗清了身上的罪过。”

众人大惊，面面相觑，小声猜测这作恶的人是谁。

沈九文提起斗大的毛笔，蘸了朱红的颜料，整尺的白色绢布上写了悔过书，挂在二丈余高的旗杆上，点上火，很快燃成了灰烬。

沈九文又做了一通法事，把该做的样子都做足了，随即向冯惟礼使了一个眼色。冯惟礼会意，对身边的冯贺吩咐了几句，冯贺立刻带领家丁把在场的百姓全部围上了。几个家丁装作村民挤在了范月荣的身边。

沈九文道："苍天已给我传话，有叫范月荣的男子，不懂礼法，惹怒了上天。今日只有以他祭天悔罪方可得天道……"

话音未落，冯家的家丁已经死死攥住了范月荣的胳膊，范月荣一介书生，怎么也挣脱不开，就这么被众人架到了道场中间。

范月荣直直地看着沈九文，叫道："你这个妖道，满口胡言，欺骗愚弄百姓……"

"住口！"冯惟礼在一边急了，拍着桌子大喝道。随即一挥手，早已在旁边站着的家丁一拥而上，堵上了范月荣的嘴。

沈九文收起桃木剑，端坐在法台上："你这个恶孽，贫道已经看出你是恶魔附身，扰乱人间，竟然还敢口出狂言。今日贫道作法助你洗净邪恶，乃是苍天对你的仁德，你还是执迷不悟，悲哉！"

冯惟礼不想再拖延了，在旁边低声催促着沈九文。

沈九文也不再多言，命令徒弟准备作法，马上就要对范月荣动手了。

众人将范月荣缚住了手脚，整个人装进了一只大麻袋中。冯惟礼悄悄走近了，低声对着麻袋中的范月荣道："范先生一路好走啊。哼，莫怪我冯某无情，是你范先生无义，我冯家的女人的贞洁岂是你能随便坏的！"

范月荣听了，一阵挣扎，嘴里发出沉闷的呼喊声。

冯惟礼一声令下，家丁们上前将装着范月荣的麻袋抬起，锁进了一只桃木箱子中，套上绳索直向着后山抬去。后山有一处悬崖，是冯家祭拜山神的地方，每年祭拜时，就将整只牛羊从崖边投下去。今日，冯惟礼的祭礼是范月荣。

外界的喧闹声传到箱子里，显得沉闷而凝重，漆黑的空气中微微游走着无限的惊恐。范月荣蜷缩着，心中充满了绝望和无奈。他只感到后悔，后悔自己来到这个山野村落，更后悔自己当初的一时冲动。

到了悬崖边，冯家的仆人已经摆好了供品，见大木箱抬到，点燃了竹炮，鸣炮三声。炮声在山坳间连绵回荡，震动了众人脚下的巨石。

炮音未绝，一声尖厉的呼哨像闪电一样传来，随即另一边的山道上一拨马队蜂拥而至。为首的是一个蒙着面孔的彪形大汉，手持钢刀风驰电掣一般袭来。未等众人看清形状，几下刀光闪过，已有三颗人头落地，其中一颗脑袋正是沈九文的。

围观的众人大惊失色，纷纷逃散。

冯惟礼离得远，仔细一看，正是数月前杀进冯府的盗匪首领。

原来，陈耀麒一直对冯府虎视眈眈，早已有了再劫一回的打算。这天，他带着几个兄弟在山道上游荡，忽见得冯家院前人潮鼎沸，以为冯家又搞什么庆贺之事，便想着乘机劫点钱财。于是，带着人马远远跟随，寻找下手的机会。

陈耀麒见众人团团围着一个大木箱，他以为箱中装的定是值钱的东西，未等箱子开启便提刀杀了过来。

众匪尾随而至，乡人四散逃去，冯家的家丁也撒手扔下了沉重的木箱逃命去了。陈耀麒也不打开细看，指挥着手下把大木箱抬上了马背，众匪牵着马扬长而去了。

待陈耀麒的人马走远，冯惟礼和家丁来到悬崖边上，摆设的祭坛已经被搅和得一片狼藉了，地上躺着沈九文的尸体，一颗血肉模糊的脑袋滚在一边的石缝间；另一具乡人的尸体上，一个妇人正趴着号啕大哭。乡人们远远地站着，有的扑在亲人的尸体上号啕大哭，更多的人显得不知所措。一场求雨祭天的法事，却又一次带来了血光之灾，

冯惟礼长叹了一口气，他越发感到了力不从心，似乎他所计划的每一件事情总会有意外发生，不可撼动地左右着他和他家族的命运。几十年来，甚至从他祖父那一辈开始的一百多年来，冯家第一次感到了命运的不可逆转。

冯贺道："老爷不必忧虑，若是我们处死了范月荣，真要是追究起来还真的不容易周旋，现在让这帮匪徒抢走了箱子，那他是死是活就都跟我们无关了。而且，这帮山匪杀人如麻，见箱子里没有财物一定恼羞成怒，

这姓范的肯定难逃一死。”

冯惟礼一听，觉得倒也在理，就命令众仆人清理了祭祀的场地，回府了。

陈耀麒的这一次出马可谓大获全胜，而且是满载而归。陈耀麒心花怒放，带领众小匪一路高歌，抬着箱子回到了山寨。

数月内，陈耀麒的人马已经壮大了好多，栖身之所也由原先的一座小山洞变成了现在的一座小有规模的寨子了。他们砍伐了树木，在山洞四周扎起了高高的栅栏，又在山坳口垒起了大石块做成射击点，防止官兵的袭击。众匪在寨子里面搭建了茅屋用于居住，将原先的山洞修缮了一番，仍然由陈耀麒父女和金彪居住。

这山洞外面看上去很是平常，里面已经被陈耀麒他们开凿宽阔了许多，还向地下深挖了一条暗道，用于存放武器火药和财物、粮食。地面上，则用条石和木料隔出了三个房间，陈耀麒和金彪各住一间，剩下的一间作为山寨大堂召集众匪商议要事时使用。陈耀麒和金彪俨然成了这大山中的山大王。

陈翠萍生性风流多情，自从认识了金彪，她就光明正大地做了金彪的女人。虽说金彪已经和自己的父亲结拜为兄弟了，但晚上还是照样经常睡在金彪的床上，陈耀麒本就是一个随性的人，对女儿的行为丝毫不在意。小匪们都道，这大大王的千金要做二大王的压寨夫人了，以后两位大王可就是兄弟更兼翁婿了。

陈耀麒带领众匪回到山寨，见到金彪，大笑道：“兄弟，你看，今天大哥带来了什么货！”说罢，命令小匪把箱子放在了地上。

沉重的木箱重重地撂在了地上，磕磕绊绊的石头把箱子一阵撞击，发出嗡嗡的回音。

陈耀麒踢了踢大木箱，笑道：“奶奶的，还真挺实沉。”随即，便将刚刚发生的事情都跟金彪讲了一遍。

旁边的小匪听了，也都喜笑颜开，一双双眼睛都直直地盯着地上的大木箱。

金彪看了一眼箱子，抱了抱拳，道："恭喜大哥，大哥和诸位兄弟今天辛苦了。小弟若没有猜错的话，大哥今日劫的定是冯府吧，这一带，除了冯家，再也找不出第二家能用得起这样上等的木料做箱子的了。"

陈耀麒一阵大笑，道："今日是我等兄弟进入这大山以来劫得最漂亮的一通货，有道是'有福共享，有难同当'，不管是谁做成的买卖，都是所有兄弟的。打开来平分了，所有的兄弟人人有份！"

众匪一听，纷纷高声叫了起来，迫不及待地围在了陈耀麒和金彪的身边。

陈耀麒接过边上一个小匪递上的钢刀，炫耀似的甩了两下，银白色的光芒在木箱上留下了一圈光环。刀锋刚要掠过铜锁，只见一道亮光闪过，"当"的一声，一柄马刀猛然从下飞来，隔开了陈耀麒的钢刀。

众人一惊，抬头一看，来者竟是陈耀麒的女儿陈翠萍。

原来，陈翠萍正在山间骑马，听说父亲回来了，又见山寨里人声鼎沸，料是劫到了不少财物，便拍马赶了过来。

陈耀麒道："大寨之中，怎么如此不懂规矩！"

"爹，你怎么也不等女儿给你道个喜就要开箱子啊？太不把女儿当回事了。"说罢，噘起了嘴巴，一副很生气的样子。

"哈哈……"陈耀麒笑道，"那就等你道了喜我再开箱。"

"不！爹，这箱子得我来开。"翠屏跳下马，拉着父亲的胳膊撒起娇来。

众匪一见，也都乐开了。大家都知道，这二寸来厚的铜锁定然坚固无比，想要一刀砍断得有十足的气力，陈翠萍一个十几岁的姑娘，竟想砍开这大铜锁，众匪都围在了边上怂恿她动手，想看她的笑话。

陈耀麒平时也宠着女儿，一直让她撒野习惯了，见状，便也不责怪。他拿着刀，用刀背在铜锁上"砰砰"敲了两下，将刀递给了女儿，道："好！你开！"

翠萍跟着父亲练过一些功夫，她接过刀，双手握住刀把，运足了气力，猛地从上直直地砍了下去。刀锋掠过铜锁，溅起了四射的火星。再看时，铜锁丝毫未损，倒是大木箱的箱盖被劈裂开了一大块。

“好锁!”陈耀麒赞扬了一句。

陈翠萍白了父亲一眼，扔开刀，顺势踢了一脚，箱盖被踢到了一边，露出了一只麻袋。袋口扎了几圈绳索，圆鼓鼓地躺在箱子里。

众匪喜出望外，纷纷伸着脑袋看着，猜测里面装的是什么宝贝。

陈耀麒从怀里拔出匕首，割断了绳索，顺势一刀，将袋口划破了。只见麻袋里竟然躺着一个秀气的白面书生，双目紧闭，已经晕死过去了。

众匪都不相信自己的眼睛，一个个面面相觑，谁都不明白怎么箱子里装着的竟然会是一个人。

金彪道：“大哥，我看这里边有蹊跷，小心为妙。”

旁边有小匪叫道：“他娘的，姓冯的拿一个死人消遣我们，把我们当笨鸟了啊！我等兄弟白兴奋了一场，娘的，我们杀回去，砍光他们的驴脑袋!”

陈耀麒也非常气愤，一脚重重地踢在了范月荣身上，范月荣竟然哼了一声，依然没有睁眼。不过，这也让匪徒们发现了，原来这袋子中的人竟然还活着。

金彪靠上前，蹲下，伸出食指和中指放在范月荣的鼻子前，又翻开了范月荣的眼睑看了一会儿，站了起来道：“这个人确实还没有死，他只是被锁在箱子里呼吸不到空气暂时晕了过去，不多时就能醒来的。”

陈耀麒道：“这人定是冯家的奸细。上次我等兄弟杀了他们冯家不少人，这次肯定是他们故意让人摸到我们的寨子里，好给他们家报仇。哼，我先宰了这畜牲，然后血洗冯家大院，以后我等就在冯府里面安营扎寨了!”

说罢，捡起了地上的钢刀就要下手。

金彪赶紧拦住，道：“大哥少安毋躁，现在我们对这来人根本就是一头雾水。大哥，你把今天的事情详细跟我讲一下如何?”

陈耀麒把刀在范月荣脑袋上蹭了蹭，便将在冯府门口和悬崖上看到的情景原原本本跟金彪说了一遍。

金彪道：“按照本地的风俗，冯家这么做只有一种解释，那就是用活人来祭祀。小弟如果没有猜错的话，这个男人就是冯家准备祭献给神灵的供品。大哥如果晚去一刻，这个倒霉鬼估计就要葬身悬崖了。”

“那……依你之见，这个人该怎么处置啊?”陈耀麒问。

“我看，爹爹就把这个男人赏给我好了。这么漂亮的一个男人，死了还真怪可惜的。”站在旁边的陈翠萍突然高声说。

“不许胡闹!”陈耀麒喝道。

“大哥，我们若想有朝一日杀进那冯府，非得有一个知道冯家内幕的人，而这人还得真心帮助我们才行。这个人既然被冯家当作祭祀之物，肯定了解冯家的情况，又对冯家恨之入骨，只要我们真诚对待，日后必能帮助我们。所以，大哥，依小弟之见，先把他救醒了，问明了情况再作决断。”

陈耀麒点头同意了，两个小匪把范月荣抬到椅子上，仍旧用绳索绑着，喂了点水。众匪离去了，只留下两个小匪在这里看着，等待范月荣醒来。

众人散去，不多久，陈翠萍又回到了前寨的房内，支走了两个小匪，独自留在了范月荣的身边。她仔细端详着这个白白净净的书生，伸出手指在范月荣的脸上抚摸着。慢慢地，范月荣睁开了眼睛，隐约看见面前坐着一个漂亮的姑娘，他脱口道：“子钰……”

陈翠萍一愣，她知道这肯定是一个女人的名字，心中一阵不快，一甩手，给了范月荣一个响亮的耳光。

范月荣一下被打清醒了，挣扎着道：“这……这是哪里……”见自己被捆绑着，他更加害怕了，来回扭动肩膀挣扎着。

陈翠萍道：“喂，你现在在我手里，老实的话就饶了你的命，要不然，是死是活可就是姑奶奶的一句话。”

“这位姑娘是……”范月荣不动了，满脸疑惑地问。

“我是谁并不重要，你得先告诉我你是什么人?为什么会被装在这大箱子里?”陈翠萍问道。见范月荣不吱声，陈翠萍坐到了他的身旁，装作漫不经心的样子说道：“实话告诉你吧，你是我爹从山下的冯家人的手中抢过来的，你要是不肯说出你的来历，那……我就让我爹把你送回去。”

听陈翠萍这么一说，范月荣脸刷的白了，慌慌张张地说道：“姑娘开恩，千万别把我送回去。我，我范月荣感谢姑娘的救命之恩。”于是，原原本本把自己的经历跟陈翠萍讲了一遍。

陈翠萍点了点头，凑到范月荣的耳边，轻佻地说道：“范先生，你要真想活命的话就留在山上，姑奶奶可等着你来陪呢。”说完，走出了屋子，去找她父亲去了。

陈翠萍找到父亲，把范月荣的来历跟陈耀麒讲了一遍。金彪在旁边听了道：“看来这个小白脸还真能做我们的内应，想一举打下冯家的宅邸还真需要他了。”

陈耀麒也点头同意，带着金彪和女儿走向前寨的屋子，他要说服范月荣，让范月荣成为他的人。

范月荣被山匪抢去的消息很快传遍了桂村，冯府内上上下下的仆人都在议论。殷子钰也从丫鬟仆人的口中得知了这件事，不由得暗自担心起来。她前思后想了一番，看穿了冯惟礼的阴谋，但是自己却被终日困在家中，没办法去营救范月荣，如今范月荣被山匪捉了去，料是凶多吉少了。

楠阁周围巡视的家丁不断，殷子钰只要踏出楠阁一步就有仆人紧紧跟随。

晚上，冯洄远被冯惟礼叫了去商议家中近日发生的事情，然而不多久，冯惟礼独自一人来到了楠阁，走进了冯洄远和殷子钰的屋内。

殷子钰见进来的是老爷子，心中顿时腾起了一股怨气，一屁股重重地坐在了床边，根本不理睬。

冯惟礼是故意把冯洄远支开的，他要亲自去试探殷子钰的想法。

他拄着拐杖，站在书桌边，冷冷地看着殷子钰，嘴角艰难地吐出了一句话：“你听着，谁敢败坏我冯家的名声，谁就不得好死。告诉你，你是我冯家的人，这一辈子别想出我冯家的大门，你给我记住，你的路不会比那个小崽子好走！好自为之，能让你多活一段时日，不然的话，别怪我冯惟礼无情无义。”

殷子钰乜斜了老头子一眼，道：“你已经假仁假义几十年了，你以为你能瞒得住你们冯家的祖宗吗？你建的那些个牌坊，有几座是真真正正干净的，冯老爷你自己心里清楚吧。我殷子钰死不足惜，替你冯家多立一座牌坊那也无妨，不过，你就不怕你家祖宗怪罪吗！等你大限之后，你拿什么脸面去见你家先祖，哼！”

“混账！住口，你，你血口喷人！”冯惟礼怒火万丈。

“好，我什么也不说了。我只想提醒冯老爷，若要人不知，除非己莫为，你就是再瞒天过海，别忘了天知地知，离地三尺自有神灵！”殷子钰镇定自若。

冯惟礼自知理亏，不再多说，只丢下一句“你好自为之，有你好看”，气呼呼地走了。

殷子钰心里终究放不下范月荣，她准备向冯洄远寻求帮助。

待冯洄远回来，她把自己的想法告诉了丈夫，冯洄远没有出声。他知道，自己虽说是殷子钰的丈夫，但从一开始，他没有能够得到她的心，他们有约在先，即使如今有了夫妻之实，也不过是权宜之计，所以听殷子钰这么一说，冯洄远也只能感到十分无奈。

他爱自己的妻子，他也尊重这个令他一见倾心的女人。他没有听说过范月荣和自己的妻子之间发生的事，但殷子钰的请求更让他感到嫉恨。然而，再愤怒再嫉恨终究在善良面前败下阵来，冯洄远答应了殷子钰的请求，找机会让信得过的人上山打探范月荣的消息。

冯洄远天性开朗，虽然面对父亲他总是非常拘谨，但和陌生人在一起却很容易就相处成朋友了。在冯洄远的众多朋友中，有一个樵夫，经常在徽州一带的大山里采药砍柴，对山里的情况很是熟悉，于是，冯洄远找到了他，给了他六七个银圆，托付他打探被山匪捉走的范月荣的情况。

冯洄远故意道：“这个姓范的是天上的煞星，上次沈先生作法拿住了他，却又叫他逃脱了去。寻他的下落是我爹的吩咐，若你真能寻得到，回来告诉我，我还有重赏。”

樵夫欣喜地收下了银圆，乐滋滋地上山去了。

隔了五六日，樵夫找到了冯洄远，道：“少爷，不出沈先生所料，那个姓范的果真是恶魔下的凡，那帮山匪不但没有杀他，反而还让他做了寨子里的军师，你可得告诉了老爷，我们得多加提防小心啊。”

冯洄远知道后，给了樵夫一些碎银子，并没有声张，只悄悄把这个消息告诉了殷子钰。殷子钰一面松了一口气，一面也心存疑惑，她不知道范月荣现在到底是什么处境，到底还想不想从山上出来。

殷子钰急切地想要和范月荣取得联系。她心里越发明白了，冯惟礼现在越来越肆无忌惮了，自己留在冯府必定是凶多吉少，尽管对这徽州的大山并不熟悉，她也决意要离开了，哪怕自己在山里瞎打乱撞。不过，她还是放不下范月荣，她要知道范月荣的消息，然后两个人一起离开。

范月荣的处境倒不是特别让人担忧，至少目前还是比较安全的。

原来，那天陈耀麒一帮人待范月荣醒来，先好吃好喝给他喂了个饱，接着便开始轮番打探范月荣的底细，确认了范月荣对他们没有威胁时，陈耀麒便拉拢范月荣入伙，好为他们攻打冯府做一些帮助。范月荣是坚决不愿意做强盗的，一听要他上山，马上瞪起了双眼，高声嚷着不愿意。陈耀麒冷笑一声，拔出了匕首架在范月荣的脖子上，不多时，范月荣的头就低下了，一声不吭做了陈耀麒的手下。

在陈耀麒的逼迫下，范月荣凭着记忆画下了冯家大宅的地图，陈耀麒满心欢喜，便让范月荣做了山寨的军师。

范月荣本就心里对冯惟礼不满，一想到冯惟礼还想遮人耳目地将自己杀掉，他就恨得咬牙切齿。既然这帮山匪要血洗冯府，正好也能替自己出一口气。不过，范月荣终究还是不愿意一辈子待在大山里做打家劫舍的勾当，没奈何陈耀麒对自己看守得紧，只能先这样将就着，找准机会再逃跑。

还没有等到逃跑的机会，范月荣的一举一动就全部掌握在陈翠萍的手中了。

范月荣是在自己被俘上山的当晚睡到了陈翠萍的床上的。当天下午，陈翠萍吩咐几个小匪给范月荣收拾出了一间屋子。到了晚上，陈翠萍来到范月荣的住处，坐在范月荣的床上竟不走了。

范月荣不敢吱声，踌躇了片刻就要离开，却被陈翠萍一把拉住了袖子，范月荣一脸张皇，用力拽了几下，不想却被拉得更紧了。

范月荣不敢回头，只低声嗫嚅道：“姑……姑娘不要难为范某……”

“哼，什么姑娘，姑奶奶是这山上的女大王！”

“是……女大王……”

“看你这小白脸倒是个干净的男人，今儿晚上好好伺候姑奶奶。要不然的话，你的性命就是我的一句话。”陈翠萍说着，一只手在范月荣的手背上狠狠掐了起来。

范月荣忍住痛，道：“可是……如果大王知道了……”

“我爹一直就是由着我的，只要我高兴，都由我说了算。”陈翠萍走到范月荣跟前，伸出手摸着面前那一张不知所措的脸，慢悠悠地说，“不过嘛，要是惹我不开心了，我爹可是什么手段都做得出来的。”

范月荣不出声了。

陈翠萍猛然把他一推，范月荣一个趔趄坐在了床上，陈翠萍也顺势压在了范月荣的身上。夜晚宁静的大山里，一阵阵快乐的喘息声隐秘地回荡着。

陈耀麒早就知道了女儿和范月荣之间的事，还知道女儿和自己的把兄弟金彪也有一腿，但他本就不是一个受过纲常之教的人，任由女儿耍去。在他看来，男女之事，人之本性，他的房内，也不时有被他掠来的女人。

但是，金彪看在眼里，心中却不可避免地嫉恨起来。

自从范月荣到了山上，陈翠萍就再也不去金彪的住处了，只夜夜睡在范月荣的屋里。加上陈耀麒是一个粗人，范月荣常常教他一些学识典故，陈耀麒倒也慢慢欣赏起范月荣的文采来，连这山寨的名字都是陈耀麒让范月荣起的，唤作“紫青岭”，寓意紫电、青光两柄宝剑。金彪虽说心里容不下范月荣，但也不动声色地应下了，想暗暗找机会除掉范月荣这个眼中钉。

金彪的嫉恨，范月荣全都看在了眼里，他装作什么都不知道，一直对金彪礼让有加，竟让金彪一时找不到什么借口。

日子就这么平静地过着，像是一波宁静的河水，河床下面到底有多少

暗流在滚滚流淌，谁都不知道。

天气渐渐地热了起来，山上的树木越发葱茏了，原本灰黄色的山石也渐渐变成了浓密的绿色，飞鸟集聚在深山的密林中，用翅膀拍打出清淡雅致的声响，伴随着山间的风声渐去渐远，显得生机勃勃、空灵飘逸。每天傍晚的霞光都笼罩着紫青岭，云蒸霞蔚，矗立在群山与云雾的缭绕之中，凸显着几分仙风道骨的风姿。

冯府和紫青岭在阳光的照耀下遥相呼应着，静静地守候着风中的不平静。

范月荣越发想要离开紫青岭了。

# 十二

“大哥，看，小的们抓住了一个天仙娘儿们，来给您做压寨夫人喽！”

范月荣刚刚起床，忽就听到了屋外嘈杂声一片。他披上外衣正要出门看个究竟，却又停住了脚步，只挪到窗前，开了一条缝，悄悄地看着。

只见众小匪推推搡搡着一个女人，女人身上五花大绑。

“哈哈！果然是美若天仙啊！大王可得好好赏赐你们了啊！”一个独眼睛土匪边吸着大烟枪边大声嚷着，猛吸了一口烟吐在了女人的脸上。女人一阵咳嗽，惹得众匪狂笑不止。

范月荣听得咳嗽声有几分熟悉，定睛一看，这女人正是殷子钰。他吃了一惊，又不敢轻举妄动，只这么看着，静观其变，心里却已乱成了一团。

正当时，陈耀麒走了出来，众匪马上不出声了。

领头的小匪告诉陈耀麒，这女人是独自一人主动往山上来的。

“你是哪个村的姑娘，竟敢独自一人到我紫青岭来？”陈耀麒端详着眼前的女人。

殷子钰不说话。

边上有一个从山下村里投奔来的小匪悄悄告诉了陈耀麒殷子钰的身

份。陈耀麒冷笑一声，命令手下给殷子钰松了绑。

陈耀麒几番询问殷子钰上山的目的，殷子钰缄默不言。陈耀麒忽然想到了范月荣，顿时心生一计。

他命令手下打扫了一间干净的屋子让殷子钰住下，随即嘱咐范月荣给冯府写了一封信，告诉冯惟礼，冯家的儿媳妇就在山寨里，若是三日内不交出一万银圆来赎人，冯家的少奶奶就要做压寨夫人。

冯惟礼收到陈耀麒的信，气得浑身发抖。殷子钰的死活他并不在意，他唯一担心的就是千万不能败坏了冯家的名声。

冯惟礼找到冯贺，跟他一五一十讲明了实情。冯贺思忖了片刻，心生一计。他悄悄告诉冯惟礼，自己认识一个落魄镖师，此人行走江湖多年，有些本事，可请此人悄悄上山杀了殷子钰，对外就说殷子钰为守住清白之身而自杀，这样一来冯家不仅保住了名声，还能借机再修一座牌坊，两全其美的好事。

冯惟礼听了之后面露喜色，嘱咐冯贺一定要把事情办得滴水不漏。

却不巧，听说妻子被抓的冯洄远急得团团转，正赶来跟父亲商量，于是在书房外将主仆二人的对话听了个一清二楚。冯洄远知道事不宜迟，几番考虑之后决定亲自上山营救殷子钰。

当天晚上，冯洄远悄悄换了衣服，怀里揣了一把匕首，摸黑朝后门走去。走过后花园的回廊时，跟一个人撞了个满怀。两人都吓了一跳，冯洄远定睛一看，面前的正是老管家冯贺。他沉住气，一字一句地说道："冯管家，请你让开。"

冯贺见三少爷这身打扮，心里疑惑，说什么也不让他走，定要问明缘故。

"少爷是否欲上山找少奶奶？"冯贺试探地问。

冯洄远吃了一惊，夺路想走，被冯贺一把拦腰抱住，一时竟挣脱不开。冯贺大声呼喊，闻声前来的仆人见到老管家死死拽着三少爷，不由得面面相觑，不知是怎么回事。

对冯贺来说，冯惟礼是自己的老主人，自己这辈子都要忠于冯老爷，但是冯洄远是自己一手带大的，有时候看着冯家少爷就觉得像自己的亲儿子一样。不管怎么说，冯洄远要上山救殷子钰的事，冯贺是终究不会同意的，他赶忙禀告了冯惟礼。

冯家近日接连出事，年迈的冯惟礼已无暇再打骂自己的儿子了，他叹了一口气，命令冯贺带冯洄远回屋，日夜照看，不得让他离开。

就这样，冯洄远被迫住在了冯贺屋里。老管家不敢怠慢，好生给少爷赔着笑脸。

冯洄远心中焦急，脸上却平静了起来。命运的突变让这个年轻的少爷变得沉稳了许多，他在努力寻找逃走的机会。

第二日清晨，冯贺照例出门到各间院落察看，冯洄远心中烦闷，便从书橱上抽下些书胡乱翻看。破旧的线装书早已蒙上了一层灰，书橱的木板上也积了厚厚的尘土，一看就是许久未曾挪动了。倒是中间一层的木板上最右边的尘土稀少了很多，像是书籍抽取时擦拭过的痕迹。冯洄远顺手把这几本书拿了出来，却忽然发现书的后面藏着一个木盒。

一来是心中好奇；二来也是对老管家阻止自己出门的事心存怨恨，冯洄远拔出藏在身上的匕首，撬开盒子，定要看个究竟。

盒子里有一块丝绸帕子，帕子包裹着的是半块玉璧，玉璧上雕有形态各异的孩童，栩栩如生。再一翻看，竟在盒子里找到了一纸契约，仔细一读，冯洄远吃惊不已，这契约竟是冯惟礼与别人买卖婴孩的文书，上面赫然签着父亲的名字，还有一枚脏兮兮的手印。契约后面折着一张泛黄的纸条，是冯贺的字迹，冯洄远一字一句念完，脑子一阵晕眩，一屁股坐在了地上。

这字条上明明白白写着：光绪二年二月十六，苏州观前街上收养孤儿二人，起名涞远、洄远……

冯洄远终于缓过神来，他告诫自己要冷静，一定要弄清楚事情的来龙去脉。他站起身，悄悄把盒子和书放回原处，那玉璧和契约、字条则藏在了身上。

冯贺回屋后，冯洄远只是躺着睡觉，并不理睬。冯贺自知惹少爷不高兴了，也不再说话。主仆二人就这样熬到了天黑。

晚上，冯洄远故意不睡觉，坐在桌前看书。冯贺也不敢合眼，硬撑着陪到了半夜。

冯洄远估摸着仆人们都睡下了，慢慢站起身，走到冯贺跟前，摊开手心，半边玉璧顿时出现在冯贺眼前。

冯贺大惊失色，额上青筋凸起，脸顿时涨得通红，颤抖地问："你……这……这从哪儿来的?"

冯洄远冷冷地说："冯管家，这到底是怎么回事?"说罢，掏出了那张契约和字条。

冯贺抬眼看了一眼书橱，懊恼不已，他只怪自己疏忽，忙里忙外昏了头，竟然忘了把盒子挪到别处藏好。

见冯贺这般神情，冯洄远心中顿时明白了八九分，看来果真如自己白天的猜测一样，自己和哥哥不是冯惟礼的亲生儿子。

"冯叔，我和我二哥不是爹亲生的，对吗?"冯洄远问。

冯贺低下头，默不作声。

"这上面白纸黑字就是您写的，您也别瞒我了。"冯洄远道，"不管怎样，我还是管您叫一声冯叔。您和爹的养育之恩，洄远永远记得，只是事到如今，洄远请求您把真话告诉我。"

冯洄远的话一下子说到了冯贺的痛处，他不由得想起了冯涞远，心里便是一阵悔恨。他长长叹了一口气："少爷，你可以怪我，但是千万别怪老爷……老爷他，他不容易啊……"

冯贺揩了揩眼角，缓缓地讲出了三十多年前的事情。

那时候同治皇帝还在位，冯惟礼才三十多岁，冯贺也刚到而立之年，正是年轻气盛，主仆二人可谓是意气风发，什么生意都敢做，什么大风大浪都敢闯。尽管鸦片战争之后，徽州商人的生意都走了下坡路，但冯惟礼从不甘心就这么没落下去，他闯江浙、闯上海，和江浙财阀分场子，和洋人做茶叶交易。为了不错失商机，冯惟礼竟在南京、杭州、苏州的徽商会馆一连住了五年没回老家。

就在冯惟礼三十六岁那年的冬天，他做成了一大宗茶叶生意，给冯家汇去了五万银圆的汇票。冯惟礼心中欣喜，决定回家看看，于是带着冯贺从上海乘船经长江到芜湖，转陆路回老家。船驶过南京时突然江面上起风，紧接着狂风卷着冰雹砸了下来，浪头左一个右一个，把小船拨弄得像一片树叶。江心处，突然一个巨浪从侧舷涌起，一下把船掀翻了。冯惟礼不会游泳，一个劲儿地呛水，惊慌不已，紧紧趴在冯贺推过来的一片厚木板上，在冰凉的江水里浸泡颠簸了一个多时辰才被赶来的渔船救上了岸。

冯惟礼上了岸便一直昏迷不醒，浑身高烧不退，梦里常常发出惊恐的叫声。回家后精心用药才苏醒，又细细调理了近半年才渐渐恢复体力，可是经过这次寒冬落水，在江水里一泡一吓，冯惟礼的床上之事是再也行不了了，任凭怎么努力，裤裆里那东西就是软着，再也挺不起来。稀奇古怪的壮阳之物也寻了不少，虎骨酒、鹿鞭什么的也不知吃下了多少，依然无济于事。

冯惟礼因为常年在外跑生意，很少回家，和夫人也少有房事，成婚十年来，夫人只生了一个儿子，正是冯程远。冯家到了冯惟礼父亲这一辈时就已经不兴旺了，现在只剩下了冯惟礼和他兄弟冯惟智这一支了。冯惟礼这次回乡本准备小住几年，和夫人再生几个儿子，一来可以给冯家多续香火；二来儿子将来娶了女人这贞节牌坊一事也有了着落，没想到这下彻底没了希望。

两年后的初春，冯惟礼和冯贺去苏州谈红木生意，闲暇时租了一条乌篷船去枫桥寻访古迹，扶着船舷吟到“江枫渔火对愁眠”时，冯惟礼顿时觉得一阵苦闷。他闭上眼睛摇着头对冯贺道：“自从我冯惟礼二十九岁接管了这个家，我就一直把祖宗的遗训时时刻刻记着，九十九座牌坊，眼见得差不离了，谁知道老天非得这么惩罚我。我上辈子做的什么孽，要让我冯家的祖宗陪我一起遭罪？”

主仆两人去了寒山寺，拜了佛祖，捐了不少香火钱，只求保个平安。回到苏州城内玄妙观，两人不经意步入一家玉器店，博古架上一块圆形的玉璧引起了冯惟礼的注意。他让店里的伙计把玉璧取来观赏，这是一块通体雪白的羊脂玉，迎着光线能透过玉块隐约看到对面的人影；细细抚摸，光滑洁净，更让冯惟礼心动的是，这玉璧上赫然雕刻着一幅《百子图》，活灵活现的孩童或文雅或打闹，一个个栩栩如生，非常传神。

冯惟礼决定图个吉利，一分价钱不还就买下了这块玉璧。他把玉璧捧在手中，跨过玉器店的门槛，脚底下忽然踩着了什么东西，一个趔趄滑下台阶。冯贺眼疾手快，一把扶住了老爷，可是冯惟礼手中的玉璧却摔在了地上，裂成了两瓣儿。

冯惟礼惊魂未定，低头一看，原来是一个中年男人坐在地上，挡住了台阶，自己刚刚就是一脚踩在了男人胳膊上才滑倒的。冯惟礼心疼美玉，正要发作，却发现男人身边放着一只满是破洞的旧竹筐，竹筐里装着的是两个看上去不足周岁的婴儿，正哇哇啼哭。男人蓬头垢面，衣衫褴褛，麻秆一样的胳膊有气无力地撑在竹筐上，竹筐旁边站着一个十二三岁的男孩。男孩一身邋遢，嘴角拖着鼻涕，光着双脚，骨瘦嶙峋，一双不谙世事的眼睛呆滞地看着路人。

冯惟礼觉着奇怪，询问缘由。男人道："妻子生病死去，留下幼子三个。这两个小孩一个刚过周岁，一个出生不到一个月，还没断奶，家中贫寒，我无力抚养，希望有好心人收养他们两个。"

冯惟礼细细打量了竹筐中的两个婴孩，皮肤白皙，浓眉大眼，哭声洪亮有力。虽说身上裹了一块脏兮兮的布，还散发着阵阵异味，但是两个孩子真是可爱乖巧。大一点的孩子竟边哭边向上伸着手，仿佛是想要冯惟礼抱。听着孩子的哭声可怜，冯惟礼动了恻隐之心，对冯贺道："你看，我以后也不会有儿子了，假如把这两个孩子收养过来，将来娶了媳妇就算作是我冯家的女人，那缺着的两座牌坊不就成了吗？"

"可是，老爷，收养别人家孩子，这……这恐怕不合咱们的规矩吧，要是让别的人家听说了……"冯贺咂了咂嘴，为难地说。

"这个我是知道的，我回去会跟祖宗们禀报的。出了这样的事，唉，祖宗们知道我的苦衷，会宽恕我的。"

就这样，冯惟礼给了那个男人十五块大洋，把这两个婴孩抱起交给冯贺。他俯身捡起裂成两瓣的玉璧，沉吟片刻，对男人说："也许正是应了天意，我前脚买了一幅《百子图》，后脚老天就赐予我两子，这样吧，我给你半块玉璧，毕竟他们是你亲生儿子，算是留个念想吧。这玉产自西域和田，是名玉，虽然碎了，也是值钱的，若是以后生活困苦，也可拿它换些钱度日。"

另半块玉璧及两个孩子生辰的纸条，冯惟礼自己悉心收好。

冯惟礼给这两个孩子取了名字，大的叫涞远，小的叫洄远，意寓江水边上的来回之因缘。

为遮人耳目，冯惟礼先在徽州租了房子，把孩子放在徽州，请了奶妈照顾，又特意把妻子接到徽州住了两年，然后才一同带着妻子和养子回乡，让人以为两个儿子是冯惟礼和妻子在徽州所生。不多久，冯惟礼又逐步把冯家上上下下的仆人全部换了一遍，等到冯惟礼的妻子归西以后，除了老管家冯贺，冯家再没有人知道这两位少爷的真实来历了。

"老爷也是身不由己，您不要怪他……"冯贺揩了揩眼角的泪水，取出玉璧，"这半块玉就是当初老爷留下的，这上面本雕着的是一圈完整的《百子图》，本想着多子多福，没来由却是要卖儿鬻女啊。"

冯贺接着说道："少爷，冯家现在遭了大难，朝不保夕，您最好还是远走高飞吧。只是……那山上凶险，千万别去。"

突如其来的遭遇让冯洄远不知所措，他一把推开冯贺，径直走出了冯家大院。

冯洄远独自走向了紫青岭。

他本想找到冯惟礼问个究竟，但想到殷子钰危在旦夕，冯惟礼收买的杀手或许已经在前往紫青岭的路上了，于是一不做二不休，先找到殷子钰再说。

## 十三

殷子钰被陈耀麒囚禁在屋内，小喽啰们日夜在门外看守着，范月荣有心接近她，却又不敢，几次徘徊在门口，又折过身回去了。

这天晚上，金彪心里发闷，独自喝了一坛闷酒后，便往殷子钰的住处走去。小喽啰见是金彪来了，不敢阻拦，连忙闪到一边让他进了屋。

殷子钰见到金彪，吃了一惊，赶紧从椅子上站了起来。

金彪道："你当我大哥真打算拿了钱就放你走？他放屁，拿到钱的时候就是你归西的时候，不如跟了我，让你做个压寨夫人，钱我们照收，还能让你走条活路，你看如何？"

殷子钰听罢，破口大骂。金彪哈哈一笑，一把扭住殷子钰就往床上按去。

外面早有几个陈耀麒的心腹手下赶去报告，二人正扭打之时，陈耀麒破门而入，顺手给了金彪一拳。一个趔趄被打翻在地的金彪火冒三丈，指着陈耀麒骂道："你我口口声声称兄道弟，可不想竟为了一个外人如此伤了和气！之前那个姓范的，我已不跟你计较，今天为了一个女人，你又来搅什么混子！这个女人，我就是要定了，你能把我怎样！"

殷子钰不动声色地说道："我原本当两位是顶天立地的好汉，不似那冯家的人这般龌龊，却没料到天下的乌鸦也是一般的黑，出尔反尔的事原来这般寻常。"

一句话，竟让陈耀麒羞红了脸。

金彪见陈耀麒不说话，伸手就去扭住殷子钰往屋外拽去，正当时，只听一声枪响，金彪胳膊上鲜血如注，只见陈耀麒手中的短铳冒出一缕轻烟，众人大惊失色。

金彪忍痛大吼一声，拔出腰间的短刀，用力一折，竟将利刃折为两段："陈耀麒，从今后你我视如死敌！"说罢翻身上马，带着十数个心腹弟兄下山去了。

陈耀麒默然半晌。

忽然几个小喽啰上来报告，说抓住了一个直往山寨而来的书生。

这书生正是冯泂远。

待将冯泂远在柱子上绑定，陈耀麒道："好一个痴情的三少爷，孤身一人上山救老婆，真是让老子敬佩。人可以带走，不过我要的一万大洋你可曾带来了?”

冯洄远怒目不语。

“来呀，给我扒了冯少爷的衣裳，看看可有什么值钱的东西!”陈耀麒一声令下，几个小喽啰上前扯下了冯洄远的马褂。一阵翻找，除了几枚银圆，还有半只玉璧掉在了地上。小喽啰把玉璧送到陈耀麒手中，陈耀麒仔细端详，竟惊呆了。

“这块玉，你是从哪里得到的?”陈耀麒问。

“不关你事。”冯洄远说。

陈耀麒命令给冯洄远松了绑，竟从衣服内也掏出了半块玉璧。他走到冯洄远身边，将两片玉璧并在一起，于是一块完整的玉璧出现在众人眼前，整幅《百子图》不差分毫。冯洄远惊得半晌说不出话来。

两人各自讲了这玉璧的来历，竟然都与二十年前的遭遇有关。

原来陈耀麒就是那个卖儿子的男人的长子，那天冯惟礼所见到的竹筐边的十几岁的男孩就是陈耀麒。那男人卖了自己的亲生儿子，心中甚是悔恨，不久便疾病缠身。虽然家中一贫如洗，但是终究没舍得卖掉这半块玉璧，临死前把这玉交给了大儿子保管。

陈耀麒将父亲卖子的事完完整整地讲了一遍，冯洄远这才回过神来，但是怎么也不相信眼前的这个凶神恶煞的山大王竟是自己的亲大哥。

陈耀麒干脆抽出匕首，将一脸胡子硬生生削去，这样再一看，跟冯洄远还真有几分相似。

陈耀麒扶着冯洄远坐下，问：“三弟，我二弟今在哪里?”

“二哥他……去了……”提到自己的哥哥，冯洄远眼角流下了眼泪。

“怎么去的?”陈耀麒问。

“与人争执被打死的。”冯洄远回答。

“我看未必。”厅堂上，一个女子的声音忽然响起。众人一看，是殷子钰。

殷子钰走上前，若有所思地说道：“你哥哥入葬前，请来风水先生做法事，我倒是瞥见了你哥哥的面目，从面色上看，不像是被打死的，倒像是中毒所致。我曾学过几年医，这点情况还是能分辨得出来的。只是……你们冯家势力大得很，所以不便道破罢了。”

冯洄远仔细回忆，也想起了之前听丫鬟说过，哥哥重伤后一直由管家冯贺亲自煎药照顾，其余人等一律不得过问。这么一想，心里也狐疑了起来。

三人一商量，决定进入冯府探明究竟。

没有人注意到，军师范月荣早已不见了身影。

当冯洄远把殷子钰带回冯府时，冯家上下都吃了一惊，冯惟礼赶紧询问是怎么逃出强盗之手的，殷子钰回答趁匪徒不备偷偷溜出，正好路上遇见了冯洄远，便一同回来了。至于范月荣的死活，冯惟礼并不想多问。

当天夜里，冯洄远、殷子钰和陈耀麒三人偷偷掘开了冯涞远的墓穴，才几个月的光景，棺材内的尸体还未过度腐烂。三人用帕子包了头脸，切开冯涞远的腹部，殷子钰从其胃内取出了些许黏液，再看牙齿和骨骼，并没有什么中毒迹象。殷子钰沉思片刻，说道：“这个秘密，必须要问冯管家才能清楚了。”

冯洄远和殷子钰悄悄回府，一切显得依然很平静。

第二天，一个不速之客来到了冯府，自称名叫鲁峰，曾经是安庆城隆兴镖局的镖师，受冯贺的邀请来到府上的。

冯贺当此人便是自己请来的杀手，毕竟当初只是一面之缘，时隔已久也记不清模样了，便将他请入府内，好生招待。殷子钰已经回到冯家，在府内是万万不能闹出人命的，所以冯贺与冯惟礼一商量，便暂时请鲁镖师做了府里的武师，帮着防御盗匪。

又过了两日，只听得门外一阵马蹄声，仆人跌跌撞撞进来报告说山上的匪徒又来了。冯家上下顿时慌作一团。

鲁镖师道：“在下当年押镖的时候常遇到强盗打劫，有些强盗不过是些三脚猫的功夫，若老爷信得过，在下今日就出去会一会他们，也算报得老爷这几日款待之恩。”

冯惟礼想了片刻，同意了。

冯家悄悄开了个侧门，鲁镖师手执马刀来到了门外的空地上，喝道：“来者谁是领头的，下马跟老爷我斗几个回合看看！”

众匪一见突然出来了个汉子，连忙拍马过来，把鲁镖师团团围住。

冯府的武师们也踩着梯子趴在屋檐上观望着。冯惟礼和全府上下都在前院焦急地等着。

趁众人不备，冯洄远和殷子钰悄悄溜进了冯贺的屋子里。冯洄远一番搜找后，打开了斗柜，取出了那日盛有半块玉璧的楠木匣子，果然在匣子最底层藏着一张药方。

殷子钰看了药方，说道：“你看，这是大夫写的剂量，后面应该是冯管家标注的剂量，冯管家用药故意比大夫开的要多很多……这几味药如果用量多了，就成了毒药，不是救命，是害命啊……”

冯洄远点了点头，不动声色地把药方放回原处。二人又悄悄走了回去。

只见院内一片欢呼声，原来鲁镖师一刀砍伤了匪徒的马腿，为首的强盗摔下马来，众匪见状落荒而逃了。

冯惟礼长出了一口气，命令晚上设宴款待鲁镖师。

晚上，冯府正在为鲁峰庆贺之时，忽然几个仆人慌慌张张跑了进来，凑在冯贺耳边低语了几句，只见冯贺面色大变，赶紧跑去冯惟礼的书房禀告。不多时，冯惟礼带着仆人来到后门外，眼见得一片火光映红了半边天空，浓烟像一条条火龙从山沟里升腾而起，刺鼻的味道刹那间充斥了山谷。

这火光正是从冯家茶场里烧起来的。

冯贺赶紧指挥仆人前去灭火，等到天色渐明，火才终于扑灭，可是即将收获的大半个茶园的新茶都烧成了一地灰烬。

“查！给我查！到底是谁放的火！”冯惟礼哆哆嗦嗦地说。

冯家库房空虚已经不是一两个月的事了，账目入不敷出让老管家冯贺一筹莫展，只等着过两个月采了新茶运到南京卖掉，也好多少填补一些亏空。第二天清晨，冯惟礼正欲差遣仆人去县里报告茶场纵火之事，大门一开，门外却被一拨人堵住了。管家冯贺定睛一瞧，却是多月不见的周昌年。

周昌年身着中山装，头戴礼帽，左胸口的衣兜里塞着一只怀表，一根银色的链子垂挂在胸前。最让冯贺诧异的是，周昌年竟然还戴了一副金丝眼镜，看上去文质彬彬的样子。

“哈哈，别来无恙啊，冯管家。”周昌年主动打起了招呼。

冯贺干笑笑，不知道周昌年突然造访到底为了什么，先把周昌年一行人请到前厅坐了，接着派人禀报了冯惟礼。

冯惟礼来到前厅，周昌年捧着茶盏，只微微点了点头，并未起身。待冯惟礼一旁坐定，周昌年慢条斯理地说道：“冯老兄，最近生意可兴隆啊?”

“兵荒马乱的，不好。”冯惟礼淡淡地说。

周昌年笑了，放下茶盏，从衣兜里摸出一个小本，拍在桌上，缓缓推到冯惟礼面前。食指伸进两页纸之间，中指轻轻一掀，小本赫然打开在冯惟礼面前。只见内页上印着一枚五色徽章，徽章下贴着周昌年的照片。

原来当初周昌年突然消失是去了省城安庆，老谋深算的他明白越是乱世就越多机会，与其守着辛辛苦苦赚来的银子等着被别人盘剥，不如用银子换权力，只要手上有了权力，既能赚到银子，也能守住银子。

到了安庆后，他花钱上下打点，买通了安徽省督军府，还出了血本给督军府捐了一门大炮。督军黄胡子心里一乐，就顺水推舟让周昌年做了税务司督察员。这督察员级别虽然不高，但是专管收取各商铺、企业的税收，油水是丰厚的。更为要紧的是，督军府专门组建了一支税务警察队伍，这队伍是配枪的，周昌年但凡去各县收税，枪杆子们定会一路跟着，有了枪，就不愁收不到钱。

这次歙县之行，周昌年就是冲着冯惟礼来的。

“不瞒冯老兄说，小弟现在做了安徽省税务督察，专管通商贸易之税收事宜。新政府嘛，也是需要各位实业家资助的嘛，不然，哪有现在的安定啊？像冯老兄您，老是嘴里说什么兵荒马乱，这样就不对了嘛，我们对新政府要有信心嘛。”周昌年越说心里越乐，咧开嘴呵呵笑了起来。

见冯家上下一声不吭，周昌年也收住笑声，一本正经地说道：“冯老板，周某这次登门造访是为了省府税收之事，按照《临时约法》，像冯老板这样的大实业家应该多出些力才是。先前新政府的革命，冯老板似乎分文未出，黄督军不高兴啊。倒是周某替你打了圆场，说你身在乡野，行走不便，心有余而力不足，所以这次专程来替冯老板收税，说实话，这一路风餐露宿可苦了我这帮兄弟了呀……”

“周督察，那我冯某该缴多少税呢？”冯惟礼冷冷地问。

周昌年招招手，一个随从从公文包内取出一张纸递给冯惟礼。

周昌年说道：“这是督军府的文书，这个……冯家的产业税、经营税、人头税、交易税等等，加上革命军军费赞助和督军府安乡保护费，共计两万银圆。冯老板，这还是黄督军看在周某的面子上给您减免了不少呢。”

冯惟礼的手在抖，他把文书重重地拍在桌子上，嘴里挤出两个字：“吃……人……”

周昌年沉下脸：“冯老板这是什么话，对新政府不满？”

冯贺赶紧打圆场：“周督察，不瞒您说，我冯家昨夜刚遭了灾祸，茶场突起大火，损失惨重啊……您看，这是不是……酌情减免一些呀？”

冯家的老管家如此恭敬，周昌年觉得无比受用，他很享受这样的感觉。故意思考了片刻后，周昌年作了个揖：“冯老爷节哀啊！按理说您刚遭了灾，我是不该上门收税的，可是，这理归理，法归法，混淆不得。冯老板的茶场失火，若是有人故意纵的火，您该去保安局报案，纵火的事我税务司是不管的。新政府日子也不宽裕，政府上上下下几百张嘴也都等着吃饭呢。冯老爷，这文书上写得清楚，两万个大洋的税金，还请您尽快缴纳。”

冯贺道：“周督察可否宽限几月？”

周昌年哈哈一笑：“冯管家说笑吧！几月？我最多宽限你三日，要是三日缴不齐税款，我可要拿你们老爷去省里蹲大牢了。”

冯惟礼怒不可遏，喝道："周昌年，你不要欺人太甚！"

"欺人太甚？"周昌年跺着脚直走到冯惟礼面前，"欠政府的钱叫欺人太甚？你夺了我祖上的吉地，简直罪大恶极！趁我不在家中，抢了我县里的酒楼茶馆，你可有过半点手下留情！好，你今天说我欺人太甚，那我就欺人太甚一回，今天诸位都在，税金两万大洋，必须答应三天全部还上！不还，我今天带来的人就住进你们冯府！"

说罢，带着众人就往冯家院里冲去。

冯家的仆人们赶紧拦住，双方撕扯在一起。

冯惟礼气得满脸发紫，问周昌年："你要我拿什么还？"

周昌年嘿嘿一笑，指了指对面的柳山，道："冯老爷您在柳山上的林场啊。对了冯老爷，这林场和桃源阁、茶楼您要是一起抵给了我，我算您两万五千个大洋，这样旧账一笔勾销，多出来的五千大洋嘛，三千算作您今年预缴的税金，剩下两千我把现钱折算给您，正好给您修牌坊。冯老爷，您看怎么样啊？"

冯惟礼不吭声了。

周昌年拍拍屁股，站起身，扬长而去。一个随从掏出一颗子弹，重重地扣在冯惟礼面前的茶几上。

三天里，冯惟礼派人去求了县长卢卫胜，可卢卫胜仿佛换了一个人，对冯惟礼不理不睬，只冷冷地说："税收事宜悉听省城命令。"冯家到处凑钱，变卖家中的存粮和存茶，仍未凑够周昌年的数目。三天后，当周昌年带着一队全副武装的警察破门而入的时候，冯惟礼捧着城里酒楼和茶楼的房契在前厅迎接着。

周昌年得了房契，掏出大印在税金文书上盖一个章，道："看在跟冯老板交情一场的份儿上，我多算你三千大洋吧。"周昌年的估算比当初又打了些折扣。手续办完后，班师回城，丢下一张三千银圆的银票。

茶场的一把火，不是别人放的，正是周昌年指使的。前来放火的人，就是金彪。原来这金彪离开紫青岭后，就去投奔了周昌年，如今成了周家的武师头目。

冯府当天就乱了。

仆人们纷纷要求领了工钱离开，没几日，昔日热热闹闹的冯家大院已变得冷冷清清，只剩下十几个年老的仆人和老妈子了。丫鬟晓绫竟然趁乱偷走了佛堂内的一尊玉佛，跟着众仆人连夜悄悄溜出了冯家。

城里的酒楼没了，林场没了，茶场毁了，冯家偌大的产业如今只剩下了几进空荡荡的高墙大屋。

冯惟礼让冯贺去钱庄取了银圆，请来了工匠，开始建造第九十八座牌坊了。他不知道这座牌坊是为哪个女人建的，他只想在有生之年把最后两座牌坊竖起来。依然是最好的石料，雕最精美的纹样，题写楹联的也是徽州城里最有名望的老进士。冯贺算着每天的开销，眉头总是舒展不开。

是夜，冯贺正在灯下算账，门突然被推开了。他抬头一看，是冯惟礼。只见冯惟礼面色苍白，再细一看，一柄钢刀正架在他的脖子上。

手持钢刀的正是鲁镖师。

冯贺忙道："鲁镖师，我家老爷对您不薄，您这样是为何？"

鲁镖师道："好一个精明的冯管家，难道你一直没认出我是谁？忘了那天血洗你们冯家祭祀场的陈耀麒了么！怎么，剃了胡子就不认得我了吗？"

一句话说完，冯贺吓得瘫坐在了椅子上。

原来，陈耀麒装扮成镖师混入冯府，指使小喽啰演了一出打家劫舍的闹剧，就是为了引开众人好让冯洄远去冯贺屋里寻找蛛丝马迹。

"冯老爷，我这次来，不为要钱，只为要人！"陈耀麒道。

"什么人？"冯惟礼问。

"我二弟，也就是你冯家的二少爷，冯涞远！"

"涞远他……他已经死了。他……是被周昌年打死的。"冯惟礼道。

正说着，冯洄远和殷子钰走了进来。冯洄远找出楠木匣子，拿出那一纸药方，递到冯惟礼面前。陈耀麒也从衣服里拿出了两片玉璧。看到这一切，冯惟礼和冯贺大惊失色。

"冯惟礼，我本该报你养育之恩，可你养育我兄弟二人只是为了一己之私。我二哥本还有救，你为了逼二嫂入崇节堂，故意害死二哥。你们……罪不可赦!”冯洄远说道。

“好了，兄弟，不要废话了！杀人偿命，看你一把年纪了，我就给你一个痛快。”说着，陈耀麒就从腰间拔出了一把短铳。

三人押着冯惟礼和冯贺出了大院，直往冯涞远的墓地而去。

凌晨的墓地上，荒草在晨曦的微光中发出幽暗的色泽，有野鸟在半梦半醒间鸣叫着，野猫的眼睛露出森森的颜色，见有人来，倏的一声蹿到了一旁，却并不走远，就这么蹲在某块墓碑后面偷偷地望着。

陈耀麒在冯涞远墓前点燃了一把枯枝，道：“兄弟，大哥来晚了，今天我们是来给你报仇的。我知道你死得冤，冤有头债有主，这两个罪人我们给你带来了。”

陈耀麒一脚踢在冯惟礼的膝盖上，老头子一个踉跄跪倒在地，冯贺见状，也呼号着跟着跪了下来。他紧紧扶着冯惟礼，哭丧着脸说：“老爷一把年纪了，求求你们别为难他，药是我拿的，也是我熬的，要报仇，都冲我一个人来。洄远，求求你念在老爷养你二十多年的份儿上，饶了他吧……”

冯洄远忽然犹豫了。他拉了拉陈耀麒，道：“大哥，你看……”

陈耀麒推开冯洄远，拔出短铳，填上火药，对着冯惟礼。

陈耀麒正要扣动扳机，只听一阵急促的脚步声由远及近而来。有人高喊着“住手”直扑了上来。

说时迟那时快，陈耀麒对着声音传过来的方向就是一枪，枪声过后，一个身影倒在了地上。

“四妹！四妹，你醒醒！”来者是冯家大少爷冯程远和四小姐冯悦媛。

见到冯悦媛中了弹，冯洄远和殷子钰赶紧跑了过去。

这一枪正打在冯悦媛的胸口。冯程远扶起妹妹时，她已经没有了呼吸。

四周的野猫发出了尖厉的叫声，纷纷四散而去，巢穴中的老鸹也被惊醒了，扑棱棱从树上飞起来逃走了。

原来，陈耀麒他们押着冯惟礼走出冯府时，恰被冯悦媛看在了眼里，她赶紧去告诉了大哥，兄妹二人来不及报告官府就急匆匆一路追寻过来。

冯程远抱着妹妹，几乎是跪着挪到陈耀麒跟前，哭着说道：“洄远，你为什么要这么做！你勾结盗匪害我们全家，这是为什么?”

冯洄远闭口不言。殷子钰把事情的来龙去脉跟冯程远讲了一遍。

“明白了吧，大少爷。”陈耀麒说道，“那就对不住了，你爹必须偿命。”

众人都未料到的是，冯程远突然跳了起来，居然一把抢过了陈耀麒手中的短铳。陈耀麒见状，连忙拔出腰刀指着冯程远。

冯程远道：“为人者，自古‘孝’字当先，古有郭巨埋儿奉母，今家父有难，为子者当替父受罚。洄远，既然是爹对不住你们兄弟，我心甘情愿替父亲去死，一命偿一命，算是两清。洄远，我求求你，我们也算是兄弟一场，你就放过我爹吧。”

说着，冯程远跪倒在地，对着冯惟礼磕了三个头：“爹，孩儿无能，只能以死报您的养育之恩。冯管家，以后我爹就全托付给您了!”

说罢，冯程远对准自己的眉心就是一枪，当即倒在地上。

冯惟礼仰天一声长叹，整个人昏死在了一旁。冯贺紧紧扶着老爷子，哭成了个泪人。

冯洄远也跪了下来，对着冯程远的尸体磕了三个头，道：“一直以来，我把你当兄长看待，我答应你，不再为难你父亲。你我两家恩怨，就此勾销。大哥，路上走好。”

三人为冯程远和冯悦媛各挖了一个坑，将两人埋好。

陈耀麒和冯洄远、殷子钰走出坟地，问：“兄弟今后什么打算?”

冯洄远看看殷子钰说：“如果子钰愿意跟我在一起，那我们就去上海闯荡闯荡。”殷子钰笑着点了点头。

“大哥你呢?”冯洄远问。

陈耀麒指了指身后，只见一队人马靠了上来，为首的正是陈翠萍。“兄弟，你大哥我终究还是闯荡江湖最合适。翠萍，下马，来见过你叔叔和婶婶。”

陈翠萍翻身下马，对着冯洄远他们抱了抱拳。

陈耀麒给了冯洄远他们两匹好马，兄弟两人就此别过。

## 十四

太阳升起的时候，冯惟礼终于醒来了。他看着面前新堆的两座坟茔，不禁潸然泪下，对冯贺道："我冯家灾祸不断，如今连子嗣也绝了……祖宗定会怪罪我的！你过两日把程远和悦媛好生安葬了，法事也要做一做……对了，那座牌坊建好了吗？"

"快完工了，老爷。"冯贺回答。

"那就好……"冯惟礼接着道，"这牌坊就算是给悦媛砌的吧。我冯家的女儿为父而死，终究没有辱没了祖宗的脸面，应该建一座牌坊……"

冯贺点点头，将冯惟礼扶起，一瘸一拐朝家里走去。

冯家大院门前，县长卢卫胜带着一队新军等候着，卢卫胜身后站着的正是周昌年。

冯惟礼赶紧行礼，卢卫胜道："冯老爷还是先去洗个脸，换身衣服吧，一会儿本县长还有要事准备问你。"

冯惟礼见到周昌年也在，就知道准又是周家挑起了什么事端。冯府连日来频频出事，冯惟礼心里惴惴不安。

换了一身衣服后，冯惟礼来到厅堂，请卢卫胜坐下，自己恭恭敬敬地站在一旁。老妈子沏好了茶水放在卢卫胜的几案上。

卢卫胜看了一眼周昌年，慢条斯理地说道："冯老爷，有人举报你私通匪寇，还接济强盗，此时可属实啊？"

"回县长大人，小人不曾做过此等勾当，定是有人作梗，冤枉小人。"冯惟礼赶紧回答。

"冯惟礼！政府通缉的匪徒陈耀麒就在你府上做武师，难道你会不知道？"卢卫胜说罢，一个士兵递上来一把马刀，是从陈耀麒的房间里搜查出来的。

卢卫胜指着刀说："良家百姓，谁会用这样的马刀呀？"

见冯惟礼不服，卢卫胜瞟了一眼周昌年。周昌年会意，笑道："冯老爷，正是本督察向卢县长举报的。虽说这盗匪之事不归本督察管，但是保境安民是我等新政府官员的职责所在，本督察若是不报，愧对于这份微薄的俸禄啊。"

周昌年叹了一口气，仿佛十分惋惜的样子："冯老爷，莫怪我无情，这接济匪寇可不是小事，对乡邻来说是心腹大患，对我税务司来说……你用税金养匪，是不是有什么不良之心呀？"

周昌年接着说："你冯惟礼看来是对我收取税金一事怀恨在心，所以勾结了匪徒做你家武师，还派了强盗潜入我的府上，真是居心叵测。幸亏你家书院的范先生及时给我报信，要不然怕是我周家上下都要死在你的手上了。"

原来，范月荣逃离了紫青岭后，一直对冯惟礼要杀害自己的事情感到愤懑，于是投奔了周昌年，与周昌年一起定下了这个计策。周昌年于是派人立刻绑了投奔自己的金彪，送到了县里，举报冯惟礼私通江洋大盗，欲谋财害命。县长卢卫胜收下了周昌年送来的五百银圆，便顺水推舟要问冯惟礼的罪。

老管家冯贺跪下道："县长大人，误会啊误会……那匪寇在我家做武师不假，可他是蒙混进来的，意欲抢我家钱财，绝非我家老爷私通匪寇啊。您若不信……我和老爷刚被那帮匪徒抓走，好不容易才捡了一条性命回来，只可怜……我家少爷和小姐都惨死在匪徒们的手上了……"

卢卫胜愣了一下，问明了情况后，命令士兵前去坟场察看，果然找到了冯程远和冯悦媛的尸体，都是中弹而亡。

卢卫胜犯难了，不敢轻易定罪。

周昌年见状，赶紧走上前对着卢卫胜耳语了几句。想起了周昌年送来的银圆，卢卫胜只得道："冯惟礼私通匪寇证据确凿，切勿再狡辩。只是……只是……本县长念你只是初犯，且有与匪寇反抗的悔过之心，就……饶你一条性命。"

卢卫胜看了看周昌年，接着说道："不过，死罪可免，活罪难饶。接济匪寇，当没收全部房产，充作政府公物！周督察全权负责本省的税务事宜，这个冯家的房产处置问题本县长不便多问，就烦请周督察办理了。就这样吧！冯惟礼，交出房契，限三日之内搬走。”

家破人亡的冯惟礼只得遣散了家中的仆人，腾出了大宅，在附近租了两间茅屋暂时住下，身边只有冯贺和大儿媳于冬雪陪伴着。

冯惟礼看着于冬雪，道：“你到冯家多年了，一直勤俭持家，恪守妇道，是我冯家媳妇的典范。只是如今家道中落，我也不知道什么时候就归西了。你也是知道的，我冯家祖宗有过祖训，要为家族的女人修九十九座牌坊，祖宗的遗训不能忘，更改不得。我冯惟礼有罪，愧对祖宗，若程远还在，这仅剩的一座牌坊尚可有着落，可惜现在……”

说罢，号啕大哭。于冬雪也流下泪来。

“爹，我懂您的意思。冬雪既嫁到冯家，至死都是冯家的人，程远去了，我也会跟着他去的，不会辱没了冯家的名声。爹，明日我就入祟节堂。”

冯惟礼止住了哭声，扑通一声跪在了于冬雪面前，不停地磕头，嘴里只道：“深明大义，深明大义……”

冯惟礼和冯贺把于冬雪送入了冯家的崇节堂。这一次，只有几个孤零零的身影，没有鞭炮，没有奏乐，一切仿佛死人一样沉静。

于冬雪走进祠堂的一刹那，冯贺推上了大门，一把大铜锁将祠堂锁得严严实实。

冯贺告诉冯惟礼，第九十九座牌坊已经完工了。

历经了诸多事端的冯惟礼已经奄奄一息，他挣扎着坐起身子，要冯贺带他去看。冯贺找来一辆手推车，推着他来到冯家的牌坊大道前。冯惟礼远远地看到，那座最新的牌坊是如此漂亮，六柱五间的大石坊，飞檐翘壁，在阳光下闪着光彩。

“好……好……”冯惟礼喃喃自语，“祖宗们的遗训，我冯惟礼没有违背……”

冯惟礼是死在牌坊前的，他熬到了见到最后一座牌坊的时刻。

他不会知道，两天后的一场雨过后，这座最漂亮的牌坊悄无声息地倒了，几乎一丝声响也没发出就倒了。

这第九十九座牌坊是冯贺请糊纸的工匠用纸扎起来的。

## 尾　声

一个月后，周昌年带着一帮朋友走进了冯家大宅，此时大宅的牌匾已经换成了“周府”。修葺一新的大宅显得更为华丽，门前的空地上还新雕了一对一人多高的汉白玉石狮，狮口大开，雄壮威严。范月荣取代了周全，做了周昌年的管家，站在周昌年身旁帮着招呼客人。今晚，周昌年要在这座他苦心孤诣终于得手的大宅里举办酒宴庆贺。

酒过三巡，忽然一声巨响，火光四射，浓烟滚滚。硝烟散后，周家新宅的厅堂已经成了一片废墟。周昌年和范月荣都压死在了废墟下。

老管家冯贺用建造最后一座牌坊的钱买了火药，偷偷埋在了厅堂四周。他与冯家老宅一起殒灭在了这个夜晚。

**图书在版编目（CIP）数据**

对影·惊鸿／宋羽著．—北京：中国社会出版社，2013.7

ISBN 978－7－5087－4484－1

Ⅰ.①对…　Ⅱ.①宋…　Ⅲ.①短篇小说—小说集—中国—当代
Ⅳ.①I247.7

中国版本图书馆 CIP 数据核字（2013）第 151023 号

---

**书　　名**：对影·惊鸿
**著　　者**：宋　羽
**责任编辑**：薛丽仙

---

**出版发行**：中国社会出版社　邮政编码：100032
**通联方法**：北京市西城区二龙路甲 33 号新龙大厦
电话：编辑部：(010)66082098
邮购部：(010)66081078
销售部：(010)66080300　(010)66085300　传真：(010)66051713
(010)66083600　(010)66080880　(010)66080880
**网　　址**：www.shcbs.com.cn
**经　　销**：各地新华书店

---

**印刷装订**：中国电影出版社印刷厂
**开　　本**：170mm×240mm　1/16
**印　　张**：15.5
**字　　数**：230 千字
**版　　次**：2013 年 11 月第 1 版
**印　　次**：2013 年 11 月第 1 次印刷
**定　　价**：32.00 元